Ribby's Hemmelighet

Cathy McGough

Stratford Living Publishing

HVA LESERNE SIER...

"Jøss, for en tur dette var! Måten denne historien er fortalt på vil få deg til å lure på hva som nettopp skjedde med deg."

"Dette er en skikkelig psykopatisk kvinneskrekkhistorie, fortalt med tørr humor."

Fra Storbritannia:

"Ribby bærer på så mange hemmeligheter. En herlig, men trist historie."

"Ribbys hemmelighet er både interessant og fornøyelig, men samtidig urovekkende på mange plan, og den er vel verdt å lese."

"Velskrevet med overbevisende karakterer og en spennende reise."

Innholdet

"Mine hemmeligheter roper høyt.

Jeg har ikke behov for tunge.

Mitt hjerte holder åpent hus,

mine dører er vidt åpne."

Theodore Roethke

For fantasivenner og de som trenger dem

ET DIKT: PÅ OVERFLATEN

Speil,
Du speiler
meg med overtallighet
skrevet over hele
over meg
Er kjøtt
Farget av usikkerhet
Speil,
Du håner
perfeksjon
Med denne tilbakeholdne
refleksjon
Og resultatet
Resultatet er alltid det samme
I din
ramme: Jeg forblir uforandret.
Skrevet

mellom linjene
Forkledd
poetisk
Uunngåelige
trekk
Flyter
uharmonisk.
Speil: I
holder meg til det jeg ser
For jeg er
deg, tvers igjennom
Men noen ganger
Reflekterer
Skulle jeg ønske at
at jeg lignet deg.

Prolog

DA HAN GJORDE ET utfall mot henne, gikk nøkkelen hun holdt rett inn i øyehulen hans. Han skrek og jamret seg da lysken hans traff kneet hennes. Hun grøsset av den klaskende lyden da hun trakk nøkkelen ut av øyet hans. Mens blodet rant nedover ansiktet hans, hulket han og rullet rundt mens han holdt seg i lysken. Hun stakk nøkkelen inn i siden av halsen hans og traff en arterie. Blodet sprutet som vann fra en brannslange.

Hun gikk noen skritt bort fra liket og dyppet tærne i vannet. Hun kikket tilbake på ham av og til. Helt til han sluttet å bevege seg. Hun gikk tilbake og lyttet for å se om han var død: Det var han. Endelig. Hun rullet ham, som en sekk med poteter, dypere og dypere ned i vannet. For hvert dytt virket liket lettere og lettere.

Arkimedes hadde rett.

Da han var så langt ute som hun klarte, svømte hun tilbake til land, samlet sammen klærne sine og kledde om.

Hun lot tingene hans ligge der han hadde sluppet dem.

Da den nye dagens sol farget himmelen ildrød, vendte hun tilbake til vannet.

Hun avsøkte strandlinjen, men så ingen tegn til ham. Hun dyppet nøkkelen i vannet for å skylle av seg blodet, og så stakk hun hjem. Etter en lang dusj sov hun som et barn.

KAPITTEL 1

D ETTE ER HISTORIEN OM en kvinne som var for snill for sitt eget beste - helt til hun ikke var det lenger.

Ribby Balustrades dag begynte alltid på samme måte, med at moren truet med å gi frokosten hennes til ulvehunden Scamp hvis hun ikke skyndte seg.

Ribby, hvis garderobe var begrenset til morens avlagte klær, trakk den blomstrete muumuuen over hodet, gikk i Jesus-sandalene sine og børstet håret, noe som ikke tok lang tid. Likevel rakk hun sjelden ned i tide.

Martha Balustrade var ikke den typen mor som holdt seg til et bestemt tidsskjema. Frokost ville bli forberedt. Hva og når, ble bestemt på dagen.

Vinneren av dette endeløse kjøkkendebaclet var Ludde.

"Det går bra, jeg er ikke sulten uansett", løy Ribby, klappet hunden på pannen og forlot huset.

Ribby tenkte ikke på disse, hennes helt egne Groundhog Day-hendelser. I stedet skyndte hun seg gjennom parken og ned til hovedgaten.

Busskuret stinket av urin og kaffe. På en dag som denne var hun glad for at hun hadde gått glipp av frokosten, for selv nå fikk stanken henne til å brekke seg. Hun gledet seg til å komme seg på jobb på biblioteket.

Da bussen kom, viste hun frem Presto-kortet sitt og satte seg på sin vante plass bakerst. Det rumlet i magen mens bussen dundret av gårde og stoppet innimellom for å ta opp nye passasjerer. Da hun ankom Toronto sentrum, gikk hun ut av bussen og skyndte seg inn i butikken på hjørnet for å kjøpe en sjokolade, og så videre til biblioteket.

Ribby var stolt av å aldri komme for sent. Man kunne rett og slett ikke komme for sent hvis man jobbet på et bibliotek. Da ville horder av utålmodige lånere tette igjen inngangspartiet. Og slik var det også da hun kom inn og så den usedvanlig lange køen med herr Filchard i spissen.

"God morgen, herr Filchard. Hva kan jeg hjelpe deg med?"

"God morgen, kjære Ribby. Å, hva skulle jeg gjort uten deg? Alle andre er alltid så travle, travle, travle - men du, du min kjære, du tar deg alltid tid til å hjelpe en gammel mann."

"Jeg gjør bare jobben min," sa Ribby. "Hva er det du ser etter i dag?"

"Kan du være så snill å komme nærmere? Det er en ganske uhøflig bok: Krepsens vendekrets. Kjenner du den?"

"Ja, herr Filchard. Det er en klassiker."

"Er den det? Jeg har hørt at den har, å, glem det; hvis den er en klassiker, så trenger jeg vel ikke hviske mer?"

"Nei, det finnes langt mer kontroversielle bøker," smilte hun og husket bråket rundt Femti nyanser av nonsens.

"Problemet er at jeg ikke aner hvem som har skrevet den. Du kjenner meg, jeg er fra middelalderen og kan ikke bruke de fordømte datagreiene." Han lo. "Kan du være så snill å slå det opp for meg?"

"Den er skrevet av Henry Miller," sa hun mens hun klikket seg inn i databasen. "Ja, den ligger oppe i den skjønnlitterære avdelingen."

"Jeg skal ta en titt først. Henry Miller, sier du. Aldri hørt om ham!"

"For å være ærlig var jeg ikke så imponert da jeg leste den. Kritikerne og anmelderne syntes den var genial i sin tid. Det er noen uhøflige biter."

"Takk, Ribby. Ha en fin dag."

"Ingen årsak," sa hun da han tuslet av gårde.

Hun tok seg av de andre ventende kundene på egen hånd. Etter at hun var ferdig med å hjelpe den siste, ryddet hun opp i disken.

Nå som det var blitt stille, laget Ribby seg en kopp kaffe og gikk tilbake til skrivebordet. På veien tilbake stoppet hun et øyeblikk for å ta inn lyden av vann. Bibliotekets arkitekt hadde vært oppmuntrende ved å bruke fontenen til å maskere de ytre lydene. Noen byer stengte bibliotekene sine, men Toronto var annerledes. Selve bygningen var en overlever. Selv plyndringen etter krigen i 1812 hadde ikke knekt dens ånd.

Hun tok en slurk av kaffen og ble stående et øyeblikk, mens hun kikket på trappene. De så kule ut, med folk som gikk opp og kom ned, men heisen kom godt med når den trengtes.

I trappeoppgangen over la hun merke til herr Filchard på vei ned. Nesten nede hadde han den ene hånden på boken sin og den andre på lånekortet sitt. Hun stoppet og ventet på ham. Han var litt andpusten.

"Jeg skal definitivt ta heisen neste gang", sa Filchard.

De gikk til skranken, der Ribby stemplet kortet hans.

"Skitne, gamle mann!" hvisket Amanda, en av medarbeiderne, da han forlot bygningen. "Han gir meg jammen frysninger."

Ribby ignorerte kommentarene hennes. Hun plukket opp en armfull bøker, satte dem på en tralle og dyttet den inn i heisen og kjørte opp til tredje etasje. Hun gikk fra hylle til hylle og arkiverte. Mens hun arkiverte en bok nær vinduet, fikk hun øye på et glimt fra den andre siden av gaten. En ung mann i begynnelsen av tjueårene, kledd i denim fra topp til tå, kom gående i hennes retning. Sollyset glitret på neseringene hans og kjettingene som festet dem til ørene.

Ribby fortsatte å se på mens han gikk opp trappen. Nysgjerrig skyndte hun seg ned til hovedetasjen.

Bare tanken på å servere ham fikk hjertet hennes til å banke. Hun hadde aldri vært så nær en fyr som hadde så mange hull i hodet før. Ribby var sikker på at andre hadde skjulte hull - emosjonelle sår gjemt dypt inne. Som Vincent van Gogh, som brukte smerten til å uttrykke følelser. Tanken på å bruke kroppen som kunst både skremte og fascinerte henne.

Hun kom tilbake til skrivebordet og betraktet ham. Han sto i entreen som en liten gutt som hadde gått seg vill. Hvordan er stemmen hans, lurte hun på.

Hun stilte seg bak anskaffelsesseksjonen der hun ryddet opp. Han hadde ikke beveget seg en tomme. Hun hostet og stilte seg under Hjelp/Informasjon-skiltet. Øynene deres møttes.

"Kan jeg hjelpe deg?" spurte Ribby med blussende kinn og svette håndflater.

"Ja, jeg håper det," sa han med høy stemme.

"Vennligst snakk roligere," sa hun.

"Å, ok. Beklager. Jeg leter etter en bok, men jeg vet ikke hva den heter."

"Vet du hvem som har skrevet den?"

"Nei."

"Kan du fortelle meg hva boken handler om?"

"Jepp, ja, det vet jeg, det vet jeg helt sikkert. Den handler om fremtiden. Da fyren skrev den, var det hans fremtid. For oss er det vår fortid. Den har Big Brother i seg. Ikke TV-serien, vel å merke, men en annen type Big Brother." Han lo av den smarte måten han hadde knyttet både fortid og nåtid sammen på. Ribby lo også.

"Å, du mener 1984 av George Orwell?"

"Jepp, det høres riktig ut. Orwell. Utmerket. Er den inne?"

"Et øyeblikk," sa Ribby mens hun tastet den inn på datamaskinen. Den var inne, og Ribby gikk for å finne den. Den unge mannen fulgte etter henne.

Da hun hadde boken i hånden, gikk de tilbake til resepsjonen. Ribby bekreftet at han hadde den nødvendige legitimasjonen, og utstedte et lånekort.

Da det var gjort, stakk han kortet ned i den skranglete lommeboken sin. Han takket Ribby og ruslet mot utgangen. De slitte jeansene hans hang - i likhet med Ribbys sinnstilstand.

***

D A SKIFTET ENDELIG VAR over, skyndte Ribby seg ut av bygningen. Hver mandag jobbet Ribby frivillig på barnesykehuset. Hun danset og sang. Hun gjorde alt hun kunne for å heve humøret deres. Hun forgudet barna, og det virket som om de gjengjeldte følelsen. Hver uke valgte hun ut ett barn som skulle stå i sentrum for oppmerksomheten. I dag var det Mikey Landers' tur, og hun måtte ikke komme for sent.

I venstre hånd bar Ribby den magiske vesken sin. Barna ble alltid begeistret når hun lot dem dyppe hånden ned i den. I posen lå det blant annet kostymer, musikkinstrumenter, ansiktsmaling, ballonger, pyntegjenstander og sminke.

Da hun endelig kom frem til barneavdelingen, hoppet hun inn på rommet til Mikey. Foreldrene hans satt på hver sin side av sengen og holdt sønnens hender i en haug av fingre og håndflater. De tørket tårer med de frie hendene. Mikey sov, så hun gikk stille og rolig.

Ribby forsøkte å la være å tenke på tristheten som hang i luften på Mikeys rom. Mikey og familien hans hadde vært gjennom så mye.

Hun skjøv det bort, i bakhodet. Ribbys rolle var å muntre opp barna og familiene deres. De ville vente på henne. Hun satte på seg sitt lykkeligste ansikt.

Billy og Janie Freeman utbrøt et skrik da de fikk øye på Ribby som kom gående ned gangen. "Hun er her! Hun er her!" ropte de. En bølge av glede fylte korridoren. Barn og deres familier dannet en sirkel rundt henne i fellesrommet.

Ribby sang et selvkomponert nummer kalt Jump Like A Caribou og spilte kazoo på passende tidspunkter:

HOPP HOPP HOPP HOPP HOPP

SOM EN KARIBU!

Ribby satte i gang et tog, og de barna som kunne gå, fulgte etter henne.

HOPP HOPP HOPP HOPP HOPP

SOM EN KARIBU

Det gamle toget endte, og Ribby dannet en rekke av de barna som satt i rullestol eller gikk på krykker. Barna sang eller vinket eller stampet med føttene. Alt de kunne gjøre for å komme inn i sangen og lage litt lyd.

HOPP HOPP HOPP HOPP HOPP

SOM EN KARIBU!

Da sangen var ferdig, ropte de: "Igjen! Igjen!"

Sangen var kjent for barna, for Ribby sang den ofte med forskjellige dyr, som kenguru, kakadue, kakapoo, og hun hadde til og med en versjon som inkluderte et besøk i dyrehagen.

Ribby bøyde seg og gikk rett over til en annen melodi. Hun likte å blande ting. Å holde dem i uvisshet. Da energien i rommet dabbet av, skiftet hun kurs og ba om ønsker om ballongformer. Hun sang mens hun trakk og vred ballongene til dyreformer. Det mest populære ønsket var en karibumor og kalven hennes, noe som holdt henne opptatt, for det var en vanskelig oppgave.

Barna som ville ha ballonger, fikk dem, og det var på tide for Ribby å gå. Hun begynte å pakke sammen sekken sin, akkurat da Mikey Landers kom inn og klimpret på hjulene på stolen sin. Moren hans fulgte etter ham og hadde problemer med å henge med. Mikey var sur, det så hun med en gang. Hun gikk bort til ham og rakte frem en dyreballong med utstrakt hånd.

"Jeg holdt på å gå glipp av deg, Ribby! Du skulle ha vekket meg. Du lovte å opptre fra rommet mitt denne uken! Det var min tur!" Tårene trillet nedover kinnene hans da han la armene i kors og avviste fredstilbudet hennes.

Hun senket hånden, knelte ned på hans nivå og sa: "Unnskyld, kompis. Jeg er så glad for å se deg oppe og gå nå," — hun så på foreldrene hans — "men du lå og sov da jeg gikk forbi, gutt. Jeg vet hvor mye du trenger skjønnhetssøvnen din! Du står øverst på listen til neste uke, ok?"

"Lover du det?" Han løsnet armene.

"Jeg lover og håper at jeg dør." Ribby ønsket at hun kunne ta ordene tilbake og svelge dem. Hvis det var mulig å bytte livet sitt mot hans, ville hun ha gjort det der og da uten å nøle.

Mikey hadde ikke lagt merke til feiltrinnet, og til slutt strakte han ut hånden og tok imot gaven hennes.

Etter at hun hadde gitt den til ham, sa Ribby farvel. På vei ut av rommet sa hun: "Vi ses neste uke, Rugrats!"

Ribby holdt tårene tilbake helt til hun var ute av bygningen. Hun hadde ingen papirlommetørklær, så hun brukte ermet sitt. Da hun nådde bussholdeplassen, hadde hun klart å roe seg ned.

Hver eneste uke lovte hun seg selv at hun ikke skulle gråte. Barn burde være ute og leke og ha det gøy. De skulle ikke behøve å bekymre seg for å være syke eller dø. Hvis hun kunne ta bort den smerten ... Selv for en kort periode, var det verdt å ta en tur i den følelsesmessige berg-og-dal-banen.

***

BUSSEN VILLE IKKE KOMME før om et kvarter. Hun skyndte seg til butikken på hjørnet for å svare på den knurrende magen. Salt eller søtt? tenkte hun. Bak disken fikk hun øye på en rekke sigaretter. Nysgjerrig spurte hun etter en pakke.

"Hvilken type, frue?"

Hun kastet et blikk på navnene. "Cools", sa hun.

"Har du en lighter allerede?" spurte ekspeditøren. Uten å vente på svar la han en pakke fyrstikker oppå Cools. "Fyrstikkene er på huset", sa han da Ribby overrakte pengene. Han ga tilbake vekslepengene.

Ekspeditørens plutselige glis, som lignet en grimase, forstyrret henne. Hun skyndte seg ut derfra. Tilbake på bussholdeplassen rev hun opp sigarettpakken og tente en. Hun inhalerte dypt, som en skuespillerinne som spiller en rolle. Det så så enkelt ut på film. I virkeligheten var det vanskelig å ikke kaste opp. Etter det første draget blåste hun ut røyken og slappet av.

Da bussen kom, stappet hun pakken ned i vesken og satte seg på sin vante plass bakerst. Hun tenkte på hvor slemt det ville være å røyke en sigarett på bussen til Stan the Man.

Stan the Man var litt av en nazist og en beryktet bølle. Hun hadde sett det selv. Han kjeftet på barn som satte føttene på setene. Kastet dem av bussen i kulden, som om de hadde begått mord eller noe.

En gang hadde en gammel dame bagene sine tatt opp setet ved siden av seg. Han forlangte at hun skulle fjerne dem, selv om ingen trengte setet. Da hun ikke gjorde det, kastet han henne av bussen.

Ribby kunne fortsatt huske det sviskelignende ansiktet hennes som så opp da bussen begynte å kjøre. Kvinnen hadde løftet langfingeren så høyt som den lille kroppen hennes kunne få den opp, og ropt: "Dra til helvete!"

Ribby hadde blitt så sjokkert over hendelsen at hun fra den dagen av alltid satte seg bakerst i bussen. Der kunne hun være usynlig. Hun kunne se på som en flue på veggen uten å tiltrekke seg oppmerksomhet. Hun ville ikke gjøre noe som kunne gjøre Stan the Man sint.

Men på den annen side kunne ikke Stan se alt. Som mannen som pillet seg i nesen og tørket seg på setet. Hun så det, men ikke Stan. Ribby lo. Stan the Man kikket tilbake på henne i bakspeilet. Hun sluttet å le. Hvor sikker var Stans kjøreegenskaper? Besatt av passasjerene sine, det var et under at han ikke hadde krasjet.

Ribby stakk hånden ned i vesken sin. Vurderte å ta ut en sigarett. Ville Stan legge merke til det? Ville han kaste henne av bussen? Det var mørkt, og det var for langt hjem til å gå. Hun lukket håndvesken. Hun fokuserte på stjernene utenfor vinduet.

Vel hjemme åpnet hun døren, og straks lød det latter fra kjøkkenet. Moren hennes hadde ofte besøk av herrer. Denne kvelden var ikke annerledes.

Tom Mitchell satt på andre siden av bordet. Ribby nikket i Toms retning. Hun følte Toms blikk kle av henne. Han så alltid på henne på den måten. Moren så ikke ut til å bry seg.

"Hei, Ribby," sa Tom. "Godt å se deg igjen."

Ribby skrudde av kranen, trakk pusten dypt og vendte seg mot bordet.

Moren ventet på svar.

Det samme gjorde Tom.

"Vel, da så", sa Tom idet han reiste seg. "Det er best jeg går, Martha. Det var veldig hyggelig å se deg, som alltid." Han skjøv stolen bakover og vippet baseballcapsen i hennes retning.

Tom tok et skritt mot Ribby. "Og du også, Ribby - selv om du tror du er for høy og mektig til å hilse på din mors kavaler, så liker jeg deg fortsatt godt."

Ribbys mor lo, en høy og lav magelatter. "Å Tom, vår Ribby er redd for sin egen skygge. Det gjør ingenting. Jeg er sikker på at hun liker deg også." Hun snudde seg mot datteren sin. "Ikke sant, Ribby? Du liker alltid mennene mine."

Ribby svelget ned glasset med vann. Hun stakk hånden ned i vesken og rørte ved sigarettpakken. Å kjenne en hemmelighet ga henne en følelse av makt. Hun gikk inn i stuen.

Tom og Martha hvisket i entreen mens hun bladde i et magasin. Hun ble snart lei av skandaleoverskriftene og tok fjernkontrollen til TV-en og klikket seg gjennom kanalene. Ytterdøren smalt igjen.

"Jeg skulle ønske du kunne være litt snillere mot vennene mine," sa Martha da hun satte seg i sofaen. "Vi trenger tross alt venner her i livet, og Tom har alltid vært snill mot oss."

"Hva er det til middag, mamma?"

"Jeg har hatt selskap hele ettermiddagen. Jeg har ikke tid til å lage middag, datter, og jeg er skrubbsulten," Martha slikket seg om leppene. "Absolutt, helt og holdent skrubbsulten."

"Da bestiller vi inn," sa Ribby. "Vi kan få litt spesialstekt ris, noen eggruller og sitronkylling til å dele."

"Jepp, det er helt greit for meg," sa Martha og snappet fjernsynsflimmeret ut av Ribbys hånd. Hun pekte og klikket, raskt og ivrig.

"Jeg går til fru Engle og ringer på."

"Gjør det, datter, gjør det," sa Martha mens hun skjenket seg et glass whisky. Hun skjenket litt brus i det. Hun strakte seg inn i minikjøleskapet og tok ut isbitskuffen. Hun puttet i to kuber, tok en slurk og sukket.

Da Ribby kom tilbake, sa Martha "Du er en god datter, for det meste." Martha tok en lengre slurk til. "Vi ville vært hjemløse uten lønnen din til å betale huslånet og sette mat på bordet." Martha rørte rundt i drinken med fingeren. Isbitene klirret mot glasset.

Ribby stusset litt. Denne samtalen fikk henne alltid til å føle seg ukomfortabel.

Da reklamen begynte, spurte Martha: "Har du sett noe til maten ennå? Whiskyen gnager i magen min."

"Han sa tretti minutter, mamma."

"Tretti minutter, vel, ved Gud, tretti minutter er for lenge å vente på litt ris!" Martha slo venstre knyttneve ned på stolarmen. Den høyre armen holdt hun i været for å bevare whiskyglassets hellighet.

"Jeg kan ikke avlyse nå. Sitt stille og følg med på programmet, så er det her før du vet ordet av det."

Martha satte seg i baren og fylte på med mer whisky og is. Tilbake på sofaen hadde hun resignert og ventet på kveldsmaten.

Hun slapp i det minste å synge for den, tenkte Ribby med et skjevt smil.

M ARTHA BLADDE GJENNOM KANALENE. Ribby ventet på budet i entreen.

Hun stakk hånden ned i vesken og tok frem en sigarett. Hun plasserte den mellom leppene uten å tenne den og så på speilbildet sitt. Hvis håret ikke var så nøytralt og hudfargen så utvasket, hadde hun potensial til å se sofistikert ut. Kanskje.

Hun ble forskrekket da det ringte på døren, og holdt på å miste sigaretten.

Martha ropte: "Ta den, Ribby!"

Hun stakk sigaretten ned i vesken.

Bing-bong igjen.

"Datter? Datter! Er du der?"

"Ja, mamma, jeg skal hente pengene." Hun åpnet døren.

"God kveld", sa budet.

Han kjente henne ikke igjen, men hun kjente ham. Fyren fra biblioteket med piercinger og tatoveringer.

"Det blir 32,50 dollar", sa han.

Ribby overrakte 35,00 dollar. Han så annerledes ut der han sto på verandaen hennes. "Behold vekslepengene", sa hun mens hun lukket døren og fortsatt tenkte på ham.

"Det må begynne å bli kaldt, Rib!" sa Martha, rev vesken ut av hånden hennes og gikk inn på kjøkkenet.

Ribby satte vesken tilbake på kroken og noterte seg at hun skulle ta den med seg opp når hun gikk og la seg. Det ville ikke gå an at Martha fant sigarettene.

Tilbake i stuen spiste de middag på TV-brett. Favorittprogrammet Jeopardy! begynte.

Ribby og Martha hadde en rivalisering når de så på. Den som visste svaret først, ropte det ut.

"Hva er New York?", ropte Ribby.

"Hva er L.A.!" ropte Martha. Hun tok feil.

"Hva var det jeg sa," sa Ribby. "Alle vet det, mor."

Martha strakte seg over bordet og slo datteren i ansiktet. Slaget var så hardt at TV-skuffen og innholdet fløy til værs. Ribbys stol tippet bakover, og hodet hennes traff salongbordet med et dunk. Så traff det gulvet med et dunk.

"Det skal du lære," sa Martha, "for at du ikke viser respekt. Dette er mitt hus. Hvem er du til å fortelle meg om jeg har rett eller galt!"

"Men mamma," hvisket Ribby. "Han sa..."

"Jeg driter i hva han sa. Nå går jeg og legger meg. Lag meg en kopp te - min vanlige - og kom opp med den."

"Ok, mamma", sa Ribby.

Ribby gikk til barområdet. Hun tok opp flasken, gikk ut på kjøkkenet og satte kjelen til å koke. Hun puttet en tepose i en kopp og helte det varme vannet en fjerdedel oppi. Etter at teen hadde trukket, tilsatte hun en halv kopp Bourbon og to teskjeer sukker.

På vei opp trappen bestemte hun seg for å gjøre noe ganske u-Ribby-aktig.

Hun beveget tungen rundt i munnen, samlet spytt og lot det plaske i kinnene. Da hun hadde fått nok, spyttet hun ned i morens kopp.

Hun så på den på overflaten, rørte litt i den før hun satte den fra seg på nattbordet. Hun smilte mens hun trakk ned det øverste lakenet og deretter teppene, slik hun gjorde hver eneste kveld.

Martha kom ut fra badet. "Du er en god datter av og til."

Ribby sa ingenting. Hun hjalp moren ut av klærne og inn i nattkjolen. Morens føtter var kalde. Ribby masserte dem med litt olje før hun trakk tøflene over det gamle kjøttet hennes.

På vei ut kastet Ribby et blikk tilbake over skulderen. Martha tok en slurk av den forfalskede teen og sukket.

Ribby holdt latteren tilbake til hun var inne på rommet sitt.

Da lo hun så hardt at hun måtte dempe lyden med puten.

KAPITTEL 2

D A HUN VÅKNET, SATTE Ribby seg opp og tenkte på kvelden før. Hun lo og hørte moren trampe rundt, slik hun pleide å gjøre.

"Frokosten er klar om ti minutter," ropte Martha.

Ribby klarte å stenge det meste ute. Det samme gamle. Det samme gamle.

"Jeg er ikke sulten, mamma," ropte Ribby og børstet seg i håret. "Dessuten må jeg tidlig på jobb i dag."

Ribby hørte på at moren forbannet henne. Hun strøk børsten gjennom håret og stoppet brått da det lød en kakling nedenunder. Denne latteren var urovekkende. Martha lo sjelden om morgenen, med mindre en av mennene hennes var på besøk.

"Vi ses, mamma!" sa Ribby da hun rundet kjøkkenet og gikk rett mot døren. Vel ute la hun merke til en varebil med en mann i som satt og ventet. På siden av bilen sto firmanavnet: Attics-R-Us.

Ordet loft utløste et minne om forrige gang hun hadde vært der oppe. Bare tanken på det fikk henne til å skjelve og skjelve. Hun nøytraliserte minnet og låste det inne med en nøkkel i fantasiens bibliotek.

Hun pekte i retning bussholdeplassen. Hun kom akkurat i tide. Hun klatret om bord og stirret ut av vinduet mens verden passerte forbi henne i en tåke. Det rumlet i magen. Hun ble mer og mer sulten. Hun ignorerte suget, for hun ville spare hver eneste krone til turen til kjøpesenteret. I dag var dagen hun skulle unne seg selv noe.

Hun åpnet håndvesken. Bare lukten av tobakk dempet suget i magen.

På jobben hengte hun fra seg frakken og sikret vesken.

Selv om kollegene var på plass, var det ingen som hjalp de ventende lånerne i køen.

Ribby var den eldste bibliotekarassistenten, men likevel hadde hun ingen autoritet.

Igjen tok Ribby seg av de ventende lånerne på egen hånd. Biblioteksjefen, fru P. Wilkinson, så ikke ut til å legge merke til det.

I lunsjpausen spurte Ribby kollegene sine hvor de kjøpte klærne sine. De fleste anbefalte kjøpesenterets stormagasin for kvalitetsmerker til rimelige priser.

Ribby ble mer og mer begeistret nå som hun visste hvor hun skulle handle. Hun gledet seg til å gjøre noe hun aldri hadde gjort før.

Ribby Balustrade skulle kjøpe seg en ny kjole.

V ED VAREHUSET BLE RIBBY stående et øyeblikk utenfor og kikke inn vinduene. Biler, busser og trikkelyder ga ekko rundt bygningene. En gatemusikant like ved inngangspartiet begynte å klimpre og synge. En folkemengde begynte å samle seg, noen dyttet og dyttet, noen bar på varme drikker og røykte sigaretter. Det var så mye bråk og så mye folk at hun bare ville inn. Inn i stillheten.

Hun gikk inn svingdørene, og i et øyeblikk var det stille. Så ble kupeen sugd opp, og hun trådte ut i et helt annet kaos. Kunder med vesker, som kom og gikk. Og det var stort, mange etasjer. Flere mennesker fylte rulletrappene som gikk opp og ned. Lukten av frityrstekt mat, popkorn og smultringer søtet luften og skapte en sanseoverbelastning.

"Kan jeg hjelpe deg?" spurte en dame i informasjonsskranken.

"Ja, dameklær, takk."

"Tredje etasje," sa hun.

Det var stille i rulletrappen. De reisende så på telefonene sine. Hun holdt seg fast i rekkverket.

Da hun kom opp i tredje etasje, fikk hun øye på drømmekjolen. En liten, svart kjole, som det sto i magasinene på biblioteket, perfekt til cocktailselskaper og spesielle tilstelninger. Hun så på den og tenkte på ordene fra en baseballrelatert film. Hun smilte og endret ordene til: "Hvis du kjøper den, vil det komme anledninger til å bruke den."

"Kan jeg hjelpe deg?" spurte en kvinne i smart dress.

"Ja, ja, det kan du. Jeg er ute etter å unne meg noe. Jeg tenkte at en svart kjole, noe som er lett å ha på og ta vare på, ville passe perfekt. Jeg elsker den på utstillingsdukken der oppe. Hvis du har den i min størrelse, vil jeg gjerne prøve den."

"Utmerket valg," sa kvinnen. "La meg se, hvilken størrelse er du? Tolv? Fjorten?"

"Jeg vet ikke."

"Du er en tolv. Jeg pleier å være ganske god til å gjette, men i tilfelle, ta en ti, tolv og fjorten," foreslo ekspeditøren. "Og så trenger du et par svarte sko for å fullføre looken. Er du en størrelse 38?"

Overrasket sa Ribby: "Disse skoene er størrelse 38."

"Perfekt, da. Ikke vær redd for å komme ut når du er klar. Jeg vet hvor vanskelig det kan være når man handler på egen hånd."

"Det skal jeg, takk," sa Ribby mens hun lukket døren til prøverommet.

Omgitt av speil kunne Ribby se seg selv fra alle vinkler for aller første gang, mens den kjedelige Martha-plagget falt på gulvet.

Ribby prøvde kjolen i størrelse 44. Med sin utringning og plisseringer ved hoftene og i midjen fremhevet den virkelig figuren hennes. Hun visste allerede at hun ville kjøpe den, men hun ville likevel få en annen mening. Hun gikk ut av prøverommet.

"Jøss!" utbrøt ekspeditøren. "Du ser fantastisk ut! Men la meg gjøre én ting."

Ekspeditøren forsvant rundt hjørnet, men kom tilbake på få sekunder. "La meg sette denne i håret ditt, og disse falske perlene rundt halsen din. Du kommer til å se ut som en million dollar!"

"Jeg ser så glam ut!" Ribby kjente nesten ikke igjen seg selv.

"Du ser virkelig sensasjonell ut!"

"Jeg vil gjerne prøve noen flere antrekk." Hun gikk bort til et stativ og valgte ut en todelt rød dress, en bluse og et par bukser. Hun gikk tilbake til garderoben. Dressen var nydelig med sin rene jakke og matchende skjørt, og skoene hun hadde prøvd sammen med kjolen, passet perfekt til den. Blusen så bedre ut uten enn på, og buksene trakk for mye oppmerksomhet til rumpa hennes.

"Jeg tar dressen, kjolen, skoene og perlene," sa Ribby. "Hvor mye koster det? Jeg glemte å se etter."

Ekspeditøren telte opp alt. "Total pris før skatt er 760,00 dollar. Skal det være kontant eller kreditt?"

"Å, det er mer enn jeg hadde forventet," innrømmet Ribby.

"Ikke bekymre deg, du kan ta kjolen i dag og komme tilbake senere for å kjøpe skoene og tilbehøret. Eller du kan søke om kreditt i butikken. Jeg skal sjekke at du er kvalifisert, og så kan du få kreditt med en gang."

"Kan jeg det?" spurte Ribby. "Det ville være til stor hjelp!"

Ekspeditøren stilte Ribby noen få spørsmål, og hun kvalifiserte seg for et kredittkort. Hun kjøpte alt sammen. Ekspeditøren pakket alt sammen.

"Tusen takk skal dere ha. Du har vært fantastisk!"

"Det var så lite."

Ribby feiret med en kopp kaffe, og da det begynte å bli mørkt, gikk hun til bussholdeplassen. På veien røykte hun en sigarett.

Attics-R-Us' varebil sto fortsatt parkert utenfor huset hennes da hun rundet hjørnet.

Vel inne gikk Ribby inn på kjøkkenet. Bak den lukkede døren hørte hun velkjente lyder av elskov. Det var ikke første gang hun hadde kommet hjem og funnet moren sammen med en av mennene sine. Har fyren fra Attics-R-Us vært her hele dagen? Æsj. Ribby trakk seg ovenpå.

På rommet sitt delte Ribby opp hendelsen i underetasjen. Hun ville ikke la det ødelegge dagen.

Hun tok på seg den nye kjolen, skoene og perlekjedet. Hun stakk hånden ned i vesken og tok frem en sigarett. Med den i hånden så hun enda mer sofistikert ut. Hun lekte med håret. Testet hvordan det så ut oppe og nede.

Utenfor åpnet og lukket en bildør seg. Ribby kikket ut av vinduet og så på varebilen fra Attics-R-Us som kjørte bort.

Et øyeblikk senere hørtes morens skritt, og i det andre rommet startet dusjen.

Ribby skiftet tilbake til de gamle klærne sine. Mens hun kledde av seg, skjøv hun tankene på moren og mennene ut av hodet. Da hun var ferdig, listet hun seg stille ned trappen, ut døren og kom inn igjen. Denne handlingen styrket hennes evne til å holde seg i ro i forbindelse med denne hendelsen, og det ville hjelpe henne i fremtiden når en lignende hendelse skulle inntreffe. Med Marthas mange herrer på besøk var denne handlingen en selvbevarende taktikk.

Hun skjenket seg en kopp varm te og rørte litt i gryteretten, før hun gikk inn i stuen for å se litt på tv.

Martha kom ned kort tid etter, og de spiste middag sammen. Da moren sovnet på sofaen, gikk Ribby opp på rommet sitt.

Etter å ha lest en stund lukket Ribby øynene og lot fantasien løpe. Hun så for seg sitt eget hjem ved vannet. Hun så for seg en stue med en komfortabel elskovsstol og matchende, knasende stoler. På veggen bak dem hang Van Gogh- og Monet-trykk. Blomster i vaser. Hun så for seg at hun kom hjem fra jobb og la opp føttene. Å ha kontroll over fjernsynet.

Boblen sprakk, og virkeligheten sivet inn.

Martha ville aldri tillate det.

Men det hun ikke visste, kunne ikke skade henne.

I tillegg til det nyinnkjøpte kredittkortet deltok Ribby i Provincial Library Staff Savings Program, så hun hadde noen hemmelige sparepenger, men hadde ikke rørt dem før i dag.

Ribby tenkte på en artikkel hun hadde lest i avisen. Det var en sann historie om en mann som levde to forskjellige liv med to forskjellige koner. Hun lurte på om hun kunne gjøre ideen til sin egen. Kunne hun skape seg et nytt liv?

Søvnen kom, men Ribby drømte ikke. I stedet bestemte hun seg.

I morgen skulle hun føde en ny versjon av seg selv. En fantasivenn. Et alter ego.

En del av seg selv som ville gjøre ting hun var for redd til å gjøre.

En venn med et vakkert navn: Angela.

KAPITTEL 3

LØRDAG MORGEN. RIBBY HOPPET ut av sengen og gledet seg til dagen som lå foran henne. Hun brettet sammen den svarte kjolen og strømpebuksene og la dem i vesken. Hælene hennes ville ikke passe. Et par sandaler måtte holde.

Martha satt ved kjøkkenbordet med hodet i hendene. I bakrusmodus. Kaffetrakteren snuste og hveste bak henne. Da hun så Ribby, stønnet hun. Ribby hadde sett tegnene på for mye whisky hos moren mange ganger før. Hun skjenket seg en kopp kaffe og fylte på morens kopp. Marthas hender skalv da hun tok en slurk.

Ribby fortsatte nedover gangen og ut på verandaen hvor hun hentet avisen. Hun gikk tilbake til kjøkkenet og nippet til den nå kjølige kaffen mens hun leste. Avisen viste seg ikke å være noe hinder for Marthas slurping ispedd stønn.

Ribby bladde videre til spalten med leiligheter til leie. Hun lot fingeren gli nedover listen, og det var mye å velge mellom i området ved vannet der hun håpet å bo. Hun lukket avisen og skyllet ut koppen.

"Jeg må stikke, mamma. Vi ses senere."

Martha slo nevene i bordet. "Ikke kom tilbake, da, hvis du ikke engang kan mønstre et gram sympati for den stakkars gamle moren din."

"Ta et par Tylenols, så går det bra," sa Ribby mens hun åpnet ytterdøren og smalt den igjen bak seg. Da hun gikk, la hun merke til at moren hadde trukket for persiennene. Ingen herrebesøk i dag.

Ribby tok bussen, og da hun kom frem til det beste utleieområdet, kjøpte hun en ny avis. Hun sirklet rundt et par muligheter og bestemte seg for å gå på noen visninger. Den ene lå i et fantastisk område ikke langt fra stranden og var nummer én på hennes prioriteringsliste.

Før hun kunne gå på visning, måtte hun skifte til et passende antrekk. Et offentlig toalett ville gjøre susen. Iført sine nye klær utforsket hun området, og tok seg tid til å se på Ontariosjøen. Hun lyttet mens bølgene skvulpet mot bredden. Over henne skrek måkene om oppmerksomhet. Bak henne tutet bilene mens passasjerene ventet på at lyskrysset skulle skifte. Lyden av AC-DC med sterk bass runget, og hun snudde seg for å se at det var en svart bil med kalesjen nede som var synderen. Hun fortsatte langs promenaden. Hun fikk vann i munnen da hun kom til en pølsebod med stekt løk ved siden av. Hun sjekket tiden i et butikkvindu og innså at hun måtte skynde seg for å se det første huset.

Fra utsiden så bygningen innbydende ut. Det var ikke en skyskraper som noen av de andre. Det var mellomstort med private balkonger. Balkonger prydet med personlige eiendeler som sykler og planter. Balkonger der leietakerne skapte sin egen lille himmel. Der de var stolte av eiendommene sine.

Hun fikk øye på et "Til leie"-skilt over seg. Som annonsen lovet, hadde den utsikt mot vannet. Hun gledet seg til å komme opp dit og ta en nærmere titt.

Vel inne gikk hun rundt i lobbyen for å få en følelse av stedet. I postområdet leste hun navnene som prydet eskene, nesten som om hun håpet å kjenne igjen noen. Det gjorde hun ikke. Hun trykket på knappen til heisen og tok seg opp.

Det var lett å finne leiligheten med skiltene som viste vei. Døren var åpen. Hun banket likevel på og gikk inn. Andre myldret rundt. Førsteinntrykket sa henne at hun måtte få leiligheten. Den var ment for henne.

Agenten på kjøkkenet snakket med et ungt par. Til henne sa han: "Jeg kommer om et øyeblikk. Dere må gjerne se dere rundt."

Interiøret var i en kjedelig magnoliafarge. Kjøkkenet var velutstyrt med hvitevarer i rustfritt stål, inkludert oppvaskmaskin. Hovedoppholdsrommet hadde åpen planløsning. Perfekt. Hun så for seg at hun satt der og så ut på den fantastiske utsikten over bølgene. Lytte til bølgene. Hun åpnet balkongdørene og gikk ut. Barn lekte ikke langt unna. Hun gikk inn igjen og så på soverommet. Det var større enn rommet hennes hjemme, hadde eget bad og et mer enn rikelig stort walk-in-closet. Hun måtte kjøpe mange nye sko og klær for å fylle det rommet. Det var vidunderlig. Alt sammen. Hun hadde så lyst på det at hun kunne smake det.

"Utsikten er fantastisk", sa Ribby da agenten var fri. "Dette er akkurat det jeg ser etter."

"Det er etterspurt. Hvis du vil ha den," sa agenten. "Du må fylle ut en søknad i dag. Har du noen gang leid før?"

"Nei, jeg har bodd hjemme."

Han fiklet med noen papirer. "Kommer du til å bo alene? Jobber du fulltid?"

"Ja, og ja. Jeg jobber på biblioteket. Jeg er assisterende bibliotekar, og jeg har jobbet der i syv år."

"Eieren foretrekker å leie ut til en enslig eller et ungt par ... hvis alt er i orden med papirarbeidet."

Ribbys øyne lyste opp da hun tok imot søknaden. Agenten tilbød henne en penn. Mens hun fylte den ut, småpratet han i vei.

"Når søknaden din er godkjent, trenger vi en sjekk som dekker første og siste måneds husleie."

"Ikke noe problem." Hun fullførte skjemaet og skrev under. "Når får jeg vite om søknaden min er innvilget?"

"Jeg ringer deg. Vi burde få vite det innen tirsdag."

"Jeg, vi har ikke telefon. Hvis du gir meg visittkortet ditt, skal jeg ringe deg. Er tirsdag morgen ok?"

"Perfekt", sa han og kikket på søknaden. "Vi snakkes da, fru Balustrade, og lykke til", sa agenten mens han fjernet skiltet med "Åpent hus". Han fulgte henne til heisen og ut av bygningen. Da de kom ut på gaten, spurte han: "Kan jeg kjøre deg noe sted?"

"Nei takk, jeg skal gå en tur langs vannkanten, og så tar jeg bussen hjem."

Ribby løp ned til stranden. Hun tok av seg sandalene og lot sanden sive ut mellom tærne. Så dyppet hun dem i vannet. Hun samlet noen skjell, satte seg ned og lyttet til lydene fra byen og Ontariosjøen.

En måke landet i nærheten. Og så en til.

"Hva tror dere?" spurte hun fuglene. "Er dette stedet for Angela og meg?"

Måkene så på henne, men deres eneste svar var et skrik.

D ET VAR FORTSATT TIDLIG - for tidlig å gå hjem. Ribby bestemte seg for å se på noen møbler. I utstillingslokalet hadde det vært et godt utvalg av varer. Men alt var så dyrt, siden hun trengte alt.

En stemme i hodet hennes sa: "Second hand. Eleganse. Sofistikert. Shabby chic.

Ribby så seg rundt. Hadde noen snakket til henne? Hun var alene. Hun strøk fingrene langs ryggen på en sofa og tenkte: "Shabby chic, hva? Perfekt.

Stemmen sa: "Ikke glem - en ny leilighet krever en ny garderobe.

Ribby tok en pause. Var hun i ferd med å bli gal? Hun hadde en samtale med seg selv, men stemmen var annerledes. Stemmen var Angela. Angela var blitt født.

Du kan ikke forvente at jeg skal bli født inn i dette livet iført Marthas gamle filler.

Ribby smilte. Enig. Men en ting av gangen. Leiligheten. Møbler. Du trenger vakre ting. Vi trenger vakre ting. Vi må sørge for at mamma aldri finner det ut. Hun ville fått en ku.

Hun er en ku.

Ribby lo så hun nesten tisset i buksa.

Hvordan klarte jeg meg uten deg?

Det får vi aldri vite. Skal du noen gang tenne en sigarett? Lungene mine skriker etter en!

Ribby stakk hånden ned i vesken og tok frem en sigarett. Hun stakk den mellom leppene, tente enden og tok et drag.

Ahhhhh, sukket Angela, det trengte jeg. Ribby, nå trenger vi en plan.

Ja, jeg vet det. Hvis vi får denne leiligheten, hvordan skal vi holde den fra mor? Hvordan skal jeg fortsette å betale henne og betale for det nye stedet, pluss få alt annet? Jeg vet det. Jeg ber om lønnsforhøyelse.

Ikke be om lønnsforhøyelse, krev en. Og få den gamle til å redusere leien din!

Jeg burde ha fått lønnsforhøyelse. Det har du rett i. Men mamma vil aldri gå med på det, selv om hun mister huset uten meg.

Det er hennes problem, ikke ditt, Rib. Hun er en voksen kvinne, og hvis du ikke er her, kan hun leie ut rommet ditt, ikke sant?

Det føltes rart for Ribby å ha noen på sin side for en gangs skyld.

Jeg har ikke tenkt å bo i leiligheten på heltid. Det ville aldri gå. Hun ville finne en måte å ødelegge alt på. Nei, jeg bor hjemme i uka og i leiligheten i helgene.

Men hun vil gå gjennom bankboken din igjen, Rib, og hun vil se at saldoen går ned, ned, og hun vil gå i taket. Du vet hvordan hun er.

Ribby tok en dobbeltkikk. Hvordan visste Angela om det?

Du har rett. Jeg må være forsiktig med hvor jeg legger vesken min. Med sigarettene i den har jeg tatt den rett opp på rommet mitt. Jeg skal fortsette med det, og hun vil ikke merke noe.

Og hvis hun ber deg om penger, hva skal du gjøre?

Jeg skal si nei.

Husker du da du tilbød deg å gi henne alt du tjente? Alt hun trengte å gjøre, var å slutte å ta imot herrebesøk?

Og hvordan vet hun om det? Det er som om hun har vært med meg hele tiden.

Ja, hvordan kunne jeg glemme det? Mor lo så hardt at jeg trodde hun ble kvalt. Jeg prøvde å hjelpe henne med å få luft ved å slå henne på ryggen, og til gjengjeld slo hun meg så hardt at tannen min falt ut.

Den gamle kua vil savne deg, Ribby, men du fortjener et liv, og jeg er her for å hjelpe deg. For å sørge for at du får et. Nå må vi komme oss tilbake før den gamle merra sender ut kavaleriet!

Lykken var innen synsvidde, men noen ganger måtte man strekke ut hånden og ta den.

KAPITTEL 4

MANDAG MORGEN VAR RIBBY tidlig oppe og ute av døren. Hun ville ikke se Martha. På jobb hadde hun på seg en Martha-muumuu-spesialitet der brystene kjempet mot frontkanter. Dette antrekket var innenfor bibliotekets garderobepolicy. Hun skyndte seg for å rekke bussen og ankom tidligere enn vanlig.

"God morgen, Ribby", sa fru Pigeon, en av bibliotekets faste gjester. "Hvis du er på utkikk etter noe godt å lese, kan jeg anbefale denne." Hun holdt frem boken, og Ribby tok den.

"Mitt liv på en tallerken", leste Ribby. "Handler den om mat?"

"Nei, ikke på noen som helst måte!" sa fru Due og lo. "Den handler om livet, latter og tårer." Hun tok en pause. "Slutt med det der, Billy! Jason, kom tilbake hit." Barna kom tilbake til disken. "Beklager at boken kommer sent tilbake."

"Du har overbevist meg. Takk, fru Due." Hun smilte da hun stemplet boken tilbake.

"Det var så lite, kjære. Neste gang jeg kommer innom, kan du fortelle meg hva du syntes om Clare Hutt. Si ha det til Ribby nå, gutter. Jason, slutt å spytte på broren din. Du kommer til å få store problemer når du kommer hjem!" Fru Due smilte mens hun førte Jason etter øret og Billy etter hånden. Trioen gikk ut gjennom svingdørene.

Ribby var for spent til å lese. Dessuten var det mandag igjen, og hun måtte komme seg til sykehuset.

Klokken 17.00 hentet Ribby tingene sine i skapet og tok bussen. Underveis følte hun seg fristet til å røyke, men hun ville ikke at barna skulle kjenne sigarettlukten på henne.

Hun gikk til gavebutikken der hun hadde bedt om heliumfylte ballonger til alle barna på avdelingen. Tanken var vidunderlig, men å bære dem var en annen sak.

Som lovet begynte Ribby på rommet til Mikey Landers. Han var ikke der. Hun fortsatte langs korridoren og stakk hodet inn på rommene underveis. Bak henne fulgte andre etter og dannet en syngende parade. Rullestoler, krykker, alle var velkomne. Til og med oversykepleier Alice var med.

Ribby kastet et blikk i hennes retning, og øynene deres møttes. Noe var galt, men det kunne vente. Hun fortsatte med forestillingen.

Ribby gikk inn i midten. Hun fikk øyekontakt med barna. Lucy May Monroe trengte et bånd til håret, og Ribby tok det opp av trylleposen sin. Det var et lilla bånd, Lucy Mays favorittfarge. Barnet hvinte av glede. Lucys mor viklet det rundt den lille hestehalen hennes.

Ved forrige besøk hadde Benjamin Fish ønsket seg en dragepledd, som Ribby nå hadde gjemt i den magiske vesken sin. Hun lot Benjamin stikke hånden ned i den, og han trakk den ut. Han la den på fanget— han så etter foreldrene sine, men de var ikke i nærheten. Han ville ikke åpne den uten dem, så han la gaven i fanget på rullestolen sin.

Det var flere andre barn som ventet. En etter en oppfylte Ribby ønskene deres. Hun sang igjen. Denne gangen danset hun og fremførte Elton Johns Crocodile Rock. Hun delte ut resten av ballongene. Bare Mikey Landers' ballong var igjen.

Ribby sa farvel til barna. Hun bar Mikeys røde ballong og gikk bortover korridoren. Sykepleier Alice ventet på henne.

"Ribby, vent, jeg har noe å fortelle deg."

Ribby ville ikke høre nyheten. Hun fortsatte å gå. Hvis hun ikke visste det, ville det ikke være sant.

Sykepleier Alice tok tak i Ribbys arm. "Ribby, Mikey hadde store smerter, og nå har han fått fred."

Ribby hadde lyst til å skrike. Hun fortsatte å gå og forlot bygningen. Vel ute slapp hun ballongen, og så på den til hun ikke kunne se den mer.

Hun gråt ikke.

KAPITTEL 5

RIBBY BLE SÅ GLAD da hun ringte megleren fra en telefonkiosk og fikk vite at leiligheten var hennes. Om litt over en uke skulle hun flytte inn. God tid til å kjøpe noen nødvendigheter og finne ut hvordan hun skulle holde seg unna Martha.

Hvorfor ikke bruke meg? Vi er tross alt venner, ikke sant?

Hva mener du med det?

Noen ganger er du tykk som en murstein. Si til den gamle stridsøksen at du skal besøke en venninne som heter Angela.

Hva om hun vil møte deg? Og jeg kan ikke lyve. Hudfargen min ville avsløre meg.

Du lyver ikke. Du skal tilbringe tiden med meg. Du har det perfekte alibi. Meg!

Den kvelden under middagen tok Ribby opp temaet. "Jeg vil gjerne gå ut på fredag kveld med min venninne Angela."

"Sier du det?!" sa Martha med forbauselse i stemmen. "Har du en venninne?"

"Vi leser de samme bøkene, og vi kommer godt overens."

"Datter, vær forsiktig med denne nye venninnen. Pass på at hun ikke utnytter deg, for du er veldig naiv når det gjelder verdslige ting."

"Det går bra, mamma. Vi skal se en film og ta en kopp kaffe."

Dagene gikk fortere nå som livet hennes var ute av sin vante rutine, og snart var det fredag.

"Jeg må komme meg av gårde. Vi skal møtes utenfor kinoen."

"Før du går, kan du gi den stakkars gamle moren din noen dollar til å erstatte flasken med Jack Daniels?"

Ribby nølte. Hvis hun ikke ga moren penger, ville hun kanskje ikke komme seg ut av huset. Hun måtte gi henne pengene, og det gjorde hun.

"Jeg kommer for sent, mamma, det er ingen vits i å vente oppe på meg."

"Ha det bra," sa Martha og stappet pengene ned i BH-en.

Ribby gikk langs stien og trakk pusten dypt inn flere ganger. Hun kunne ikke tro det. Fredag kveld, og hun skulle ut på byen og gå på kino.

Ikke glem meg.

Hvordan skulle jeg kunne det? Uten deg hadde jeg fortsatt stått der i stua!

Det var bra at du ga henne pengene i kveld, Ribby. Men ikke mer. Vi trenger hver eneste krone!

Under filmen fniste Angela av kjærlighetsscenene.

Dette er så kjedelig! Snakk om urealistisk. La oss komme oss ut herfra.

Det er romantisk. Gi det en sjanse.

Ribby stappet en sjokoladebit i munnen.

Skulle ønske vi kunne røyke her inne.

Hysj.

Etter filmen følte Ribby seg for irritert til å ta en kaffe, og dro hjem.

Hva skal du si når vi kommer tilbake hvis du-vet-hvem er oppe?

Hun kommer ikke til å være oppe. Etter Jack Daniels er hun ute for telling.

I morgen tidlig kan du si at du overnatter hos din nye venn Angela lørdag kveld. Du kommer tilbake søndag kveld. Forstått?

Hun ville skjønt at jeg løy. Hun vet det alltid.

Kanskje hun gjør det, men det var før du fikk ditt eget sted. Et dobbeltliv. Før du fikk meg. Dessuten er det en formalitet. Du bor hos meg, og jeg er vennen din. Så... du snakker sant.

Når du sier det på den måten, høres det ganske bra ut.

Ja, tenn en sigarett, så går vi tilbake.

KAPITTEL 6

ET VAR INNFLYTTINGSDAG, OG Ribby var klar til å dra. Hun gikk på tå ned trappen i håp om å snike seg ubemerket unna. Det varte ikke lenge, for Martha ventet på henne på kjøkkenet.

"En kopp kaffe?"

"Takk, mamma", sa Ribby mens hun satte seg ned og kikket på klokken.

Marthas gulping og kjøleskapets summing var de eneste lydene som hørtes.

"Angela og jeg hadde det utrolig hyggelig sist fredag kveld, mamma, og hun har spurt om jeg vil overnatte hos henne i helgen. Jeg vil gjerne bli med."

Martha stakk nesen ned i koppen sin. Hun fingret på duken med den ene hånden mens hun klappet Ludde under bordet med den andre.

Morens stillhet var foruroligende. Hun hadde sjelden vært så stille. Ribby følte seg skyldig, og hendene skalv mens hun nippet til drikken. Hun lurte på om moren visste det.

Ribby tenkte på å si noe, stillheten var forferdelig, men hun var redd for å gjøre det. Hun drakk opp kaffen, reiste seg og skyllet koppen. Hun satte den til tørk på stativet.

"Jeg er glad for at du har fått en venn, og jeg håper du vil ha det hyggelig."

"Takk, mamma," sa Ribby mens hun løp opp trappen for å hente vesken sin og gikk ut. Hun tok bussen og kom seg tvers gjennom byen før budguttene.

"Kom opp!" sa hun i høyttaleranlegget. Mennene kjørte inn de beskjedne møblene og andre gjenstander hun hadde samlet i løpet av lunsjen. Etter at de hadde dratt, satte hun seg til rette og lyttet til bølgeskvulpene fra balkongen.

Ved middagstid tok Ribby en spasertur langs vannkanten. Hun la merke til flere barer og nattklubber langs veien. Hun hadde aldri vært på noen før, for det virket ikke interessant å gå alene, men nå var det annerledes. Hun ville komme tilbake senere.

Med Angela i verden følte hun seg ikke fullt så alene.

S ENERE DEN KVELDEN VENTET Ribby på fortauet foran
nattklubben.

Slutt å gå, Ribby. Jeg teller til ti, og så går vi inn. Greit, kom igjen! Klar eller ikke, her kommer vi!

Jeg er redd.

Lett som en plett, Ribby, lett som en plett! Følg meg.

Som om jeg har noe valg.

Trappen var smal og svakt opplyst. Ribbys ankler vaklet i de nye høyhælte skoene da hun gikk nedover. Da hun svingte rundt hjørnet inn i barområdet, blinket og pulserte stroboskoplysene i takt med musikken.

Slutt å mase om skoene. Paradiset venter! Her borte. Jeg skal plante meg på denne krakken - så jeg kan se hva som skjer. Og så kan de sjekke oss!

Jeg vet ikke... Vil vi ikke se desperate ut?

Ikke desperat - tilgjengelig. Se på dette stedet, Rib. Det er fullt av latter og musikk. Vi kommer til å ha det fantastisk. Kan du ikke spandere en drink?

Hva skal jeg be om? Jeg har aldri bestilt en drink før.

La meg se. Angela så på drinkmenyen. En av disse ville vært bra. Ja, bestill en vodka og tonic - en stor en!

Ribby kremtet i håp om å tiltrekke seg bartenderens oppmerksomhet. Han var i samtale med en mann i den andre enden av stripa. Hun hostet, men med den høye musikken og de blinkende lysene trodde hun ikke at hun noen gang ville bli lagt merke til.

Må jeg gjøre alt? Angela stønnet. "Unnskyld meg, herr bartender; kan jeg få en stor V&T her borte når du har et øyeblikk, takk?"

Bartenderen så bort på Ribby, og han smilte. "Klart det."

Han gikk langs baren og kastet et blikk i Ribbys retning mens han blandet drinken. "Du ser ikke kjent ut. Er du herfra?"

"Jeg flyttet inn i helgen. Tenkte jeg skulle se hva som skjer," sa Angela.

"Velkommen til nabolaget. Og dette er på huset. Jeg er velkomstkomiteen", sa bartenderen med et blunk.

Angela dyttet Ribbys øyelokk mot ham. Hun lente seg frem, som om hun ville hviske ham noe i øret. Brystene hennes falt fremover i kjolen, slik at bartenderen fikk full utsikt til Ribbys utringning. "Tusen takk," sa Angela. "Jeg har alltid ønsket å møte velkomstkomiteen."

"Nå har du det, i egen høye person. Jeg heter Jake, hva heter du?"

"Jeg heter Angela. Hyggelig å treffe deg."

"Hvis du trenger noe mer, er det bare å plystre. Du kan vel plystre?"

"Som den store skuespillerinnen Lauren Bacall sa en gang, du bare setter leppene sammen og blåser." Jake lo, og Angela ga fra seg et svakt plystring.

Denne kommentaren overrasket Ribby, siden hun aldri hadde mestret kunsten å plystre. For ikke å snakke om at hun aldri hadde sett noen av Lauren Bacalls filmer.

Jake beveget seg langs baren og betjente en annen kunde som hadde fulgt med på ordvekslingen.

"Jake, gamle mann", sa mannen og kom nærmere. "Hva med en øl her borte?"

"Nigel. Dude. Jeg har ikke sett deg på ukevis. Hvordan i helvete har du det? Jeg trodde du hadde flyttet?"

"Jeg? Flyttet? Hvor ellers kan du flytte etter å ha bodd nær stranden mesteparten av livet ditt? Ingen andre steder kan måle seg! De måtte ha kjørt meg ut i en trekasse," sa Nigel og lo mens Jake skjenket opp ølen.

"Hva har du holdt på med?"

"Jobb, jobb, jobb, nok sagt," sa Nigel. Han vinket Jake nærmere og hvisket: "Hvem er dama? Skal du gå ut med henne, eller kan jeg få prøve?"

"Hun er ny. Flyttet hit i dag. Hun heter Angela. Flotte pupper og ikke dårlig humor heller."

Se, han liker oss!

Han kjenner oss ikke engang.

Men han vil det.

"Unnskyld meg, Jake", sa Angela. "Jeg vil gjerne bestille en stor Martini, ristet, ikke rørt. En dobbel."

"En dobbel Martini, kommer straks," sa Jake.

"Så du er en James Bond-fan?" spurte Jake mens han plasserte Martinien foran henne.

Angela lekte med olivenen og virvlet den rundt i glasset, før hun slo hele drinken ned.

Ribby skalv. Som før hadde hun aldri sett en eneste James Bond-film, og hun hadde heller ikke lest noen av Ian Flemings romaner. Hun lurte på hvordan Angela kunne vite ting hun ikke visste.

Angela snakket. "Sean Connerys portrett var min favoritt-Bond. De burde ha sluttet å lage filmene etter at han sluttet." Hun skjøv glasset sitt over baren: "En dobbel Martini til for meg, takk, Jake."

"Jøss, det er ganske sterke saker," Jake tok en pause. "Er du sikker på at du orker en dobbel til, så snart?"

"Jeg er jo kunden, og du er velkomstkomiteen, så få meg til å føle meg velkommen. Jeg lover å oppføre meg pent," sa Angela.

Jake så nedover baren på Nigel som satt for seg selv. Ti karer kom gående ned trappen og stirret på Ribby. "Jeg vil gjerne presentere deg for en venn av meg. Nigel, dette er Angela. Hun vil kanskje sette pris på litt selskap. Nigel kjenner området godt, og han er en bra fyr. Jeg kan gå god for ham."

"Hyggelig å treffe deg," sa Nigel og rakte ut hånden.

"Hyggelig å treffe deg også," sa Angela, mens hun beveget seg for å unngå nummen rumpe. Hun slengte olivenen rundt i den ferske martinien og stakk den ned. Hun stappet den i munnen og helte den andre drinken ned i svelget.

"Jeg hører du er ny i området?" sa Nigel, mens han så en liten bit martini sive ut av munnviken til Angela.

Ribby tok en serviett og tørket bort væsken. Den smakte fortsatt forferdelig. Som hun forestilte seg at neglelakkfjerner skulle smake. Hvordan kunne Angela nyte noe hun selv ikke likte?

"Ja, vi har leid en leilighet. Det er vakkert her," sa Angela.

"Vi?"

Ribby krympet seg.

Angela lo. "Vi i kongelig forstand. Jeg bor for meg selv."

"Har du lyst til å danse?" spurte Nigel.

Ribby hadde aldri danset i hele sitt liv.

Angela forsøkte å komme seg ned fra krakken. Hun mistet balansen og snublet.

Nigel grep tak i armen hennes. "Går det bra med deg?"

"Jeg har det bra," sa Angela. "Eller det kommer til å gå bra når jeg går til rommet til den lille jenta. Har du noen anelse om hvor det er?"

"Det er der borte, i enden av baren."

"Okie dokie," sa Angela. Hun grep Nigel i kragen og så inn i de dypblå øynene hans. "Ikke rør deg. Jeg er tilbake om et øyeblikk, og da skal jeg ta imot tilbudet om en dans."

Ribby trakk pusten dypt mens Nigel nikket og trakk seg unna.

Angela klappet kjolen hennes.

Vel inne i båsen lente Ribby seg mot metalldøren, som føltes kjølig mot ryggen hennes. Hun rev av bunker med dopapir og dekket setet før hun satte seg ned.

Rommet snurret rundt.

Jeg tror jeg kommer til å kaste opp.

Nei, vi kommer ikke til å bli syke, Rib. Vi skal sitte her et sekund eller to til. Så går vi ut til vasken og spruter litt vann i ansiktet. Det kommer til å gå bra. Det lover jeg.

Noen øyeblikk senere kom Angela slentrende bort til Nigel. Han så bekymret ut. Han så ikke bra ut, men han var ikke stygg heller. Han så ganske normal ut. Han gikk i svarte jeans, en lyseblå t-skjorte og svarte støvler. Hun likte det lille skjegget hans.

"Kom igjen, da", sa Angela, tok Nigel i hånden og førte ham ut på dansegulvet.

Det var en langsom sang.

Ribby visste ikke engang hvordan han skulle holdes. Håndflatene hennes dryppet av svette.

Nigel holdt henne på en armlengdes avstand.

"Nærmere", hvisket Angela og trakk ham inn mot seg ved å kuppe baken hans.

Mens Chris de Burgh sang Lady in Red, la Angela hodet på Nigels skulder og slappet av. Ribby slappet også av. Hun kunne kjenne hjertet hans slå mot sitt eget. Hun kjente pusten hans mot halsen hennes.

Angela ville ta ham med hjem.

Ribby ville ikke det.

ETTER DANSEN TOK ANGELA Nigels hånd og trakk ham tilbake mot baren. De satte seg på krakkene med knærne inntil hverandre. Nigel viste to fingre i bartenderens retning og sa: "Tequila."

Angela skjøv håret bak øret og lente seg tett inntil ham: "Prøver du å drikke meg full?"

"Øh, nei. Det er ikke min stil."

Angela rørte ved kneet hans da drinkene kom.

Nigel kastet tilbake shoten sin. "Så hva jobber du med? Jeg mener, hva du lever av. Jeg synes vi går litt for fort frem her."

Jeg er enig!

Hysj, Ribby. Legg deg til å sove igjen. Så til Nigel: "Litt av ditt og litt av datt." Hun kastet tilbake tequilaen og satte limen mellom tennene.

"En mystisk kvinne, hva?" Han lo. "Vel, jeg jobber med PR."

"Så spennende! Har du alltid jobbet for samme selskap?"

"Ja, et av de ti største selskapene rekrutterte meg rett fra universitetet. Når du begynner å jobbe for de beste, er det bare nedover som gjelder."

"Jeg skjønner. Så hva liker du å gjøre? Bortsett fra PR og å henge på barer."

"Jeg pleier ikke å henge i barer."

"Jo da, jo da," sa Angela.

"Ærlig talt," sa Nigel og strøk henne over kneet med hånden.

Ribby følte seg engstelig. Han begynte å bli for kjent. Hun ville gå.

Angela likte det.

Nigel fortsatte: "Jeg kjenner Jake. Vi har kjent hverandre i årevis, så jeg kommer hit til Cat's Eye en gang i blant, for å komme meg ut. Man kan ikke sitte i leiligheten og se på Netflix eller spille Xbox-spill hele tiden. Det er bedre å komme seg ut. For å treffe folk, og det skjer så mye her!"

"Ja, men akkurat nå kunne jeg godt tenke meg en kopp kaffe. Har du lyst til å gå et annet sted, hvor det er mindre bråk, og spandere en kopp på en jente? Jeg skulle gjerne invitert deg hjem til meg, men det er et eneste rot siden jeg flyttet inn i dag," sa Ribby.

Jeg sa du skulle overlate dette til meg. Kutt ut.

"Det er en liten kafé ikke så langt unna, og så følger jeg deg hjem. Hvis det er greit for deg, Angela?"

En kopp kaffe, det er greit for meg.

Ta en avslappende pille.

Ribby og Nigel gikk arm i arm til Night Owl Café, der de bestilte cappuccino. De pratet uformelt til klokken 01.00, da Ribby sa at hun ville gå hjem.

"Du er en gentleman som ber om å få følge meg hjem. Jeg er glad Jake presenterte oss for hverandre."

Da de kom hjem til Ribby, spurte Nigel: "Kan jeg få telefonnummeret ditt? Jeg vil gjerne treffe deg igjen."

"Ingen telefon ennå," sa Angela mens hun rotet i vesken etter nøklene. Da hun så opp igjen, prøvde Nigel å kysse henne. Da leppene hans møtte Angelas, kysset hun ham tilbake. Hendene hennes løp over skuldrene og brystet hans. Hans utforsket i sin tur.

Da Ribbys knær begynte å gi etter, tok hun over. Hun var for andpusten til å snakke, og trakk seg unna. "Det er best jeg går inn." Hun berørte leppene sine. Det kriblet fortsatt i dem.

"Jeg håper jeg ikke var for frempå. Du så ut til å like det."

"Det gjorde jeg," sa Angela.

"Jeg må gå," sa Ribby. "Det har vært en lang dag, med flytting og alt." Hun åpnet døren og gikk inn.

Nigel fulgte etter henne til den åpne heisen. "Når får jeg se deg igjen?"

Idet heisen begynte å lukke seg, tok Angela over. "Neste lørdag, samme Bat-tid, samme Bat-kanal."

Da dørene stengte, berørte Ribby leppene hennes igjen. Det hadde vært hennes første kyss, og hun likte det veldig godt.

Angela ville ha mer. Kysset hans gjorde henne varm, febrilsk.

Hun åpnet dørene til balkongen. Nigel sto der nede og så opp. Han vinket.

"God natt, Nigel", sa Ribby.

"God natt, Angela", sa Nigel.

Vi kunne ha invitert ham opp.

Jeg har nettopp møtt ham, og jeg vet ingenting om ham. Dessuten har jeg en rar følelse i hodet og magen.

Han er helt harmløs.

Hvis det er sant, så kommer han tilbake.

Ribby gikk inn igjen. Hun lukket og låste balkongdørene. Hun gikk til badet og stirret lenge på seg selv i speilet, i forventning om å se Angela der. Men hun kunne ikke finne spor av henne.

Etter en varm dusj la Ribby seg i sengen. Hun hadde lukket døren til soverommet, som hjemme. Så slo det henne at hun ikke trengte å gjøre det lenger. Hun reiste seg, åpnet den på vidt gap og dumpet ned i sengen igjen. Hun hadde på seg nattkjolen i flanell fordi nattluften hadde gjort henne kald. Da hun falt tilbake på puten, begynte rommet å snurre. Taket var gulvet, og gulvet var taket. Da hun lukket øynene, steg magen opp mot halsen. Hun holdt seg fast i sengekanten som om hun drev rundt i en livbåt, helt til hun ikke orket å snurre mer. Hun løp inn på badet og kastet opp. Ribby ble venn med porselensbiten og knelte for den som om den var en gud.

Da magen var tom, snublet hun tilbake til sengen og forsøkte å sove. Rommet snurret ikke lenger. Hun følte seg ikke komfortabel med stemmen inni hodet. Angela så ut til å vite ting. Å ha opplevd ting. Andre ting enn hun selv hadde opplevd. Hvordan var det mulig? Hvorfor hadde hun bestilt alle de Martiniene?

Tanken på å drikke martinier og tequila fikk Ribbys mage til å slå et slag. Denne gangen var det de tørre brekninger; hun hadde ingenting igjen å tilby porselensguden.

Hun sov ved gudens føtter og presset pannen mot det kjølige porselenet.

KAPITTEL 7

R IBBY ÅPNET ØYNENE. HUN var på badet, på gulvet. Hun løftet seg opp ved å bruke toalettskålen som ankerfeste. Ustødig satte hun lokket ned og satte seg på det. Hun skrudde på kranen i vasken ved siden av seg, lot vannet renne i noen sekunder, fylte et glass og tok en slurk. Hendene hennes skalv, mens vannet sildret ned i magen hennes.

Da Ribby kunne reise seg, holdt hun seg fast i vasken, så på speilbildet sitt og sverget på at hun aldri skulle drikke alkohol igjen.

For en lettvekter.

Ribby dusjet, kledde på seg og gikk ut en tur for å klarne hodet. Hun stoppet på en kafé og bestilte en sterk kopp kaffe. Mens hun satt og nippet, bestemte hun seg for at hun var klar til å dra hjem, og hun gikk og tok bussen.

Det vil si hjem til Martha.

Hadde det virkelig skjedd i går? Det var som en drøm.

Det med oppkastet var mer som et mareritt!

Nigels kyss var drømmeaktig.

Mitt første kyss var bedre enn pannekaker med smør og sirup.

Hysj, du gjør meg sulten.

Ribby gikk av bussen og gikk hjem. Da hun kom rundt hjørnet, satt Martha der i nattkjole klokka fire på ettermiddagen og drakk av en flaske øl.

"Hvordan har datteren min det, da?" spurte Martha.

"Vi har hatt det kjempegøy, mamma. Angela er veldig morsom. Hun inviterte meg til å bli igjen neste helg."

"Bra. Alle sier at du er altfor alvorlig. Du trenger en venn på din alder som du kan ha det gøy med."

"Hvem er alle sammen, mamma?"

Martha reiste seg. Hun snublet litt da Ribby rygget unna. Ølduften kombinert med den uvaskede kroppen fikk henne til å trekke pusten overfladisk.

"Det spiller ingen rolle. Jeg tror du også trenger en manns selskap."

"Jeg møtte en i går kveld som het Nigel. Han fulgte meg hjem til Angela, og ..."

"Du er borte hjemmefra en kveld, og så får du en mann til å følge deg hjem! Du er visst mer jenta mi enn jeg trodde du var!"

"Det skjedde ikke noe."

"Ikke denne gangen, datter, men det er mitt blod som renner i årene dine, og tiden vil vise at det jeg sier er sant. Når du først får tak i en mann, når han begynner å berøre deg på steder, åh, steder, da vil du bli levende. Han vil ta deg dit du aldri trodde kroppen din kunne nå. Enhver mann kan gjøre det for deg, datter, enten du elsker ham eller ikke. Enhver mann kan det. Enhver mann som vet, kan lære deg det."

"Jeg vil ikke høre dette," sa Ribby og skyndte seg opp trappen og inn på rommet sitt. Hun smalt igjen døren og låste den. Hun satte i gang badekaret, fylte på massevis av bobler og valgte en bok fra sidebordet. Hun lå i badekaret i timevis og prøvde å la være å tenke på hva Nigel kunne lære henne.

KAPITTEL 8

Mandag morgen, tilbake på jobb. Den vanlige køen av kunder. Ribby betjener dem, overbibliotekaren legger ikke merke til det. Senere var Ribby i andre etasje for å sette bøker tilbake i hyllene. Hun kikket ut av vinduet for å se om det foregikk noe interessant, men det gjorde det ikke. Helt til det gjorde det. En limousin på den andre siden av gaten. En sjåfør med caps steg ut og åpnet døren. Ribby så et par lange ben i bemerkelsesverdig høye hæler festet til en blond kvinne stige ut. Sjåføren lukket døren, og kvinnen gikk i motsatt retning av biblioteket.

Jeg vil gjerne se annerledes ut.

Jeg også. Hva tenkte du på?

Håret vårt, vi kunne endre det. Farge det. Blondiner har det morsommere.

Kanskje en parykk i stedet? Mindre permanent.

Høres ut som en plan. Jeg kan ikke vente!

Da bøkene var tilbake på plassene sine, gikk Ribby tilbake til skrivebordet sitt. Hun så etter en parykkbutikk i nærheten. Wigs-R-Us lå flere kvartaler unna. Hun kikket på klokken, og det var nesten tid for lunsj. Hun kunne lett rekke frem og tilbake. Utenfor butikken så hun på parykkene som var utstilt i vinduet.

Jeg liker den der. Og den der.

Er det sant? Vil du ha så kort?

Ja, definitivt kortere.

Klokken ringte da hun kom inn i butikken. Det var påfallende stille, stillere enn i biblioteket.

"Hallo?" sa Ribby.

En kvinne dukket opp bak disken med utstrakt hånd: "Velkommen til butikken min. Hva kan jeg hjelpe deg med i dag?" Selv stående var hun mye lavere enn Ribby.

Ribby åpnet munnen for å si noe, men før hun rakk å si noe, tok kvinnen ordet igjen.

"Hvis du vil sette deg her, kan jeg komme med parykkene til deg. Bare pek på dem du vil prøve. Jeg tilpasser parykken til deg, og vips, så kan du se ditt nye jeg i speilet."

Kvinnen la hånden på Ribbys rygg og førte henne bort til stolen. Ribby satte seg ned mens kvinnen sveivet stolen lavere og lavere. Ribby krøp lenger ned for å tilpasse seg.

"Hva gjør du?" spurte kvinnen mens hun strøk fingrene gjennom Ribbys hår. "Jeg mener, hvordan tjener du til livets opphold? Du vil virkelig ha en parykk som passer til livsstilen din. Håret ditt er forresten nydelig."

"Øh, takk skal du ha. Jeg jobber på biblioteket. Jeg vil gjerne ha en blond parykk. Kort, som den i vinduet. Sånn."

"Jøss, det er et interessant valg. Det er vår mest populære blonde parykk. Du vet hva man sier, blondiner har det morsommere."

Kvinnen hadde en eske bak disken fylt med parykker som var nøyaktig lik den i vinduet. Hun hentet den og begynte å binde opp Ribbys ekte hår.

"Jeg har ombestemt meg", sa Angela. Hun pekte opp: "Jeg vil gjerne prøve den der."

Hva? Hva gjør du? Hva er det du gjør?

Den andre er vanlig. Jeg vil ha noe spesielt.

Greit nok.

Parykken hadde lugg som var sveipet over pannen og vippet under bak. Den var skulderlang og føltes ganske stiv.

Definitivt ikke.

Enig.

Hva med den der?

Den var merkbart kort med en skilning på venstre side, men den var forskjøvet. Luggen var fjærkledd, frisyren var etasjert over det hele, og håret endte rett under øreflippene. Både Ribby og Angela elsket frisyren med en gang kvinnen satte den på. Det var en total kontrast til Ribbys hverdagslook.

Jeg kan ikke tro det, jeg ser vakker ut.

Selvsagt gjør du det, Angela.

"Perfekt! Pakk den inn!" sa Ribby. "Jeg må tilbake på jobb."

Nå trenger vi bare noen nye klær!

Ribby tilbrakte ettermiddagen med å jobbe på datamaskinen. Hun sendte e-poster til førstegangslånere som var sene med å levere tilbake bøkene sine. Gjentagelsesforbrytere måtte hun ringe.

Etter jobb dro de til kjøpesenteret og kjøpte et par ting. Det var sent, så Ribby måtte ta en Uber for å komme seg til sykehuset i tide.

Hun kastet seg over å underholde barna. Mikeys fravær hang fortsatt i luften, men barna klarte likevel å smile og til og med le litt.

På vei hjem med bussen tok vinden tak i jakken til Ribby og dyttet henne med seg.

Hvorfor skal vi ikke hjem til vårt egentlige hjem?

Det er jo bare mandag, vi vil ikke at mamma skal bli mistenksom.

Greit. Jeg går med på dette narrespillet.

Hysj.

Ribby vred om håndtaket og åpnet inngangsdøren til Marthas hus.

En mannsstemme brøt ut i latter.

Ribby lyttet et øyeblikk og hørte bestikk som klikket mot tallerkenene. Magen hennes knurret. Hun hadde ikke spist noe på hele dagen.

På kjøkkenet dyppet John MacGraw brødet sitt i den halvtomme skålen. Martha øste lapskaus i skålen til Ludde, og han slukte den.

Da hun kom inn på kjøkkenet, så Ribby bort på Martha, som smilte. Når John var i nærheten, virket Martha av og til som et helt annet menneske. Av alle mennene moren hennes hadde hatt hjemme, var John den mest anstendige. Han fikk frem det beste i moren, som så ut til å ville at han skulle tro at de sto hverandre nær.

"Hallo, mamma. Hallo til deg også, John."

"Kom og sett deg," kurret Martha og klappet på setet på stolen nærmest henne. Før Ribby rakk å sette seg, hoppet Martha opp. "Vent! Jeg har noe å vise deg først. Det er en gave fra John."

"Det kan vente til etter middagen," sa John og oppfordret dem begge til å sette seg med bestemt stemme.

"Det lukter jammen godt," sa Ribby da Martha tok hånden hennes og trakk henne med seg ut av kjøkkenet.

"Ta-dah!" sa Martha. Det var en ny, bærbar telefon med et veldig langt telefonrør.

"Jøss, den er fantastisk."

"Ja, det er det, men nå går vi tilbake til kjøkkenet. Vi vil ikke la John vente."

"Moren din er en fantastisk kokk," sa John så snart de hadde satt seg ned.

"Takk for telefonen."

"Det var så lite, det var på tide at du hadde en her. Det gjør det lettere for meg å få tak i deg," sa John.

Martha øste opp litt mer lapskaus i skålen til John. "Jeg vet ikke om jeg har nevnt det for deg før, John. Ribby bruker mandagskveldene sine på å underholde syke barn på sykehuset." Hun øste opp litt i Ribbys bolle. "Hvordan var det med Mikey i dag?" Uten å vente på svar: "Mikey er Ribbys favoritt, han ..."

Ribby brast i gråt. Hun hadde aldri grått for Mikey før. Nå kunne hun ikke stoppe. Tårene rant nedover kinnene hennes og ned i skålen med lapskaus.

"Skjerp deg, jente," sa Martha med hevet stemme. Hun kikket på John for å se om han hadde lagt merke til det. Tilfreds med at han ikke hadde det, klappet hun Ribbys hånd og kurret. "Hva er i veien? Vi har selskap og alt, og så sitter du der og gråter som et barn. Ta deg sammen." Hun trykket en spiker inn i Ribbys håndrygg og hvisket: "Du gjør John flau."

"Au," sa Ribby, trakk hånden bort og fortsatte å hulke.

"Ikke tenk på meg," sa John. "En god gråt har aldri skadet noen. Dette er ditt hjem, Ribby, og du kan gråte hvis du vil."

Ribby begynte å le. Ikke humre, men le. I hodet hennes spilte en melodi: Det er mitt hjem, og jeg kan gråte hvis jeg vil, gråte hvis jeg vil, gråte hvis jeg vil. "Mikey er død."

KAPITTEL 9

"ANGELA HAR INVITERT MEG over hele helgen", sa Ribby ved frokosten neste morgen.

"Det er god timing, Ribby, god timing. John og jeg skal tilbringe helgen sammen. Vi har planer."

Ribby sukket lettet.

"Ha det hyggelig og ..." Hun grep tak i Ribbys håndledd. "Jeg vil bare si hvor lei meg John og jeg var i går kveld, da vi hørte om lille Mikey. Jeg vil ikke at du skal bli helt tåkete igjen, men jeg er stolt av deg. Jeg håper du får en fin helg. Du fortjener det."

Ribby ble forskrekket over morens vennlige ord og kastet armene rundt halsen hennes.

"Ja vel," sa hun og klappet datteren på ryggen.

De skilte lag, og Ribby gikk mot bussholdeplassen. Dagen hennes lignet mindre og mindre på Groundhog Day.

For noe tull. Hvordan kan du gi henne en klem etter alt hun har sagt og gjort mot deg? Hvordan kunne du? Det fikk det til å krype i meg.

Hun var oppriktig.

Du er så naiv!

FØRT NY PARYKK OG mørke solbriller var Angela fast bestemt på å dra på shoppingtur.

Men vi har ikke råd til det.

Det er det kreditt er til for.

Jeg må betale tilbake.

Slapp av, det går bra.

Angela prøvde de mest u-Ribby-aktige antrekkene og brukte opp kredittkortet.

Ærlig talt, ikke bruk mer penger.

Greit, men ser vi ikke fantastiske ut?

Ribby innrømmet at hun ikke lenger kunne kjenne seg igjen.

Du er der. Du er vinduet. Du er vinduet, og jeg er rammen.

Hodene snudde seg da hun gikk langs promenaden. Det ble ropt og plystret.

Hun gikk inn på en annen nattklubb, nærmere vannkanten. Dørvakten sjekket Ribbys legitimasjon. Han så på bildet to ganger.

"Er du sikker på at dette er deg?" spurte han.

"Selvfølgelig er det det", svarte Ribby. "Det er en parykk."

"Unnskyld, det var ikke meningen å fornærme deg. Her er en kupong til en gratis drink."

"Takk."

Jeg likte ikke måten den fyren så på oss på.

Det var som om han hadde røntgensyn og kunne se rett gjennom kjolen.

For et kryp.

La oss bare få gratisdrinken og så gå bort til Cat's Eye.

E N STUND SENERE KOM hun til Cat's Eye og fikk øye på Nigel som satt alene.

Jeg tror ikke han kjenner oss igjen.

Hvorfor skulle han det? Vi har mørke briller og en blond parykk.

Angela bestilte en Martini.

Bare tanken på alkohol gjorde Ribby kvalm.

Nigel kikket bort på Angela. Hun kvitterte med et blunk, og kastet tilbake Martinien. Hun bestilte en til.

"Vil du danse?" spurte han.

Nigel la armene rundt livet på Angela og holdt henne tett inntil seg. Han stirret inn i Angelas mørke solbriller.

Angela la hånden sin på Nigels høyre balle. Hun vugget ham frem og tilbake mot seg. De to vred seg i mørket til den pulserende discolåta. Før sangen var slutt, kysset de hverandre. De glemte at de var på et offentlig sted. Nigel tok hånden hennes og førte henne ut av klubben.

Det ble ingen ord, til det var lidenskapen mellom dem for stor. De gikk noen skritt, og så dyttet Angela ham mot steinmuren og kysset ham igjen.

De gikk videre, forbi 7-11. De holdt rundt hverandre og kysset, og Angelas leppestift var på kragen hans og på siden av ansiktet hans. Begge så ut som om de hadde vært i kamp.

Da de kom hjem til Ribby, skjønte Nigel hvem Angela var. Hun tok hånden hans og førte ham opp trappen.

"Vent litt," sa Nigel. "Er dette en slags lek?"

"Selvsagt ikke," sa Angela, løsnet knappene på skjorten hans og kysset ham nedover brystet. "Kom igjen, da."

"Jeg vet ikke hva det er med deg," sa Nigel. "I..."

"Å, hold kjeft! Og de sier at kvinner snakker for mye!" sa hun mens de rev av hverandre klærne og falt ned på sengen.

Etterpå plukket Nigel opp klærne sine og snek seg ut før Angela våknet.

Ribby husket ikke at han forlot nattklubben.

Angela husket hver eneste detalj.

KAPITTEL 10

RIBBY BALUSTRADES BARNDOM HADDE ikke vært lykkelig. Hun var et ensomt enebarn som ville ha hatt godt av å bo sammen med to foreldre. Siden hun aldri kjente faren sin, måtte hun forestille seg ham. Hun så ham som en blanding av Atticus Finch i To Kill A Mockingbird og Gregory Pecks virkelige person.

Da Ribby spurte om faren, skiftet Martha tema.

Ribby gikk tilbake til å lese To Kill A Mockingbird. "Du forstår aldri en person før du ser ting fra hans synsvinkel ... før du klatrer inn i huden hans og går rundt i den."

Etter å ha stilt mange spørsmål om faren uten å få svar, klekket Ribby ut en plan. Hun skulle klatre opp på det moren kalte "No-Go-Zone" - loftet - og undersøke det som Nancy Drew gjorde. Dessverre fant hun bare vegg-til-vegg-ekskrementer der oppe, for det meste edderkopper. I tillegg var det en kvalmende stank av gamle, støvete og mugne, glemte esker med ting som ikke hadde noe med faren å gjøre.

Da hun snek seg ned igjen, hørte hun morens sko klikke på verandaen. Ribby fikk panikk da hun innså at hun hadde glemt å lukke loftsdøren. Hun flyttet stigen tilbake til sin opprinnelige posisjon og planla å fikse den senere. Hun håpet at moren ikke ville legge merke til det.

Da de satte seg til bords til middag, ba Ribby om og om igjen om at moren ikke skulle legge merke til det. Hun sa til Gud at hun aldri skulle si eller gjøre noe slemt resten av livet. Hun lovte å gi fra seg yndlingsleketøyet sitt, en blond, lyshåret dukke som het Anna.

Martha hengte fra seg frakken og gikk rett inn på kjøkkenet. Hun satte seg ned. Ribby satte kjelen på kokepunktet og serverte moren en kopp kaffe. Martha nippet, forsiktig så hun ikke kladdet på leppene.

Ribby observerte denne nyansen. At hun hadde beholdt sminken, betydde at Martha skulle ut igjen. Hun takket Gud for at han hørte henne, og pulsen sank.

"Så, hva har du drevet med i dag, da?" spurte Martha. "Ble du ferdig med leksene dine?"

"Nesten, mamma, nesten," svarte Ribby og bøyde seg frem for å fylle opp kaffekoppen til moren.

"Forresten, hva gjorde du oppe i forbudssonen, jenta mi?" spurte Martha og støttet Ribbys skjelvende hånd mens hun skjenket.

Ribby fikk ikke øyekontakt med moren. Noen sekunder senere sprutet urinen nedover beina hennes, på skoene, på gulvet, og hun begynte å gråte.

"Pokker ta, Ribby. Se hva du har gjort! Du har tisset over hele gulvet mitt. Hent moppen og tørk det opp. Ikke tenk på å rydde opp selv, rydd opp dette! Hva skal en mor gjøre med en datter som lyver? Hva skal en mor gjøre med en datter som tisser på det fine, rene gulvet hennes?"

Ribby tørket febrilsk. Skvulpingen frem og tilbake ga henne tid til å tenke. Den kalde følelsen av urinen mot huden fikk henne til å skjelve. Da gulvet igjen var plettfritt, satte Ribby moppen tilbake på plass og gjorde seg klar til å gå opp og skifte.

"Ikke så fort, jenta mi," sa Martha, grep datteren i håret og dro henne bort til stigen. "Vi kan vel ikke la den stå åpen hele natten? Det er ekle kryp der, vet du. Nå må du komme deg opp dit," sa Martha mens hun dyttet datteren oppover.

Ribby slo ut med armene. Redd for å gå opp. Redd for å falle ned.

Da hun nådde toppen, lo Martha. "Siden du liker deg så godt der oppe, burde du faktisk overnatte der. Gå du inn, jenta mi." Martha klatret opp stigen bak henne. "Tenk på hva en No-Go-Zone betyr", hoiet Martha mens hun lukket luken. Stigen svaiet under Marthas vekt. Da de høye hælene hennes rørte gulvet, klikket de i vei og stoppet. Ribby gråt allerede. "Jeg setter på låsen og slukker lyset. Hører du hva jeg sier?"

Ribby hulket enda høyere.

"I tilfelle du lurer på det, så er det ikke bare edderkopper der oppe. Det er også små pelskledde rotter!"

Ribby skrek og hamret på døren og tryglet moren om å slippe henne ut. Tryglende. Hun sverget at hun aldri skulle være ulydig igjen. Det kom ikke noe svar.

Utenfor smalt en bildør. Martha og en av mennene hennes kjørte av gårde.

Noe loddent strøk forbi beinet hennes, og hun løp, snublet og slo hodet. Hun ropte på moren igjen. Fortsatt ikke noe svar.

Da Martha kom tilbake, sa hun: "Ikke gå opp dit igjen. Jeg mener, aldri."

"Ja, mamma", sa Ribby, og det gjorde hun aldri.

Minnet om å være fanget på loftet. Ydmykelsen av å tisse i buksa. Skyldfølelsen og skammen kom tilbake med full styrke. Det samme traumatiske minnet. Ribby tvinges til å gjenoppleve det om og om igjen.

Moren din er en skikkelig pyse.

Hun mente det godt. Det var en lærepenge.

Foten min mener det godt, og jeg skal gi henne en i ræva hvis hun prøver på noe sånt igjen.

Jeg er glad du er på min side nå.

Det overrasket eller sjokkerte ikke Ribby lenger at Angela visste det.

Og aldri glem det!

KAPITTEL 11

ANGELA VAR HELT FORBLØFFET over Ribbys lojalitet til Martha. Å leve i Ribbys sinn med en førstehåndsberetning om Marthas grusomhet var uutholdelig.

Angela brukte sin styrke i den indre dialogen til å hjelpe Ribby med å se fortiden i øynene. Hun oppfordret Ribby til å knytte nevene. Dette fokuserte energien hennes i øyeblikket. Til å begynne med fungerte det, selv når Ribby hadde mareritt eller flashback.

Senere forsøkte Angela å samle de vonde minnene og skyve dem tilbake. Vekk. Så langt inn i Ribbys sinn at de ikke lenger var tilgjengelige. I teorien var det en god idé, men i virkeligheten klarte ikke Angela å stenge dem ute.

Den eneste utveien så ut til å være den åpenbare. Å ta Ribby bort fra situasjonen en gang for alle. Et sted langt unna der Martha ikke kunne utnytte henne eller skade henne mer. Angela tenkte at det måtte være et rent brudd. Hun ventet på det rette tidspunktet.

Gode ting kommer til dem som venter.

Etter nok en uke i Marthas bolig var Angela glad for å være på vei ut for å feste. Hun hadde på seg den blonde parykken, mørke solbriller og en rød, ermeløs kjole. I sitt nye antrekk følte hun seg mektig, uovervinnelig. Hun var også fast bestemt på å ikke la noe komme i veien for å ha det gøy.

På veien mot nattklubben ble hun møtt av en gruppe tenåringsgutter som plystret og ropte til henne. De var bare ungdommer, men gutter som burde ha visst bedre.

Angela trakk den nærmeste til seg i skjorten hans. "Hvis noen av dere kommer nær meg igjen, river jeg ballene av dere og gir dere dem til frokost. Forstått?"

Guttene skvatt av gårde.

Angela lo, glattet kjolen foran og sjekket at hun ikke hadde brukket en negl. Hun tente en sigarett og fortsatte å gå langs stranden og inn på puben.

Fierce.

Jøss, hva skjer? Det var mer enn litt O.T.T.

Gutter blir menn. De burde lære seg respekt.

De løp som om du var Bellatrix Lestrange!

Ikke i denne parykken!

Da Ribby kom til nattklubben, gikk hun bort til baren og bestilte en drink. Hun nippet motvillig. Angela tok over og kastet tilbake Martinien. Hun bestilte en ny, og fikk øye på en svært veltrent dørvakt i inngangspartiet.

La oss vente litt til på Nigel.

Han vil ikke huske oss uansett.

Han kommer til å huske meg.

To Martinis senere.

Kom igjen, det skjer ikke noe her.

Tålmodighet, min kjære venn, tålmodighet.

Dørvakten skilte ut ungdommene som kom ned trappene på vei bort til der Ribby satt.

"Hvordan går det?" sa han og prøvde for hardt å være sexy.

"Veldig bra, takk," sa Ribby.

Hold kjeft, Ribby - la meg ta meg av dette. "Dette stedet er faktisk Bores-by i kveld."

"Ja, det er litt som Sesam stasjon her inne, ikke sant?" sa dørvakten før han presenterte seg som "Ed; Ed the Bouncer."

"Jeg heter Angela."

"Hyggelig å hilse på deg, Angela", sa Ed mens han forsøkte å se ned foran på kjolen hennes. "Hvis du vil ha det gøy, kan du bli her til klokken 14. Da har jeg fri fra jobb. Vi kan gå ut et sted?"

"Takk for tilbudet," sa Ribby, "men vi må...."

"Jeg kan være tilbake rundt 14.30," sa Angela. "Hvor skal vi møtes?"

Ed var svært spesifikk når det gjaldt det bortgjemte stedet på stranden.

Angela håpet at han var like god som han så ut.

J EG KAN IKKE TRO at du har en date med den idioten. Vi skal absolutt ikke gå.

Ikke tenk på det, Rib. Slapp av. Ta deg en lur. Jeg informerer deg senere. Gå nå, gutt. Nattkjole-kveld.

Klokken halv tre ventet Angela på stranden. Hun hadde skiftet til en svart kjole.

Dørvakten Ed kom svansende, og hun ropte på ham. Han snublet mot henne.

"Du er sur."

"Litt, men ikke nok." Han dyttet henne i bakken, rev i kjolen hennes og falt oppå henne.

"Rolig nå, gutt, rolig," sa Angela og prøvde å få kontroll.

"Kom igjen, baby. Jeg lovte å gi deg en god stund." Han presset munnen sin mot hennes.

"Au," sa Angela, "ikke så hardt, baby. Jeg liker det ikke så hardt."

Men Ed så ikke ut til å bry seg. Hendene hans rev og slet.

"Har ikke moren din lært deg noen manerer?" sa Angela, mens hun dyttet ham tilbake med fingrene spredt. "Kvinner som meg vil at en mann skal være snill, forsiktig." Hun dunket ham på brystet.

Han tok håndleddene hennes i sine store hender og satte seg overskrevs på henne. "Noen kvinner gjør det, og noen gjør det ikke." Han lo. "Jeg hadde gjennomskuet deg fra det øyeblikket jeg så deg. Du satt i baren med kjolen skyhøy. Du stirret på hver eneste fyr som kom inn døren. Desperat etter det. Gagging for det."

"Vent litt," sa Angela og kjempet for å komme seg løs. "Jeg vil ha deg, men ikke her. Jeg vil gjerne at det skal være litt mer romantisk for min første gang."

Ed stivnet.

Hun fortsatte. "Har du noen gang sett filmen Herfra til evigheten med Burt Lancaster og Deborah Kerr? Du vet den der de gjør det mens bølgene kommer inn?"

Han lente seg nærmere. "Ja, det er en klassiker." Han bøyde seg ned og kysset henne på halsen. "Mindre snakk, hva, kjære?"

"Kom nærmere vannet, som i filmen, hvis du skjønner hva jeg mener?" hvisket Angela. "Ta meg dit, jeg vil ha deg der."

Ed stoppet. Hun skjøv seg unna og reiste seg opp.

Hun stakk hånden ned i vesken, så slapp hun den og løp mot vannet. Hun kastet et blikk over skulderen. Han fulgte med på henne.

I vannkanten løftet hun opp kanten på kjolen.

Ed rev av seg skjorten og løp i hennes retning, og slapp buksene på veien.

Da han kastet seg mot henne, gikk nøkkelen hun holdt i hånden, rett inn i øyehulen hans. Han skrek og jamret seg da lysken hans traff kneet hennes. Hun grøsset av den klaskende lyden da hun trakk nøkkelen ut av øyet hans. Mens blodet rant nedover ansiktet hans, hulket han og rullet rundt mens han holdt seg i lysken. Hun stakk nøkkelen inn i siden av halsen hans og traff en arterie. Blodet sprutet som vann fra en brannslange.

Hun gikk noen skritt bort fra liket og dyppet tærne i vannet. Hun kikket tilbake på ham av og til. Helt til han sluttet å bevege seg. Hun gikk tilbake og lyttet for å se om han var død: Det var han. Endelig. Hun rullet ham, som en sekk med poteter, dypere og dypere ned i vannet. For hvert dytt virket liket lettere og lettere.

Arkimedes hadde rett.

Da han var så langt ute som hun klarte, svømte hun tilbake til land, samlet sammen klærne sine og kledde om.

Hun lot tingene hans ligge der han hadde sluppet dem.

Da den nye dagens sol farget himmelen ildrød, vendte Angela tilbake til vannet.

Hun avsøkte strandlinjen, men så ingen tegn til ham. Hun dyppet nøkkelen i vannet for å skylle av seg blodet, og så stakk hun hjem. Etter en lang dusj sov hun som et barn.

KAPITTEL 12

R IBBY ÅPNET ØYNENE. SOLEN som strømmet inn, fikk henne til å krympe seg. En velkjent følelse av déjà vu fikk henne til å sette seg opp. Hun strakte seg og gjespet, og lurte på hvorfor hun følte seg så dårlig. Hun husket ingenting etter at hun hadde sittet i baren.

Hun kravlet ut av sengen og satte på kaffen mens hun dusjet og kledde på seg. Hun fikk øye på kjolen sin på gulvet, sammenkrøllet. Hun løftet den opp, og sand falt ned på gulvet. Hun trakk på skuldrene og kastet den i skittentøyskurven.

Mens hun rørte sukker i kaffen, tenkte hun på kjolen og sanden. Hun prøvde å huske kvelden før, men ingenting kom.

Hun så etter avisen utenfor døren. Hun kastet et blikk på overskriften mens hun hentet kaffen. Hun stakk avisen under armen, trakk glassdørene tilbake og ble overfalt av lyden av kaos. Politibiler. Ambulanser. Brannbiler. Pressen. En mengde tilskuere. Det var kaos, og ikke langt fra hjemmet hennes. Politiet hadde sperret av det meste av området med sandbarrierer. Nær vannkanten var et annet område sperret av med flagg.

Angela hadde en ganske god idé om hva alt oppstyret dreide seg om.

Jeg må se hva som skjer.

Kanskje det er en lukket kulisse for et realityprogram. Eller en film.

Det hadde vært spennende. Jeg skal ta en titt.

Ribby kledde på seg og gikk til stranden. Hun snek seg inn i folkemengden og spurte en eldre dame hva som hadde skjedd.

"Død", sa kvinnen. "Funnet død. Skilpaddene må ha tatt ham. For et syn!" Hun tørket seg i pannen med et lommetørkle.

Duuun dun duuun dun dun dun dun dun dun dun dun dun BOM BOM...

Jaw's tema? Må du det? Hun sa at det var en skilpadde.

"Herregud, stakkars mann."

Jeg gjorde det på min måte.

Du, hysj. Vær så snill.

Politimannen hadde en megafon. Han ba alle forsvinne hvis de ikke hadde bevis.

Duuun dun duuun dun dun dun dun dun dun dun dun dun, BOM BOM...

Snapping turtle.

R IBBY BLE SKREMT AV kaoset rundt sitt nye hjem, og vendte tilbake til sitt gamle hjem.

Hvorfor drar du tilbake dit? Bli her og se hva som skjer.

Nei, jeg vil bort fra bråket.

Hva om Martha og en av beausene hennes bråker mer med hoppebrettet?

Æsj. Det får jeg ta når jeg kommer til det.

Hun åpnet persiennene i stuen. Ingenting rørte seg utenfor, ikke engang en bris. Klokken tikket i takt med hjerteslagene hennes. Det var stille, nesten for stille. Hun lukket persiennene.

Hun strakte seg etter fjernkontrollen og skrudde på fjernsynet. Hun klikket seg rundt, men fant ikke noe som fanget interessen hennes. Hun bladde i et magasin og valgte deretter en bok fra hyllen. Ingen av dem fanget oppmerksomheten hennes. Hun gikk inn på kjøkkenet og laget seg en kopp te.

På vei tilbake ringte det på ytterdøren. Hun åpnet døren og sto ansikt til ansikt med naboen. Fru Engle var bevæpnet med to gryteretter.

"Hei, Ribby", sa fru Engle og dyttet seg inn. "Moren din sa at du hadde plass til dette i kjøleskapet." Fru Engle satte gryterettene på bordet, åpnet kjøleskapet og lente seg inn for å få øye på et sted.

"Jeg har vært bortreist hele helgen. Jeg har ikke engang rukket å se i kjøleskapet."

"Det er massevis av plass. Jeg må ..." Fru Engle snakket ikke ferdig. Hun flyttet rundt på alt og satte inn varene sine. "Jeg kommer tilbake og henter det om noen dager, Rib. Min tipptippoldebror Phil er død. De kommer alle til meg. De spiser mye. Moren din sa at alt jeg kunne få plass til, ville være greit for henne."

"Det var leit å høre om onkelen din. Du er selvfølgelig alltid velkommen." Ribby begynte å gå mot ytterdøren i håp om at naboen ville følge etter.

"Du er så snill, Rib," fru Engle nølte og ble stående helt stille. "Underholder du fremdeles de kjære små på sykehuset?"

"Ja, det gjør jeg. Uten unntak hver mandag."

De beveget seg mot inngangsdøren.

"Forresten, moren din sa at hun skulle være borte til tirsdag eller onsdag. Hun og Tom, eller Jerry, jeg er ikke sikker på hvem av dem, dro opp til kysten i noen dager. Han har astma, vet du ikke det? Legen hans foreslo å komme seg ut av byen. Moren din ble med for å få selskap, og hun tok med seg Ludde."

Ribby la armene i kors. "Mamma er på en lengre ferie. Skulle bare ønske jeg hadde visst det, for da kunne jeg ha blitt hjemme hos min venninne Angela litt lenger."

Fru Engle hevet øyenbrynene. "Hun hadde ikke telefonnummeret til vennen din."

"Takk for at du sa fra." Ribby åpnet døren og fulgte etter fru Engle ut på verandaen.

I mørket surret myggen, og sirissene kvitret. De korslagte armene hennes ga liten beskyttelse mot den kjølige nattluften.

"God natt, Ribby, og takk igjen."

"God natt, fru Engle." Ribby lukket ytterdøren og låste den.

Hun er en gal gammel kjerring.

Hun har vært naboen vår siden jeg var liten.

Å, alle historiene hun kunne fortelle.

Hun sladrer ikke, som noen av de andre naboene.

Livet i forstedene.

Ja, det er veldig kjedelig mesteparten av tiden.

Det er altfor stille her, og jeg er tørst. Jeg mener etter en drink. En skikkelig drink.

Mamma har sikkert Jack Daniels, men hun vil savne det hvis vi tar en dråpe.

Kom igjen, lev farlig.

Ribby gikk med på det, helte opp en jigger og kastet den tilbake. Det brant på vei ned. Det var en god brenning.

Mer, takk.

Vi bør bytte den ut før mamma merker det.

Tenk på det. Hvem betalte for den? Det gjorde vi.

Ja, men hele flasken. Jeg har vondt i magen og hodet snurrer.

På tide å legge seg. Sov det bort.

På vei opp trappa hang Ribby i rekkverket for å holde seg fast. På rommet kastet hun av seg klærne og la seg i sengen. Hun satte seg opp og husket at hun ikke hadde låst døren. Hun svaiet bort til den, låste den og falt tilbake i sengen.

Bedre å være på den sikre siden.

Snart sov Ribby tungt. Hun drømte at hun var Deborah Kerr som elsket med Burt Lancaster i Herfra til evigheten.

Bølgene slo inn over kroppene deres mens de ble ført ut til havet. De var låst sammen i en dyp omfavnelse. Så så Lancaster opp på henne, men han var ikke Burt Lancaster lenger. Han var en fremmed. Det stakk en nøkkel ut av øyet hans. Det var blod på hendene hennes.

Ribby våknet skrikende. Hun hoppet ut av sengen og løp ut på badet for å vaske blodet av hendene. Da hun skrudde på kranen, kastet hun et blikk på fingrene sine. Blodet var ikke lenger der. Angela drømte videre.

KAPITTEL 13

TA EN FRIDAG.

Ber du meg om å sykemelde meg? Jeg sykemelder meg ikke.

Dropp i det minste sykehusjobben. Jeg orker ikke å dra dit i dag.

Jeg skal tenke på det.

Utover dagen fikk Ribby en ubehagelig følelse.

For første gang noensinne ringte hun sykehuset og avlyste opptredenen sin. "Jeg gjør det godt igjen og tar to forestillinger en annen uke", sa hun for å berolige seg selv.

Takk, Rib.

Jeg gjør det ikke fordi du ba meg om det, jeg avlyste fordi jeg må hjem.

Hvorfor det? Mener du til Martha? Hun er ikke der engang.

Jeg vet ikke hvorfor. Jeg vet bare at jeg må dra.

Samme det!

Etter jobb tok hun bussen, og snart var hun framme ved huset sitt. Der, på verandaen, satt det en kvinne. En fremmed kvinne. Da hun nærmet seg, hørte hun hulking, og kvinnen så opp. Det var morens søster, tante Tizzy, som hun ikke hadde sett på mange år. Ribby visste ikke hva som hadde skjedd mellom dem, men hun visste at tante Tizzy hadde sverget på aldri å sette sine ben på søsterens dørterskel igjen. Og likevel var hun der.

Hva gjør hun her?

Ingen anelse. Hun forteller det sikkert når hun får tid.

Det blir interessant. Nei, det blir det ikke.

Ribby mimret om deres siste møte. Det var på sjuårsdagen hennes. Tante Tizzy hadde laget en spesiell Barbie-dukkekake til henne. Den hadde en rosa kjole laget av glasur, med sløyfer rundt, laget av maraschinokirsebær og kokosnøtt. Barbies kropp var plassert i midten av kaken. Etter at alle hadde fått sine stykker, fikk Ribby som bursdagsjenta trekke Barbie ut. Hun var hennes å beholde. Tante Tizzy hadde kjøpt flere antrekk til Barbie. Men tante Tizzy hadde glemt å pakke Barbie inn før hun la henne ned i kaken. I ukevis falt glasur, kokos og kake ut av dukkens vedheng.

"Kom inn, tante Tizzy," sa Ribby etter å ha sluppet ut av tantens skruestikkeaktige grep. "Hva er det som har skjedd? Går det bra med mamma?"

"Dette har ingenting med Martha å gjøre," sa hun, etterfulgt av et nytt gråteanfall.

Vi trenger ikke dette. Be henne dra til et hotell.

Det kan jeg ikke, hun er familie.

Hun er en drama-dronning.

Inne tilbød Ribby Tizzy en kopp te. Hun takket nei.

"La oss få deg til å tenke på noe annet og se på TV. Er du sulten? Jeg kan bestille mat eller lage noe?"

"Hvis du ikke har noe imot det, vil jeg gjerne lage middag til deg," foreslo tante Tizzy. "Det vil få meg til å tenke på noe annet, mer enn å se på tv." Hun gikk inn på kjøkkenet. "Et forkle?"

Ribby åpnet skuffen og tok ut et av Marthas forklær.

Tante Tizzy festet det rundt seg selv. "Hva liker du å spise?"

"Overrask meg," sa Ribby. "Hvis du ikke finner noe, er det bare å rope."

"Det skal jeg gjøre."

Selv om fjernsynet sto på, kunne Ribby høre tanten gå rundt på kjøkkenet og nynne.

En stund senere hørte hun at tallerkener og bestikk ble satt på bordet, og gikk inn for å spørre om hun kunne hjelpe til.

"Nei, bare sett deg ned," sa tante Tizzy. "Spaghetti Bolognaise og hvitløksbrød med ost kommer straks. Hva vil du ha å drikke? Har du noe vin?"

"Bare vann. Jeg skal se etter vin."

"Nei, det går bra. Jeg trenger ikke noe. Tenkte bare at du kanskje ville ha litt."

De småpratet og nøt en nydelig middag, og så ryddet de opp.

"Jeg er utslitt," sa tante Tizzy. "Sofaen er fin. Jeg vil ikke være til bry."

"Ikke noe problem, du kan sove på rommet til mamma. "

"Er du sikker på at hun ikke har noe imot det?"

"Nei, jeg tror hun blir glad for at du kom innom."

Hun ville bli overrasket over å se henne.

Noen timer senere vred og vendte Ribby seg i sengen. På den andre siden av gangen hørtes tantens sporadiske hulking.

På listen over ting hun måtte kjøpe, sto et par støydempende hodetelefoner.

God idé!

Det er derfor jeg er her.

KAPITTEL 14

I DRØMMEN SVEVDE RIBBY høyt oppe på en sky. Alt var svart og hvitt, bortsett fra den røde kjolen hennes. Den var som en brudekjole med et langt slep som fløt ut over skyens kanter.

Hun svevde inn i leiligheten sin og så seg selv elske med noen, ikke bare én gang, men to ganger. Da hun sovnet, kledde mannen på seg og forlot bygningen.

Ute på gaten var hun nå Angela. Hun gikk i flere kvartaler, og så ut i havet. Dypere og dypere gikk hun, mens vannet steg opp og over hodet på henne.

Ribby ville strekke seg ned og gripe tak i henne for å redde henne, men hun klarte det ikke. Hun ropte til Angela fra skyen sin, kastet kjolesløret ned og tryglet Angela om å gripe tak i det. Men Angela så ikke ut til å høre henne.

Angela var helt under. Bare bobler steg opp til overflaten.

Ribby stupte ned i vannet fra skyen sin.

Da hun fant Angela, fløt hun med ansiktet ned.

Ribby ble Angela, Angela ble Ribby, og sammen brøt de gjennom overflaten.

KAPITTEL 15

D A RIBBY VÅKNET, HVISKET stemmer fra radioen opp trappen. Hun lurte på om moren hadde kommet tilbake.

Hun kledde på seg og gikk ned trappa, der tante Tizzy satt som død og varm ved kjøkkenbordet.

Kaffetrakteren boblet i vei. Tante Tizzy hadde allerede dekket bordet med frokostblandinger, ristet brød og syltetøy.

"God morgen," sa Ribby. "Har du sovet godt?"

Tante Tizzy nikket uten å si et ord.

Ribby skulle gjerne ha spurt henne om grunnen til besøket, men bestemte seg for å la være. Hun ville ikke at tanten skulle begynne å gråte igjen. Hun skulle fortelle hvorfor hun hadde kommet når hun var klar.

Jeg skulle ønske hun ville komme i gang med det. Hun hadde ikke kommet helt hit for ingenting.

Shhhh. Ikke vær uhøflig.

Etter noen øyeblikks stillhet gikk Ribby ut på verandaen for å hente avisen. Overskriftene lød: "Obduksjon fullført - myrdet!" Hun skummet over historien om Jason Edward Thompson, identiteten til mannen som var funnet død i nærheten av leiligheten hennes. Hun festet blikket på bildet og kjente ham igjen: Det var Ed the Bouncer. Han var en stor fyr, og hun lurte på hvordan noe slikt kunne skje i nabolaget der hun bodde. Det var trist at han døde så ung, og selv om hun ikke kjente ham, syntes hun synd på familien hans.

Ribby la avisen på kjøkkenbordet og skjenket seg en kopp kaffe. Hun vendte oppmerksomheten mot tanten. "Når du er klar til å snakke, er jeg her for deg."

"Jeg hadde ingen andre steder å gå", sa tante Tizzy. "Mannen min forlot meg for en annen kvinne. Datteren min hater meg. Hun sier at faren hennes ikke ville ha lett etter en annen hvis jeg hadde vært en bedre kone for ham. Jenny er tjuefem år, har aldri vært hjemmefra, og hun er alene der ute, kanskje til og med på gata. Jeg måtte komme og se om jeg kunne finne henne og få henne hjem. Venninnen hennes sa at hun var ganske sikker på at Jenny var på vei hit. Jeg håpet at hun kanskje ville kontakte deg. Har du hørt noe fra henne?"

Jøss.

"Beklager, men jeg var borte hele helgen, og moren min har også vært bortreist. Har hun adressen vår?"

"Hun kan ha tatt den fra telefonen min. Hun har ikke mye penger, ikke engang et kredittkort. Mannen min klandrer meg. Han er like bekymret som meg, men han har sin bit på siden for å trøste ham." Stemmen hennes skjelver.

Høres ut som en episode av The Young and the Restless.

Oppfør deg pent.

"Du må være så bekymret. Beklager, men jeg må kle på meg og dra på jobb. Hvis du vil, kan vi møtes til lunsj og snakke mer?" Ribby skyndte seg opp trappen mens hun fortsatte. "Jeg jobber på biblioteket. Kanskje hun kommer innom for å bruke gratis wi-fi. Det er det mange som gjør. Du kan også dra inn til byen og lete etter henne."

"Jeg vil helst bli her, men hun har mobilnummeret mitt."

"Har du kontaktet politiet?"

"Jeg har ringt dem. De har nummeret mitt og Gordons. Hva annet kan jeg gjøre?"

"Har du et nytt bilde av Jenny?" Hun trakk kjolen over hodet og la til: "Jeg skal lage noen løpesedler, så kan vi henge dem opp rundt omkring i byen."

"Godt tenkt. Jeg er så glad jeg kom hit," sa tante Tizzy.

Ribby strøk en børste gjennom håret. Hun skyndte seg ned på kjøkkenet igjen. Tante Tizzy rotet i vesken sin, tok frem et fotografi av datteren og ga det til henne. Hun ba tanten føle seg som hjemme og gikk ut, mens hun stanset et øyeblikk for å kaste et blikk tilbake mot huset.

Tanten vinket til henne som et fortapt barn bak de åpne persiennene.

KAPITTEL 16

R IBBY DRO IKKE på jobb fordi Angela ringte og sa at hun var syk.

Angela gikk til leiligheten og skiftet til badedrakt. Mens sollyset sto direkte på balkongen, fikk hun med seg noen få stråler. Da den forsvant, kastet hun en solkjole over badedrakten, pakket en veske og satte kursen mot stranden. Angela likte byens liv og røre, summingen og lydene. Tante Tizzys stadige klaging og sutring drev henne til vanvidd.

Da hun passerte skoleområdet, fikk hun øye på en liten jente som gråt. Barnet så opp, men så ned igjen, som om hun ikke ville tiltrekke seg oppmerksomhet.

"Hva er det som er i veien?" spurte Angela.

"Ingenting", svarte barnet.

Skoleklokken ringte, og den lille jenta tørket bort tårene og rettet på kjolen.

Angela så på og håpet at hun hadde hjulpet på en eller annen måte ved å stoppe opp.

Barnet snudde seg mot henne og stakk tungen ut. Frekke lille frue.

Angela kjøpte et eksemplar av Borte med vinden for å lese på stranden.

"Den får meg til å gråte", sa damen bak kassen.

"Rhett Butler kan spise kjeks i sengen min når som helst," svarte Angela.

Sanden var brennende varm, og den gned seg gjennom sandalene hennes. Hun elsket stranden, men å få sand overalt - ikke så mye.

Hun bredte ut teppet, la seg på magen og slo opp i boken. Hun så på parene som gikk forbi hånd i hånd og falt i svime over hverandre. Måkene fløy rundt hodet hennes og siktet som om den blonde parykken hennes var en blink.

Angela sovnet mens hun lyttet til lyden av måkene og bølgene som slo mot stranden. Da hun våknet, var klokken nesten 17.00, og hun samlet sammen tingene sine og la dem i vesken. Solen ga ingen varme. Skjørtet snodde seg rundt beina i vinden.

Det var ikke hennes vanlige kveld å opptre på sykehuset. Dette var en sminkeopptreden.

Ribby lagde en løpeseddel og skrev ut noen eksemplarer med tanke på å henge opp noen langs veien og på sykehusets oppslagstavle.

Hvorfor må vi fortsette å opptre for de drittungene?

#1. De er ikke drittunger. De er små engler som har fått en dårlig hånd. #2. Jeg gjør hva som helst for å få dem til å smile, for å se dem le. For å lette byrden på familiene deres. #3. Hvis du ikke liker det, kan du bare glemme det.

Det var det jeg sa.

Akkurat.
Inntil videre.

ETTER SYKEHUSOPPTREDENEN DRO RIBBY hjem. Foran huset hennes sto den hvite Attics-R-Us-bilen. Hun kastet et blikk på vinduet, så at persiennene var åpne og løp opp trappen. Et bloddryppende skrik runget.

Ribbys hjerte slo så kraftig at hun trodde det skulle bryte ut av brystet hennes. Hun løp langs gangen og inn på kjøkkenet, der hun fant tante Tizzy på gulvet, mens hun hamret knyttnevene mot den klumpete skikkelsen til Lofts-R-Us-mannen.

Ribby nølte ikke da hun stakk hånden ned i bestikkskuffen og tok frem en stor kniv. Hun gjorde et utfall og stakk kniven i ryggen på ham.

Han falt forover og ga fra seg en fryktelig gurglende lyd. Ribby trakk kniven ut, og blodet fløt.

Tante Tizzy satt fast under den kraftige mannens flabbe og ga kroppen hans et dytt.

Ribby hjalp henne opp, og de to ble stående på avstand mens blodpølen vokste.

Tante Tizzy skrek.

Ribby skrek.

Som to hodeløse høns løp de rundt på kjøkkenet og gråt og skrek.

STOPP!

Ribby adlød og sto stille.

Tante Tizzy fortsatte å løpe rundt.

STOPP! Du gjør meg svimmel, tante Tizzy.

Hun stoppet. Hun så på liket, på blodpølen. Hun løftet kjolen sin. Mer blod. Hun prøvde å tørke det bort.

"Jeg må..." Tante Tizzy gikk bort til vasken og spydde i den.

Ribby lyttet til lyden av oppkast og tikkingen på klokken. Hun trommet med fingrene på kjøkkenbordet.

Rolig, rolig. Jeg er rolig nå.

Herregud, Ribby.

Jeg måtte redde tante Tizzy. Jeg var nødt til det. Kanskje han ikke er død. Kanskje jeg burde ringe etter ambulanse?

Ingen ambulanse. Se etter puls.

Ribby tok opp håndleddet hans.

Trenger du ikke klokke til dette?

Angela tok over.

Død som en sild.

Jeg har drept noen!

Ja, det gjorde du. Du overrasket meg. Nå trenger vi en plan.

Jeg må snakke med tanten min først.

Nei, vi trenger en plan. Tante Tizzy kan vente.

Tante Tizzy prøvde å sette seg, men i stedet skrek hun og løp ovenpå.

Vi må snu ham rundt.

Hva med kniven?

Hent gummihanskene under vasken. Finn noe å legge den i, som en avis, et teppe eller et håndkle. Noe som ikke blir savnet.

Ribby fant hanskene og tok dem på. Hun tok en avis fra resirkuleringsbøtten som hun pakket kniven inn i, samt et teppe og et håndkle fra lintøyskapet.

Tilbake ved liket bøyde hun seg ned og ga det et dytt. Den spratt rett tilbake igjen. Hun gjorde et nytt forsøk, denne gangen ved å dytte kroppen med bevegelsen og holde den med benet. Hun kastet opp, men klarte å holde mageinnholdet nede. Hun snudde ham resten av veien. Penisen hans falt ned, og hodet hans traff bordbenet med et dunk. Hun kastet teppet over ham, overbevist om at han var død nå.

Tante Tizzy ropte ovenfra: "Hvem i helvete var den drittsekken?"

TANTE TIZZY KOM TILBAKE til kjøkkenet. "Vi burde ringe politiet", sa hun.

Absolutt ikke.

Hun har rett, vi må ringe politiet.

Vil du i fengsel for å ha drept den voldtektsforbryteren?

Jeg skal forklare. Jeg reddet tante Tizzy.

Men hvordan vil du forklare hvorfor han var her i utgangspunktet?

"Tante Tizzy. Hvordan kom han inn? Hvorfor slapp du ham inn?" spurte Ribby.

"Han banket på døren og kom rett inn, som om han var ventet. Jeg tenkte at han var en venn av Martha, så jeg bød ham på en kopp kaffe. I det øyeblikket jeg snudde ryggen til ham, dyttet han meg ned på gulvet og ... og ..." Hun la hendene over ansiktet og hulket.

Ribby trøstet henne med: "Det kommer til å gå bra. Det lover jeg deg. Vi finner ut av det."

Vi må kvitte oss med liket.

Bli kvitt det! Hvordan da? Hvordan? Hvorfor?

Fordi du drepte ham, og fordi varebilen hans fortsatt står parkert foran huset.

Varebilen. Jeg glemte varebilen.

Vi må få ham ut herfra.

Han er altfor tung å løfte. Vi har en trillebår.

God idé. Vi legger ham i trillebåren.

"Tante Tizzy", Ribby klappet henne på hånden. "Kan du ikke lage en god kopp te til oss? Jeg går ut et øyeblikk. Du kan lage en kopp te til oss, ikke sant?"

"Skal du la meg være alene med det?"

"Jeg blir bare borte noen minutter. Lag te, så får du tankene over på noe annet. Han kan ikke skade deg nå."

Vel ute låste Ribby opp skuret og trakk trillebåren ut. Hun dyttet den, hjulene skrek over plenen. Hun prøvde å løfte den opp trappen, men selv tom var den for vanskelig. Hun snudde seg selv og den rundt. Hun gikk baklengs og trakk til den bumpet opp trappen til verandaen. Utmattet åpnet hun inngangsdøren og fortsatte å skyve trillebåren langs gangen og inn på kjøkkenet.

Be henne om å hjelpe deg. Jeg mener å få ham inn i den.

Det skal jeg gjøre. Vi må bli kvitt liket hans før solen står opp. "Og hva med varebilen hans?"

"Hvilken varebil?" spurte tante Tizzy.

Oops. Jeg sa faktisk det, gjorde jeg ikke?

Jippi.

"Han lot varebilen stå utenfor," sa Ribby. Hun lukket ytterdøren bak seg.

"La oss kvitte oss med liket og varebilen samtidig," foreslo tante Tizzy.

Nå begynner hun å komme i stemning.

Å, bror.

Akkurat da de skulle til å flytte liket over på trillebåren, ble de avbrutt av en banking på ytterdøren.

"Hvem kan det være?" hvisket tante Tizzy.

Ribby gikk på tå til døren og kikket inn gjennom nøkkelhullet. Det var fru Engle, bevæpnet med store brett med mat i hver hånd. Hun må ha banket på med albuen. Ribby så ned på seg selv; hun hadde blodflekker over hele klærne.

"Juhuu, Ribby. Det er meg, fru Engle. Jeg har bare et par ting til som skal inn i kjøleskapet ditt. Håper det er greit."

Ribby tok frakken sin fra kroken og kastet den på seg, så åpnet hun døren. Hun tilbød seg å sette brettene inn i kjøleskapet. Hun forsøkte å lukke ytterdøren med foten.

"Tusen takk, kjære deg," sa fru Engel. "Forresten skal jeg reise bort i noen dager, og så kommer jeg tilbake til begravelsen. Jeg låser meg inn med reservenøkkelen hvis du ikke er her." Hun lente seg frem før hun hvisket. "Alle kommer hit etter begravelsen for å spise. Jeg har aldri forstått hvorfor slektninger blir så sultne i begravelser. Det er vel en naturlig reaksjon når man står overfor en kjær persons død. Det har alltid motsatt effekt på meg."

"Jeg håper alt, eh, går bra for deg og familien din," sa Ribby og prøvde å lukke døren igjen.

"Takk, kjære deg." Fru Engel gikk ned trappen og ut på plenen.

Ribby pustet lettet ut, men fortsatte å se på,

Fru Engel snudde seg: "Har du forresten hørt noe fra Martha?"

"Nei, nei, det har vi ikke," innrømmet Ribby.

"Å, jeg trodde ..." sa fru Engel og så på den hvite varebilen.

"Jeg får sette disse i kjøleskapet, fru Engel," sa Ribby. "De lukter så godt, og jeg er så sulten at jeg kunne spist dem selv akkurat nå!"

"Du er velkommen til å spise rester hos meg etter sammenkomsten. Det ville være synd å gå tom for mat." Hun snudde seg og gikk hjemover.

"Uff!" sa Ribby. Hun sparket igjen ytterdøren og gikk inn på kjøkkenet. Tante Tizzy satt sammenkrøpet i hjørnet og vred hendene som Lady Macbeth.

Ribby ryddet bort gryterettene, rev av seg frakken og kastet den ut i gangen, og så tok hun seg av tanten.

"Hva skal vi gjøre, Ribby?" sa tante Tizzy. "Vi må få ham ut herfra. Hva skal vi gjøre? "Hva skal vi gjøre? Hva skal vi gjøre? Hva?"

Ribby ga Tizzy en ørefik. Etter det første sjokket kom de sammen i en klem.

"Jeg har en plan, tante Tizzy. Ikke vær redd for det. Men først må jeg hente noen ting i skuret utenfor. Jeg kommer straks tilbake, det lover jeg."

Da fru Engle og søsteren var ute av syne, gikk Ribby ut og lot tante Tizzy synke ned i sofaen.

Tante Tizzy sjekket om det var noe nytt på telefonen. Det plinget med en SMS fra mannen hennes. Jenny var sammen med ham. Hun var trygg og hadde det bra.

Tizzy lukket øynene og lot lettelsen over at datteren var i god behold, strømme over seg. Det hadde vært litt av en dag.

De overveldende følelsene fra de siste dagene svulmet opp i henne som en gigantisk bølge. Alle følelser steg opp til overflaten. Smerten, lettelsen, smerten, angeren.

Tizzy forsøkte å reise seg, men knærne ga etter. Hun skalv og ristet mens hun forsøkte både å gjemme seg for sannheten og å ta den inn over seg.

KAPITTEL 17

RIBBY GIKK TILBAKE TIL kjøkkenet. Med seg hadde hun noen redskaper: en spade, en øks, en presenning, en kjeledress, hagehansker og en saks. Hun vurderte situasjonen.

Hva pokker skal jeg med alt det der?

Jeg tok bare noen tilfeldige ting jeg trodde kunne hjelpe.

Det gjorde du sannelig.

Ribby la hendene på hoftene. "Nå legger vi ham i trillebåren."

"Er du sikker på at han får plass?" spurte tante Tizzy.

Ja, han får plass.

Det må han, vi har ingen plan B.

"Vi bruker teppet og drar ham opp på det," tilbød Ribby. "Vi trenger ikke å løfte ham. Vi ruller ham over på teppet, og så kan vi justere det etter behov. Alt vi trenger å gjøre, er å få ham opp i trillebåren, og så er det enkelt derfra."

"Ribby, du skremmer meg! Det er som om du har gjort dette før," sa tante Tizzy. "Nei, det har du vel ikke?"

"Nei, tante Tizzy, men jeg har lest bøker og sett filmer. La oss komme oss av gårde nå. Ta tak i den andre enden av teppet, og når jeg har telt til tre, flytter vi ham begge to. Ok?"

Da de hadde fått litt fart på ham, var han lett å rulle over på teppet. Nå kom den vanskelige delen.

"Og igjen. Etter tre."

"Ok, Rib, som du vil."

"1, 2, 3 - heia ho!" sa Ribby. Den døde mannens hode ga fra seg en hul, klunkende lyd da det traff metallbeholderen.

"En gang til!" kommanderte Ribby, "1, 2, 3   ja!" sa Ribby da de hadde lagt liket tre fjerdedeler av veien opp på trillebåren. "Nå skal jeg sette den oppreist," sa Ribby, "og du stapper inn beina og ... bitene hans."

"Det er ikke snakk om at jeg skal putte DET inn noe sted!" sa tante Tizzy. "Den kan henge og dingle helt til kongeriket kommer!"

Ribby lo på tross av seg selv, og snart fikk tante Tizzy også et latteranfall.

De to kvinnene var hysteriske.

Amatører.

Angela plukket opp den innpakkede kniven og tok den med seg ovenpå. Hun tørket av blodet og fingeravtrykkene før hun pakket den inn igjen. Hun gjemte kniven bakerst i Marthas sokkeskuff.

Angela gikk ned igjen og tørket opp det blodige rotet på kjøkkenet.

Da hun var ferdig, var både Ribby og Tiz rolige nok.

Sett i gang, Rib.

"Kom igjen, tante Tiz. La oss gjøre dette."
"Jeg er med deg."
Halleluja! Vi har lettet.

✳✳✳

N å må vi finne bilnøklene hans. "Ta i lommene hans, Tizzy."

"Det gjør jeg ikke!"

"Flytt deg," sa Angela. Hun fant nøklene i jakkelommen hans.

"Nå triller vi ham tilbake til bilen, og så..."

"Du mener ta ham med ut, i denne?" spurte tante Tizzy.

"Ja. Vi har ikke noe valg, Tiz. Vi må gjøre dette mens det er mørkt ute. Vi må få ham inn i bilen hans."

"Hvordan skal vi løfte ham inn i den, Rib? Det er umulig."

"Vi må gjøre det. Vi har ikke noe valg," sa Ribby.

Ribby kastet presenningen over liket.

Jeg sa jo at den ville komme til nytte.

Smarting.

Ribby og tante Tizzy måtte dytte sammen for å få liket bort til varebilen. Ribby låste opp førerdøren og åpnet bakdøren. Hun trykket på en blå knapp like innenfor lasterommet, og den hydrauliske heisen stønnet nedover. Sammen fikk de to kvinnene trillebåren opp på heisen, og snart lå liket bak i varebilen.

Ribby gikk inn igjen, skiftet til andre klær og gjemte dem bakerst i skapet i en plastpose.

Hva med kniven?

Det går bra, jeg klarte det.

Vel ute igjen sa Ribby: "Du må kjøre, tante Tizzy, for jeg vet ikke hvordan."

"Men jeg er for redd til å kjøre i en så stor by! Jeg kan ikke kjøre! Jeg vil ikke!"

"Vi har ikke tid til dette tullet," avbrøt Angela. "Du er redd for å kjøre bil når vi har en stor, feit, død fyr her som vi må bli kvitt! For ikke å snakke om nysgjerrige naboer! Vi må kvitte oss med varebilen og liket mens det er mørkt."

"Med mindre du vil at jeg skal ringe politiet og fortelle dem at vi har drept ham, tante Tizzy?"

Tante Tizzy mistet munn og mæle.

Teknisk sett, Rib, så myrdet du ham. Jeg bare sier det.

Jeg vet det.

Tante Tizzy, lukk den, ellers flyr det en møll inn.

"Vi kjører opp til The Bluffs hvor vi kan kvitte oss med liket og varebilen, tante Tizzy, men du må ta deg sammen. Du må få oss dit! Hva sier du til det?"

Tante Tizzy nikket.

"Greit, da setter vi i gang!" Ribby la den døde mannens nøkler i den skjelvende hånden til tanten.

KAPITTEL 18

TANTE TIZZY VAR TROSS alt en god sjåfør, om enn en nervøs en.

På veien stoppet de på en bensinstasjon ikke langt fra The Bluffs, der Ribby bestilte en taxi som skulle hente dem om en time.

Da de kjørte inn i det bortgjemte området, sa Ribby: "Slå på fjernlysene, tante Tizzy." De sneglet seg fremover, mens månen i horisonten lokket dem nærmere.

"Stopp!" sa Ribby. Da bilen stanset helt, steg hun og tante Tizzy ut.

"Woo-ee!" utbrøt tante Tizzy. "Det er jammen langt ned!"

"Ikke gå for nærme," sa Ribby, "skrenten er i ferd med å rase sammen."

De tok et par skritt tilbake akkurat da skyene spredte seg og stjernelyset blinket. De sto sammen, skjelvende, side om side, mens vinden pisket rundt dem. Tante Tizzy ga seg selv en klem.

"Det er jammen vakkert," sa tante Tizzy.

"Jeg må ta deg med opp hit om dagen, så du kan få med deg hele dens skjønnhet."

"Det vil jeg gjerne, Ribby. Jeg glemte forresten å fortelle deg at Jenny er sammen med faren sin. Hun sendte meg en melding for litt siden."

"Det er gode nyheter."

OMG! Hva er dette, The Young and the Restless? Kom igjen, Rib!

Greit, greit. "Tante Tizzy, alt du trenger å gjøre er å sette bilen i gir, og når bilen kjører fremover, hopper du ut. Den kjører utfor stupet, og snapperne spiser ham til frokost. Ha det, feite jævel. Ha det, varebilen til den feite jævelen. Ha det bra. Slutt på historien! Så kan vi gå tilbake til livene våre. Det blir vår lille hemmelighet."

"Gud vil få vite det," sa tante Tizzy.

Og jeg.

"Gud vil forstå, for det var selvforsvar. Han voldtok deg, tante Tizzy!"

Hun begynner å få kalde føtter, Ribby. Gjør det nå.

"Gud vet alltid", sa tante Tizzy mens hun snudde seg og gikk. Hun kikket seg over skulderen, åpnet døren til varebilen og klatret inn. Hun trakk døren igjen, og motoren startet. Hun ga den turtall en gang, to ganger, tre ganger. Så satte hun kursen mot klippekanten.

"Hopp, tante Tizzy!"

Men det var for sent. Varebilen fortsatte å kjøre. Over og ut.

Ribby løp mot kanten og kom akkurat tidsnok til å se varebilen treffe vannet.

Hun prøvde å skrike, men ingenting kom ut.

Ingenting. Helt til hun begynte å kaste opp. Hun falt ned på kne.

Dumme kvinne.

Hun hadde ikke trengt å gjøre det. Hun trengte ikke å dø.

Det var hennes avgjørelse. Hennes valg.

Jeg husker Barbie-dukkekaken hun lagde til bursdagen min.

Ingen kan ta det minnet fra meg. Nå stikker vi herfra.

Det hadde ikke gått etter planen. Men det gjør aldri noe - ikke engang på film. Man tror at Cary Grant blir for jentas skyld, men det gjør han ikke. Du tror Humphrey Bogart skal hindre Ingrid Bergman i å gå om bord i flyet, men det gjør han ikke. Selv når du vil at det skal være slik, skjer det ikke slik du ønsker det.

KAPITTEL 19

RIBBY HENGTE FRA SEG frakken i entreen og ropte: "Jeg er hjemme, mamma." Hun gikk ut på kjøkkenet, der Martha satt bøyd over bordet med mordvåpenet i hånden.

"Har du drept griser, Rib?" spurte hun og holdt opp kniven. Martha reiste seg.

"Jeg drepte den feite jævelen," sa Angela. "Jeg stakk ham ned, så han døde."

Martha åpnet munnen, men det kom ingen ord eller lyder ut, så Angela fortsatte. "Han var et motbydelig dyr, bare en gris, med pikken hengende ut av buksa."

"Jeg måtte til mamma," brøt Ribby inn. "Han voldtok tante Tizzy!"

Hun lærer aldri. Jeg klarte dette.

Martha la venstre hånd på hoften. Høyre hånd holdt kniven på en armlengdes avstand. "Hva i all verden snakker du om? Feite jævel? Tante Tizzy?"

"Fyren i den hvite Attics-R-Us-bilen. Han er den feite jævelen," sa Angela. "Og når det gjelder søsteren din, Tizzy, så var hun like forsvarsløs som en kattunge da han forgrep seg på henne."

"Jeg reddet henne fra ham," sa Ribby.

Martha snudde seg, som om hun skulle til å legge ned kniven. Men så ombestemte hun seg tilsynelatende og trådte tilbake. "Og hvor er de nå? Hvis du drepte ham, hvor er liket hans?"

Ribby stirret på kniven. "Vi pakket ham inn i varebilen hans og kjørte ham utfor en klippe."

"Det var en perfekt plan," sa Angela. "Helt til den gale søsteren din nektet å gå ut av varebilen og kjørte utfor stupet hun også." Angela gikk rundt Martha og satte seg ned i en stol med et iltert sukk.

Ribby begynte å snakke, men ombestemte seg da vannkokeren plystret. Martha la fra seg kniven på kjøkkenbordet. Hun hentet melk fra kjøleskapet og to krus fra skapet. Skjeene lå allerede på bordet, oppstilt som lekesoldater. Mens hun skjenket opp, sa hun: "La meg se om jeg har forstått dette riktig, Rib. Søsteren min kom hit. Carl Wheeler trodde jeg var åpen for forretninger og prøvde seg med Tiz. Du stakk ham ned og kvittet deg med ham. Forventer du at jeg skal tro på dette? Han var en usedvanlig stor mann."

"Det kan du banne på," sa Angela. "Rib   jeg mener vi   la ham i trillebåren. Det var slik vi fikk ham ut."

"Å, jeg skjønner," sa Martha. "Og så planla dere å kvitte dere med liket, men Tiz ødela planen da hun også gikk over? Og hva gjorde Tiz her forresten? Jeg har ikke hørt et ord fra henne på årevis."

"Mannen hennes forlot henne for en annen kvinne, som var yngre," sa Angela. "Så rømte datteren hennes. Hun var et vrak."

Martha satte seg ned og tok noen slurker av teen sin. "Vi må gjøre noe med denne kniven. Den kan ikke bli liggende her i huset mitt." Martha tok opp kniven og så på Ribby, som drakk te med høyre hånd. Den venstre hånden hennes lå med håndflaten ned på bordet. Martha løftet kniven og førte den ned, slik at Ribbys hånd ble kuttet av fra sin venn, håndleddet.

Tekoppen traff bordet og spratt. Ribby skrek. Martha tok tak i høyre hånd og presset den med håndflaten ned på bordet. "Fortell meg hva som foregår her, og hvem i helvete du er," forlangte hun. "For jeg vet at du ikke er datteren min." Martha løftet kniven oppover, slik at spissen nesten traff Ribbys nese. "Kom deg til helvete vekk fra datteren min, hva du enn er. Ellers river jeg henne i filler."

"Mamma, ikke gjør det. Ikke gjør det, vær så snill. Ikke gjør det!"

"Jeg er Ribby. Bare Ribby," kvekket Angela med Ribbys pysete stemme.

Et øyeblikk trodde hun at Martha trodde henne. Et nytt CHOP, den andre hånden ble kappet av og forvandlet Ribby til en fontene med to spisser.

"Dø. Vi dør alle sammen", sang Angela mens Ribby gråt og skrek i smerte. Angela kunne ikke føle smerte, og hun kunne heller ikke føle noen ekte glede. Alt hun gjorde, alt hun prøvde å gjøre - det var alltid Ribby som høstet fordelene. Men ikke denne gangen. "Stakkars Ribby," sa Angela. "Hvordan skal hun ta seg av de syke barna på sykehuset nå?"

Ribby våknet i leiligheten sin med et skrik. Hun sjekket høyre hånd. Så den venstre. Begge var der fortsatt. Hun var for redd til å stå opp av sengen, holdt seg selv i hånden og så på sollyset som tegnet mønstre i taket.

D A HUN VAR HELT våken, dusjet og kledde Ribby på seg. Hun bestemte seg for å gå en tur og klarne hodet. Hun var takknemlig for at det var søndag. Hun orket verken jobben eller barna i dag.

Når hun var ute, ble marerittet lagt i bakhodet. Hun unngikk stranden og lyden av bølgene fordi det vekket minner om tante Tizzy.

Før hun gikk tilbake, stoppet hun på en kafé og bestilte en cappuccino. Den smakte så godt at hun straks ville ha en til. Mens hun ventet på å bestille på nytt, kom Nigel forbi. Hun hadde ikke sett ham på flere uker. Hun var ikke engang sikker på om han husket henne.

"Yo! Nigel", ropte Angela og banket på vinduet.

Han smilte og kom inn i kafeen. Han kysset Ribby på kinnet. Hun syntes dette var altfor kjent.

"Hvordan i helvete har du hatt det?" spurte Nigel.

"Travelt på jobb," sa Angela. "Og jeg trenger litt hvile. Skal vi finne på noe i kveld?"

Nigel så på føttene sine. "Jeg har kjæreste nå, så hvis jeg går ut, blir hun med."

"Stakkars Nigel", ertet Angela, "ikke engang gift og allerede pisket!"

Nigel kastet hodet bakover og lo. Han grep tak i Angelas hånd og klappet den på en broderlig måte.

"Hva heter hun, da?" spurte Angela. "Eller er det en hemmelighet?"

"Nei, herregud, nei", sa Nigel og trakk seg tilbake slik at en person som hadde stilt seg i køen, kunne komme inn og bestille. "Hun heter Anne-Marie."

Angela ombestemte seg og gikk mot døren. "Du må presentere oss for hverandre en dag."

Nigel beveget seg fremover i køen.

Angela raste hele veien hjem.

KAPITTEL 20

Etter sykehuset den påfølgende kvelden tok Ribby bussen hjem. Det var nesten mørkt da hun kom frem. Inngangsdøren sto på vidt gap. Musikken var høy nok til å konkurrere med gatetrafikken. Forsiktig gikk hun opp trappen da Scamps poter kom gående mot henne. Han hoppet opp og veltet henne omkull. Martha kom etter og lo mens hunden slikket Ribby i ansiktet.

"Kom deg vekk nå, Ludde", sa Martha mens hun dyttet bakenden hans av med foten. Hun strakte ut hånden for å hjelpe Ribby. Da hun var på beina, børstet Ribby seg ned.

"Du er nesten bare skinn og bein," sa Martha. "Har du ikke spist?"

Ribby grep tak i moren og kastet armene rundt halsen hennes. Martha klemte tilbake, men slapp så taket og spurte: "Vil du ha en kopp kaffe?"

"Du ser flott ut, mamma!" sa Ribby mens de ruslet sammen ut på kjøkkenet. "Du har en fantastisk brunfarge."

Martha lo. "Vi har hatt det fantastisk. Jeg ville bodd der oppe på et øyeblikk hvis jeg hadde penger. Tom var en fantastisk vert." Hun gikk rundt på kjøkkenet, satte kjelen til å koke og gjorde klar krusene. "Hva har du drevet med? Og hvem sine ting er det som står på rommet mitt?"

"Tante Tizzys."

Martha holdt på å miste et krus. "Er søsteren min her? Hun bor i slummen, antar jeg. Hvor er hun da? Ute og handler?"

"Nei, egentlig ikke," sa Ribby. "Hun kom hit for å lete etter Jenny." Ribby fikk en merkelig følelse av déjà vu. Hun grøsset og stakk begge hendene i lommene.

"Det er jammen rart at hun kommer helt hit. Vi har mye å ta igjen, det er helt sikkert."

"Jeg vet ikke om hun kommer tilbake," stammet Ribby. "Jeg tror hun kanskje måtte dra hjem. Plutselig, mener jeg."

Martha rørte i litt sukker. "Uten bagasjen sin?" Hun tok en slurk. "Har du sett henne i dag?"

"Nei, jeg var hos min venninne Angela." Hun verken drakk teen eller forsøkte å drikke den. Hendene var fortsatt godt plantet i lommene.

Martha skyllet ned koppen med te. Hun skjøv stolen bakover og gjespet med munnen så vid at en buss kunne ha kjørt gjennom den. "Jeg går og legger meg nå."

"God natt, mamma," sa Ribby. Hun ryddet bort kruset sitt og beveget seg rundt på kjøkkenet til hun hørte Martha rope fra toppen av trappen.

"Forresten, Rib, jeg fant denne", sa hun og holdt opp en kniv. "Den lå innpakket i sokkeskuffen min."

"Kanskje tante Tizzy har drept noen med den," sa Angela mens hun gikk opp trappen.

Martha rakte henne kniven og slapp ut en brølende latter. "Du har litt av en fantasi. Vi skal vaske den godt i morgen tidlig. God natt, god natt."

Angela tok imot kniven fra Martha i et nytt håndkle.

Hvorfor brukte du et nytt håndkle?

Det er opp til meg å vite, og til deg å finne det ut.

Ribby gjemte kniven bakerst i skapet sammen med de blodige klærne sine.

Ok, sov nå.

Slutt å snakke til meg, så gjør jeg det.

God natt, Ribby.

God natt, Angela.

KAPITTEL 21

R IBBY FALT I DYP søvn. Hun drømte at hun befant seg høyt oppe i skyene, der hun satt og så andre skyer passere forbi. Noen ganger var det mennesker på skyene. Hun kjente igjen noen nå og da. En berømt person som så ut til å se seg rundt for å se om noen kjente dem igjen.

Å se Cary Grant smile og vinke til henne mens skyen hans surfet forbi, var veldig rart.

Ribby ropte: "Mr. Grant, å, Mr. Grant, du er min absolutte favorittskuespiller!"

"Du er veldig søt," sa Cary, mens skyen hans fortsatte videre.

Ribbys øyne fulgte ham helt til hun ikke lenger kunne se ham, siden de fleste skyene hadde rullet bort. Forsvunnet.

Med unntak av en diger, svart sky som stormet mot henne.

Hun visste ikke hva hun skulle gjøre, hvordan hun skulle komme seg videre. Hun slo ut med armene, men det virket ikke. Hun trakk pusten dypt inn og pustet ut i skyen, men heller ikke det fungerte. Hun hadde ikke greie på å være på en sky denne gangen. Tidligere hadde den beveget seg når hun ville det, men denne gangen ville den ikke røre på seg.

Den store, svarte skyen svevde nærmere. Ribby satte seg ned og klemte knærne. Det kom til å regne, og det var derfor de andre skyrytterne hadde søkt ly. Hun følte seg veldig alene. Hvis hun bare hadde hoppet opp på Cary Grants sky, ville hun i det minste ikke vært helt alene.

BOOM! Hun falt sidelengs inn i armene på den luftige skyen. Tordenen runget gjennom den tomme himmelen.

KNALL.

Lynet lynte fra den invaderende svarte skyen og inn i Ribbys sky. Hun skrek. Det var veldig nære på. Hårene på armene hennes reiste seg av statisk elektrisitet. Huden hennes ble varmere og varmere.

"Hold opp!"

"JEG VIL IKKE!" skrek en sint kvinnestemme.

Lynet slo ned i Ribbys sky igjen, og denne gangen ble den delt i to. Hun rullet til siden og inntok fosterstilling. Hun så opp og oppdaget en kvinne som lignet tante Tizzy påfallende mye. Hun hadde løse, svarte plagg, ikke akkurat en kjole eller en kappe, som pisket opp og rundt henne.

"Du har gjort meg urett, og det skal du få betale for. Du kan ikke gjemme deg for alltid. Ta sjansen nå - og hopp!"

"Men, tante Tizzy," stønnet Ribby, "jeg reddet livet ditt!"

"Du tok livet mitt og sendte meg til helvete! Din dumme, dumme jente! Gi opp ditt og HOPP!"

"Men jeg vil ikke dø."

"Ikke jeg heller! Nå er jeg utstøtt fra himmelen. Fra Gud. Bestemt til å sveve rundt her i all evighet."

Et nytt lyn rev Ribbys sky i to deler.

Skyen ble til en tåke, og så ble den til ingenting. Ribby holdt seg for nesen, som om hun skulle hoppe i en elv i stedet for å falle i døden. Hun ropte "Shiiiiiiiiiiiiittt!" slik Redford og Newman gjorde i Butch Cassidy and The Sundance Kid da de hoppet ut fra klippen.

Ribby falt ut av sengen og landet med et dunk på gulvet, mens hun stupte ut i intethetens åpne armer.

KAPITTEL 22

MARTHA VAR NEDE OG slo på grytene og pannene. Ribby tyvlyttet og hørte to stemmer. Moren hennes hadde selskap.

Det var fredag morgen, og Ribby hadde bedt om å få begynne sent på jobb. Hun ville høre om morens tur før hun dro hjem til seg selv for helgen.

"God morgen, mamma", sa Ribby da hun kom rundt hjørnet. Hun fikk øye på John MacGraw som leste avisen.

Martha sto bak ham og leste over skulderen hans.

"God morgen, John", sa Ribby mens hun skjenket seg en kopp kaffe og stilte seg ved siden av kjøleskapet.

"Jeg kan ikke finne den noe sted. Har du tatt den, Ribby? Flasken min med Jack Daniels? Den var her, og den var full."

"Tante Tizzy drakk den," sa Angela. "Hun var i en tilstand og drakk den for å roe nervene. Hun mente sikkert å erstatte den. Jeg henter en ny til deg senere."

"Vi trengte den for å lage eggene våre, Rib."

"Ja, ingenting er som å helle litt Jack Daniels i eggene. Perfekt middel mot bakrus," sa John.

"Vi får klare oss uten i dag," sa Martha.

"Da blir det ingen egg til meg, kjære," sa John. "Bare en kopp kaffe til."

Martha satte kannen på bordet. "Sett deg ned, datter. Vi har noe viktig å snakke med deg om."

Jøss, hva dreier dette seg om?

Ribby studerte Martha og John mens de utvekslet blikk. Hun satte seg overfor moren og ventet på at de skulle forklare seg.

Å, jøss, de skal IKKE gifte seg. Skal de det? Gros.

"Dere har en spesiell gjest som kommer i morgen kveld for å møte dere. Han heter herr Edward Anglophone," sa Martha.

"Har jeg? Men... hvem er han?"

"La meg forklare ferdig. Jeg vet at du snart må dra på jobb. Dette burde ikke ta lang tid."

Ribby nikket, og Martha fortsatte.

"Da vi var ved vannkanten, bodde vi på et nydelig lite B&B og traff Edward. Vennene hans kaller ham Teddy. Han eier sitt eget bibliotek der ute. Vi traff ham og kom godt overens. Han inviterte oss på en drink. Han nevnte biblioteket sitt, og at han trengte en ny biblioteksjef."

"Han visste om deg, Ribby," innrømmet John.

"Om meg?"

"Han kjenner folk på bibliotek over hele verden," la Martha til. "Og bibliotekarer."

"Han har fingeren på pulsen, siden han selv er ute etter å ansette en ny," sa John.

"Ja," la Martha til. "Biblioteket hans er stengt. Det er derfor han vil møte deg."

"For å overta biblioteket hans?"

"Potensielt," sa John.

"Sjefsbibliotekar? Meg?" utbrøt Ribby. "Jeg er ikke kvalifisert til å være biblioteksjef. Det må man ha en grad for!"

Vi kunne helt klart være biblioteksjef.

"Vel, alt jeg vet, Rib, er at hvis noen eier sitt eget bibliotek, kan de ansette hvem de vil som biblioteksjef. Det er lite, Rib, ikke som Torontobiblioteket, men det er en mulighet for livet. Han kommer klokka åtte. Du må kjøpe noe nytt å ha på deg. Gjør deg fin for å gjøre et godt inntrykk." Martha nippet til kaffen. "For ikke å nevne at han er steinrik."

Lurer hun oss ut?

Sikkert ikke.

Høres sånn ut for meg.

"Ja, han har massevis av penger. Og ingen familie. Ingen slektninger heller," sa John.

"Jeg vil ikke møte ham. Jobben min er grei nok. Dessuten vil jeg ikke flytte langt bort. Jeg liker meg her."

Vi vil ikke bli halliker! Din dumme, gamle flaggermus!

"Beklager, mamma, men denne muligheten er ikke for meg."

"Datter, du skal møte ham, og det er det!"

"Bare møt ham," sa John. "Hva har du å tape?"

Ribby skjøv stolen bakover. Angela snudde seg mot trappen.

"Når helvete fryser til is," sa Angela.

Marthas stol skrapte mot gulvet.

Ribby løp opp trappen og låste døren.

Angela åpnet Ribbys skap og grep den innpakkede kniven. Hun ventet.

Hvis den hurpa prøver å komme seg inn i dette rommet, kommer hun til å angre.

Fottrinn. Stamp, stamp, stamp. Stamp, stamp, stamp. To sett. Løping. Latter.

Ribby holdt pusten.

Noen minutter senere var det helt klart hva de holdt på med. Martha ropte: "Ja!" mens sengegavlen dunket mot veggen.

Helt avskyelig.

La oss komme oss ut herfra!

KAPITTEL 23

B IBLIOTEKET VAR I KAOS da Ribby ankom.

Fru P. Wilkinson, biblioteksjef, hadde planlagt en boksignering i flere måneder. Det var hennes hjertebarn, siden hun var personlig venn med den bestselgende barnebokforfatteren P.K. Schmidlap.

Da Ribby beveget seg mot inngangen, ropte to barn: "Hei, hvor tror du at du skal, frue? Vi har vært her i timevis. Du kan ikke bare stikke inn!"

"Jeg jobber her", sa hun og viste frem skiltet sitt.

Vel inne gikk hun for å finne fru Wilkinson.

"Det er kaos der ute," utbrøt Ribby. "Hvor er fru Wilkinson?"

"Mannen hennes ringte. Hun er på sykehuset med en sprukken blindtarm. Vi vet ikke passordet hennes, så vi kan ikke få ut timeplanen fra datamaskinen hennes. Vi forventet noen hundre barn - ikke tusenvis!" Monica sa med skjelvende stemme: "Jeg vet ikke hva jeg skal gjøre. P.K. er her bare i seksti minutter til fordi han har andre forpliktelser." Hun brast i gråt.

"Du skulle ha ringt meg. Ikke vær redd, jeg skal snakke med P.K. og se om vi kan finne ut av noe."

"Du kommer ikke forbi oppsynsmannen hans, eller rettere sagt, kona hans," sa Monica. "Der borte - høy, blond og selvgod."

Fru Schmidlap hadde på seg en dyr designerdress og høye hæler. Hun så på klokken flere ganger da Ribby kom mot henne.

"Unnskyld meg, fru Schmidlap?"

"Jaaaa."

"Kan jeg få et ord med deg? Vi har et problem."

"VI har ikke noe problem! YOU have da problem!" ropte fru Schmidlap, noe som fikk mannen til å slippe pennen og barna til å hoppe.

Spenningen bygget seg opp rundt Ribby.

"Det er i orden, mine kjære," sa fru Schmidlap, tok tak i Ribbys venstre arm og trakk henne til side. "Dere er ikke organiserte. Mannen min skriver under en time til, og så er vi borte. Barna må ikke bli skuffet, men han kan ikke bli. Han har andre forpliktelser. Vi har andre forpliktelser", hvisket hun med sint stemme.

Ribby måtte finne en løsning. Det var minst 1000 barn utenfor og ytterligere 50-100 inne. Hun måtte overtale P.K. til å signere bøkene til de barna som hadde ventet lengst. Han kunne gjøre det hvis han satte opp farten.

"Hva med kompromisset?" spurte fru Schmidlap.

"Ja, god idé."

"Vi må gå kl. 12, presis, uten om og men. Vi, P.K., kan ikke skrive under for alle, ikke i dag. Hva om barna kjøper et eksemplar av boken i dag, eller bestiller den i dag? P.K. signerer alle bestillinger, og de blir levert her i slutten av uken, ville det fungere?"

"Vi kan bare prøve. Takk for forslaget. Jeg skal se hva jeg kan gjøre."

Ribby gikk ut igjen. Hun trakk døren igjen bak seg.

"Hei, hva er det du gjør, frue? Vi har ikke sett P.K. ennå! P.K.! P.K.! P.K.!" ropte de og stormet frem.

"Slutt å snakke, alle sammen! Vær stille, så skal jeg forklare!"

Barna ble stille.

"Ok, det var bedre!" sa Ribby. Hun la merke til at politiet hadde ankommet for sikkerhets skyld. "P.K. må dra herfra presis klokken tolv for å oppfylle en tidligere avtale."

Publikum buet og hånte. Politiet rykket inn.

"P.K. vil signere alle bøkene dine. Vi har ordrene dine her. Hvis det er noen endringer i informasjonen vår, vennligst gi oss beskjed skriftlig innen klokken 17.00 i dag. Dere kan hente dem her i neste uke," foreslo Ribby.

"Om en uke? Da har alle allerede lest ferdig sine eksemplarer. De kommer til å fortelle oss slutten. De kommer til å ødelegge den for oss."

"Du kan ta boken din i dag og lese den usignert, eller du kan legge den her så P.K. kan signere den, det er opp til deg."

Det ble litt mumling, og Ribby visste at det kunne gå begge veier.

Fru Schmidlap kom ut for å hjelpe til og hvisket et forslag i øret hennes.

Ribby formidlet budskapet hennes til barna. "Hvis dere leverer boken deres til signering i dag, får dere en eksklusiv gave fra P.K. - et bokmerke i begrenset opplag!"

Barna jublet. Ribby og fru Schmidlap omfavnet hverandre. Politimennene løftet på hatten. Presis klokken tolv kjørte P.K. av gårde i en limousin.

Da det hele var over, slappet Ribby av i skuldrene mens anspentheten smeltet bort. Resten av dagen var heldigvis begivenhetsløs.

På vei til leiligheten deres tenkte Ribby på den unnvikende herr Anglophone.

Kanskje jeg bare burde oppsøke ham?

Det hadde vært kult å være biblioteksjef, og etter i dag fortjener du det.

Ja, å ta ansvar i dag fikk meg til å føle at jeg kunne klare det. Jeg mener, være biblioteksjef, og når får jeg noen gang en ny sjanse?

Han må være rik som har sitt eget bibliotek.

Ja, men hvorfor meg? Han kan spørre hvem som helst.

Trodde aldri jeg skulle si dette, men Martha må være ansvarlig for hans interesse.

For ikke å snakke om å vurdere meg til rollen.

Så, enig. Vi skal møte ham.

Ja, enig.

KAPITTEL 24

K LOKKEN VAR 20.34 DEN påfølgende kvelden da Ribby kom hjem. Hun var iført svart kjole og sko med høye hæler.

En limousin sto parkert ved fortauskanten.

Sjåføren tippet på hatten. "Fin kveld," sa han.

"Ja, den er virkelig vakker," svarte Ribby.

"Det er du også," sa sjåføren med et blunk.

Dette tok Ribby på sengen.

Angela blunket tilbake.

Ribby surmulet inn, men smilte snart da hun kom inn i stuen. "God kveld," sa hun.

Anglophone reiste seg og strakte ut hånden for å kysse henne. Han var rundt 1,80 meter høy og rundt åtti år gammel. Han gikk med stokk og var kledd i en kostbar, blåstripet dress med rød kravatt.

"Vil noen ha noe å drikke?" spurte Martha.

"Jeg vil gjerne," sa herr Anglophone, "ta Ribby med på en kjøretur i bilen min. Hvis det er i orden med henne, da?" Han kastet et blikk i hennes retning og så på klokken. "Vi har reservert bord på Revolving Restaurant klokken ni."

"Jeg beklager at jeg er sen."

Å, herregud! Han kommer antakelig ikke engang til å klare seg gjennom middagen! Han er helt og holdent geriatrisk!

"Å ja, jeg forstår at skjønnhet tar tid," sa Anglophone mens han reiste seg og strakte ut armen til Ribby.

Ribby tok den.

Ribby og Anglophone gikk mot døren.

"Ikke bekymre deg for å få henne hjem tidlig, Teddy. Vi vet at du vil passe på henne."

Å, herregud! Vi skal definitivt IKKE hjem med DET.

Ribby stirret på moren over skulderen mens de nærmet seg bilen. Vel inne i bilen sa engelskmannen: "Sjåfør, du kan kjøre til destinasjonen vår. Jeg regner med at du har sett på kartet hvor det er?"

"Ja, herr Anglophone, sir, GPS-en er klar."

"Bra, bra. Da lærer du," sa herr Anglophone. "Lukk nå skilleveggen, så damen og jeg kan få litt privatliv."

Skitne, gamle drittsekk.

Limousinesjåførens øyne fikk kontakt med Ribbys i bakspeilet da han trykket på en knapp. En glasspartisjon reiste seg mellom dem. Røde fløyelsgardiner fløt over og gjorde baksetet til et privat rom. Mr. Anglophone trykket på en knapp for å åpne en bar med avkjølt champagne.

"Ribby, min kjære, jeg har gledet meg til å møte deg."

Ribby visste ikke hva annet han skulle si, og sa: "Takk, herr Anglophone."

"Du kan kalle meg Teddy, for jeg heter Edward. Men si meg, hvor har du fått navnet ditt fra, Ribby? Er det en forkortelse for noe? Det er et ganske unikt, men nydelig navn."

Ribby lo. "Merkelig. Ingen har noen gang spurt meg om det før."

"Hvis det er en hemmelighet du ikke vil dele, har jeg full forståelse for det, min kjære."

Han er en gammel smoothie. En sjarmør. Det skal han ha!

"Da jeg var liten jente, kunne jeg ikke uttale fornavnet mitt. Det staves som Rebecca, men uttales Reee-becca. Du vet, med den fryktelig overdrevne lange 'e-en'. Jeg uttalte det alltid som Rib-ecca," sa hun og lo. "Mamma likte ikke å forkorte det til Becky. Hun syntes det hørtes for vanlig ut, så hun begynte å kalle meg Ribby. Det ble sittende fast, og det har vært navnet mitt siden."

"Da kan jeg kalle deg Rebecca hvis du vil, men jeg foretrekker å gi deg et spesielt navn."

"Det navnet jeg elsker, er Angela. Vil du kalle meg Angela?"

OMG! Hvorfor gjør du dette mot meg?

"Angela," sa Teddy mens det rullet av tungen hans. "Ja vel, da blir det Angela." Teddy strøk hånden over Ribbys kne.

Ribby mente at det hadde vært et uhell.

Angela var ikke så sikker.

På RESTAURANTEN åPNET SJåFØREN døren først for Teddy og deretter for Ribby.

"Det tar minst to timer", sa Teddy. "Jeg sender deg en melding når vi er klare til å dra."

"Ja, sir."

"Han er en idiot mesteparten av tiden", sa Anglophone og refererte til sjåføren sin, "men lojal som bare det."

KAPITTEL 25

D^{ET VAR KØ I} restauranten, men Anglophones nærvær skilte veien.

Som en gentleman tilbød han Ribby armen sin og eskorterte henne gjennom den travle restauranten.

Det var som en ut-av-kroppen-opplevelse for henne. Gjestene snudde seg, hilste på dem og hevet til og med glassene for å skåle for dem. Hun følte seg som en kjendis.

Paret fortsatte til et privat rom. Det var høyt under taket, og over bordet hang en glitrende lysekrone. Selve bordet var dekket med vakre tallerkener, bestikk og glitrende krystallglass. En flaske champagne sto på kjøl i et stativ.

Da de hadde satt seg, bestilte Anglophone til dem begge.

Ribby følte seg som Bella i den store ballsalen i Skjønnheten og udyret.

Han er gammel, men han er ikke noe udyr.

Hysj.

Anglophone snakket en del om forretningene sine og pengene sine.

Ribby spurte om han noen gang hadde vært gift.

"Jeg var nesten gift to ganger. Kvinnene var ikke den de så ut til å være. Gullgravere, du vet." Han tok en pause og rykket nærmere Ribby. "Jeg fikk dem begge drept."

"Du gjorde hva?" sa Ribby og holdt på å søle champagneglasset sitt.

"En liten spøk, for å se om du hørte etter," sa Teddy. Han lo og klappet henne på håndryggen. "Det er ikke mange som har lyst på en gammel gubbe som meg nå for tiden!"

Ribby tok enda en slurk champagne. Hun følte seg allerede ør i hodet.

"Da så. La oss finne den late, udugelige sjåføren min."

"Jeg begynner å bli veldig trøtt," sa Ribby. "Har du noe imot å kjøre meg hjem?"

"Selvsagt, Ribby, jeg mener, kjære Angela. Natten er ung, og vi har ikke diskutert rollen i biblioteket mitt ennå."

"Jeg har hatt en hyggelig kveld, men jeg tror ikke jeg er kvalifisert til å påta meg stillingen. Jeg er smigret, men..."

"Tullprat! Det er ikke opp til deg å avgjøre det! Jeg har en god følelse når det gjelder deg, og det er nok."

Da de var tilbake i limousinen, ba Ribby Teddy om en forklaring på det siste han hadde sagt.

"Jeg har penger. Penger gjør det lett å ha øyne overalt. Jeg vet alt om deg. For eksempel hvordan du hjelper moren din med huslånet, og at du også leier ut en leilighet ved vannet."

Ribby gispet.

Han fortsatte: "Hvordan du uselvisk underholder de stakkars syke barna, og hvordan du egenhendig avverget en storm på P.K.'s boksignering. Kona hans, fru Schmidlap, liker ikke mange mennesker, men hun likte deg. Hvis du kan jobbe med henne, kan du gjøre hva som helst. Jobben er din hvis du vil ha den."

Det snurret i hodet på Ribby da Teddy trykket på knappen til porttelefonen og ba sjåføren om å kjøre hjem til henne.

Enten har han fulgt etter oss selv, eller så har han hyret noen til å gjøre det.

"Jeg må fortsatt tenke på det."

"Da får det bli sånn. Du har syv dager på deg til å bestemme deg. Her er visittkortet mitt; du kan nå meg når som helst, dag og natt." Etter en pause sa han: "Vent litt! Hvorfor kommer du ikke opp og ser biblioteket selv? Det finnes ikke noe bedre tidspunkt enn nå. Vi kunne kjøre tilbake sammen akkurat nå!"

"Jeg vet ikke."

Han tilbød deg jobben som hovedbibliotekar. Du kan ta den. Jeg vet at han virker skummel nå, men han sier det rett ut. Han skjuler ikke noe eller lyver om det. Det er noe. Han er vår billett ut. Vi kan observere ham og se hvordan han er uten å binde oss. Kom igjen, Ribby, ta sjansen. Dessuten er sjåføren kjempesøt. Se på de blonde krøllene under lua.

For ikke å snakke om de blå øynene hans.

Jeg vet det. Jeg vet det. Jeg vet det, jeg vet det. Dessuten kan det bli gøy!

"Vi ville være der tidlig i morgen tidlig. Dere kan bo på samme B&B som Martha og John ferierte på. Alt vil være klart til dere kommer. Det vil hjelpe deg å bestemme deg."

"Men jeg har ikke andre klær enn det jeg har på meg nå."

"Ikke tenk på det."

Ribby åpnet munnen hennes.

Han forutså hennes neste innvending. "Jeg ringer moren din og forklarer."

Ribby var ikke sikker på noe lenger. Hun gikk frem og tilbake i tankene sine. Burde jeg, eller burde jeg ikke?

"Med glede," sa Angela og tok Teddys hånd i sin.

Du brukte for lang tid på å bestemme deg.

Ribby, som hadde blitt distrahert av sjåføren som så på henne i sidespeilet, krympet seg.

Teddy beordret sjåføren til å kjøre dem hjem.

Ribby lot som om han sov på vei tilbake.

Angela håpet at Teddy ville ta seg en lur, så hun kunne gå opp og sitte sammen med sjåføren.

Teddy tok frem den bærbare datamaskinen og begynte å skrive.

Jeg blir helt gal av å klikke så mye.

Vi er sikkert snart fremme.

Sekunder senere: "Er vi der ennå?

KAPITTEL 26

D E ANKOM PORT DOVER i de små morgentimene.

Sjåføren åpnet døren for Teddy. "Kjør frøken Angela til fru Pomfrere. Ikke kom tilbake før hun har blitt introdusert."

"Ja, herr engelsktalende."

"Be fru Pomfrere sørge for at frøken Angela er oppe og klar til frokost om fire timer. Si at du kommer straks for å hente frøken Ribby."

"Ja, sir", svarte sjåføren, satte seg inn i bilen igjen og kjørte av gårde.

Ribby, som hadde sovnet, åpnet nå øynene. Hun kikket ut av vinduet og prøvde å se hvordan Anglophones hus så ut, men det var for mørkt.

Noen øyeblikk senere ankom de B&B. Fru Pomfrere skyndte seg ut for å hilse på dem. Sjåføren introduserte dem for hverandre, fortalte henne diskret om frokosten på Anglophones eiendom og kjørte av gårde.

"Jeg er utrolig glad for å treffe deg, frøken Angela. Herr Anglophone har fortalt meg så mye om deg."

Ribby kunne ikke unngå å legge merke til fru Pomfreres antrekk. Selv om det var svært tidlig på morgenen, var hun iført aftenkjole. "Takk, fru Pomfrere. Hvis De har det travelt, så ikke la meg oppholde Dem. Vis meg veien til rommet mitt, så skal jeg nok klare meg."

"Klarer? Klarer meg? Jeg er jo kledd slik for å hilse på deg. Bli med meg, så skal vi få deg på plass!" De gikk inn, og hun beveget seg som en virvelvind gjennom korridoren og opp trappen til Ribbys rom.

"Du er enda søtere enn jeg hadde forestilt meg. Teddy er helt sikkert betatt av deg, og jeg skjønner hvorfor. Beina dine fortsetter jo i det uendelige, ikke sant?" sa fru Pomfrere i en altfor velkjent tone.

"Øh, vel," stammet Ribby.

"Dette er rommet ditt," sa fru Pomfrere og åpnet en dør.

Roser i alle slags farger fylte rommet. Det luktet himmelsk. Skapdøren sto på vidt gap og flommet over av designerklær.

"Jeg håper størrelsene stemmer. Teddy anslo. Du finner alt du trenger. Skulle du trenge noe annet, står jeg til tjeneste 24 timer i døgnet."

"Mener du at alt dette er til meg?"

"Å ja, ja, klærne og så mye mer. Du er en heldig jente, det er du. Å ha herr Anglophone på din side. Han kan gjøre hva som helst. Han er som magi."

"Ja, det er jeg," sa Ribby, etterfulgt av et svakt "takk", da fru Pomfrere lukket døren bak seg.

Jøss! Han er litt av en fyr.

Han gjorde dette for meg.

Det var vel derfor han satt og klikket på PC-en sin under hele turen.

Ribby lo plutselig. Hun følte seg som et barn i en godteributikk. Nå som hun hadde fått ny energi, løp hun fra den ene siden av rommet til den andre og fant pyntegjenstander og gaver i hvert hjørne. På badet sto et boblebad og ventet på hennes ankomst.

Hun plasserte albuen under boblene og brøt så vannoverflaten. Et fornøyd stønn slapp ut av halsen hennes. Temperaturen var perfekt. Hun tok av seg klærne og senket seg ned i vannet. Boblene kriblet mot huden hennes. Hun lente seg tilbake, trakk pusten dypt og lukket øynene. Hun åpnet dem igjen for å forsikre seg om at hun ikke drømte. Hun følte seg som Tornerose, og hun hadde våknet og oppdaget at hun var i paradis!

Jeg kunne komme til å like dette.

Jeg også!

Avslappet og i en behagelig nattkjole krøp hun ned under dynen og sovnet.

"E R DU VÅKEN, FRØKEN Angela?" spurte fru Pomfrere gjennom den lukkede døren. Uten å gi Ribby tid til å svare, banket personen på igjen.

En annen stemme, hviskende. Teddys.

Ribby dekket seg til og ventet at de skulle storme rett inn.

"Hent nøkkelen og vekk henne!" forlangte Teddy. "Vi har steder å dra og ting å se."

Slipp meg inn! Slipp meg inn! Skitne, gamle jævel.

"Du skulle ha vekket henne da sminkøren kom," utbrøt Teddy.

Sminkør. Interessant...

"Jeg prøvde, herr engelsktalende, men hun sov så tungt at jeg ikke ville forstyrre henne."

"Jeg kommer ut om fem minutter, Teddy."

"Jeg venter på deg hjemme hos meg. Sjåføren min kjører deg til meg når du er klar. Ikke la meg vente."

Kult. Fritid med sjåføren.

Vi har fem minutter på å gjøre oss klare.

Hun tok en rask dusj, gikk gjennom kommoden og oppdaget en rekke silkeundertøy.

Den gamle karen har en bemerkelsesverdig smak.

Og øynene hans er ganske gode også. Disse størrelsene er midt i blinken!

Han ville fått hjerteinfarkt hvis vi gikk ut i bare silketøyet. Jeg vedder på at sjåførens øyne ville sprette rett ut av hodet på ham også.

Ikke vær ekkel. Ribby kneppet igjen silkeblusen og dro opp glidelåsen i skjørtet.

Så kom det enda en kraftigere banking. "Unnskyld meg, jeg er her for å sminke fruen."

Han tenker på alt.

En liten kvinne på Marthas alder gjorde Ribbys sminke ferdig i en fei.

"Jeg er Angela!" sa Ribby mens hun smilte til speilbildet sitt.

"Selvsagt er du det", svarte kvinnen nonchalant.

Nei, det er du definitivt ikke.

Sjalu?

"Takk skal du ha. Jeg skulle gjerne gitt deg tips, men jeg har ingen penger på meg."

"Å, du trenger ikke å gi meg tips; Mr. Anglophone har det dekket."

Ribbys mage knurret da hun tråkket i skoene med pigghæl.

På vei til limousinen gikk hun som en fyllik. Sjåføren smilte da hun nesten veltet. Hvis han likte henne, viste han det ikke. Han åpnet døren for henne uten å si noe.

Kjøreturen til huset var hyggelig nok. Fru Pomferes B&B lå midt i en liten landsby. Mens bilen slynget seg langs landeveien, fikk Ribby et glimt av Lake Erie.

"Marinaen og fyrtårnet ligger der borte", forklarte sjåføren. "Om vinteren er isbjørnstupet veldig populært."

"Å, jeg husker at jeg så noe om det på nyhetene. Siden de gjør det for veldedighet, beundrer jeg det motet som må kreves." Hun grøsset.

"En venn av meg deltok i fjor, og han frøs nesten," han tok en pause, "taklingen av seg."

Ribby lo.

Han synes du er for sømmelig til å si baller foran deg.

Vel, jeg er gjest hos sjefen hans.

"Vi er snart fremme", sa sjåføren.

De kjørte gjennom noen små landsbyer, små nok til å bli lagt merke til, men borte på et øyeblikk.

"Vi er fremme", sa sjåføren.

Ribby satte seg rett opp. Nå som hun var framme ved hovedhuset, ville hun få med seg alt.

Angela nynnet på kjenningsmusikken til tv-serien Dallas.

Oppkjørselen til Anglophones hjem var lang. Langs boulevarden sto trær som bøyde seg etter vindens vilje. Hun skalv.

Hun bøyde nakken for å få et glimt av huset. Da hun fikk det, pustet hun inn og holdt pusten. Det var ikke noe vakkert hus. Med sine smale vinduer og mørke mursteinsbygning føltes det kaldt og lite innbydende. En total kontrast til det andre huset hun hadde overnattet i.

Det er rett og slett Bronte-aktig.

Men se, rosenbusker.

La oss håpe det er fint inne.

Det er jeg sikker på at det er.

Sjåføren stoppet bilen og kom rundt for å åpne døren. Ribby skalv da hun snublet over asfalten.

Før hun rakk å banke på ytterdøren, åpnet en mann den. Han var høy, tynn og spinkel og kledd i svart fra topp til tå. Han hadde et ansiktsuttrykk som man ville hatt etter å ha sugd på en sitron.

"Hallo", sa Ribby.

Med høy stemme sa han: "Madame, herr Anglophone venter på deg. Du har latt ham vente for lenge!"

"Jeg beklager."

Ikke be om unnskyldning, han er hjelpen. Dytt forbi - som om du eier stedet. Du er Theodore Anglophones gjest. Du fortjener å være her.

Og det var akkurat det hun gjorde.

Den måpende mannen var ikke fornøyd, men han var profesjonell. Han annonserte Ribbys ankomst.

Teddy reiste seg straks, og med en håndbevegelse sa han: "Velkommen til mitt hjem."

Ribby gransket rommet Teddy sto i. Selv om han ikke var en høy mann, virket han høy i disse omgivelsene. Selv rustningen på den andre siden av rommet var kortere enn ham.

Riddere var mye mindre enn jeg hadde forestilt meg.

Ribby smilte. "Takk, Teddy. For et fantastisk rom!"

Jackpot!

"Kjære deg," sa Teddy, "du ser ut som et bilde i det. Jeg må faktisk få portrettet ditt malt slik du er nå."

Teddy hadde visst glemt at han var sint på oss.

Ribby rødmet. "Tusen takk - for alt."

"Det er meg en glede, kjære Angela. Kom hit og sett deg overfor meg, så jeg kan se på deg i morgenlyset som kommer inn bak deg." Teddy knipset med fingrene, og tjeneren hans trakk ut stolen for Ribby. "Jeg håper alt var tilfredsstillende på B&B?"

"Ja, det er vidunderlig, herr Teddy."

"Jeg var ikke sikker på hva du likte til frokost, så jeg fikk kokken min til å lage to av alt." Igjen knipset han med fingrene, og paraden av mat begynte.

"Jøss!" sa hun. En duft av bacon, lønnesirup, blåbærmuffins og pølser nådde neseborene hennes.

Snakk om et koldtbord! Nok mat til å mette en hel hær!

Tjeneren ba sine underordnede om å servere herr Anglophone først.

Anglophone klappet i hendene.

Personalet gikk rett bort for å servere Ribby.

Anglophone klappet i hendene igjen. "Tibbles, vi må ha Mimosa!"

En kelner delte straks to appelsiner i to og presset saften ut. En annen kelner åpnet en flaske champagne. Den første servitøren kombinerte de to drikkene. Ribby fulgte nøye med mens kelneren skjenket opp med stor presisjon.

Han ga Teddy et fullt glass for å teste. Teddy nikket at det var tilfredsstillende. Han fylte et glass til og ga det til Ribby. De skålte for et hyggelig opphold og satte tennene i maten.

"Jeg håper det er greit for deg, men jeg har betalt ned din mors boliglån."

Ribby stusset.

Teddy ba om mer kaffe, og den ble skjenket. Mens han rørte rundt, la han til: "Jeg har også kjøpt bygningen leiligheten din ligger i."

Ribby gispet. Hun brukte servietten til å tørke seg i munnvikene.

Det var en uventet vending.

"Du trenger selvfølgelig ikke å betale husleie lenger. Spar pengene hvis du ikke flytter hit. Reis. Se verden!"

Si noe, hva som helst.

"Og jeg har også betalt kredittkortet ditt." Han nippet til mimosaen sin.

"Uh, takk skal du ha. Tusen takk. Det er veldig snilt av deg."

Ribby følte seg ubekvem etter Teddys kunngjøringer, og det syntes.

"Si meg, Angela, hva er ditt hjertes ønske?"

"Mitt hjertes ønske?" sa Ribby og rødmet. "Det vet jeg ikke."

"Du må da vite hva du vil. En smart jente som deg. Noe som alltid er for langt unna ditt grep, og likevel ønsket ditt hjerte det. Tenk på det. Jeg skal spørre deg igjen når tiden er inne."

Ribby lyttet mens Teddy fortalte om sine reiser rundt om i verden.

"Vi kunne sitte her og snakke lenger, men jeg er veldig ivrig etter å vise deg biblioteket."

"Å, ja. Jeg gleder meg til å se det," sa Ribby. Mimosaen hadde gått henne rett til hodet. "Men jeg vil gjerne ha litt frisk luft. Jeg er ikke vant til Champagne så tidlig. Er det for langt å gå?"

Teddy lo. "Nei, ikke for en ung sprite som deg, men du har på deg upassende sko." Han knipset med fingrene. En kvinne kom inn. "Vær så snill og hent et par passende sko til min gjest." Kvinnen bukket, forlot rommet og kom tilbake med et par løpesko. "Skift til disse. Jeg tar hælene dine med meg i bilen." Så henvendte han seg til tjeneren: "Tibbles, tegn et kart til gjesten vår."

"På veien, tenk på ditt hjertes ønske. Husk at jeg vil at du skal gi det et navn."

Luften var frisk og ren. Det klarnet hodet hennes.

Han er så snill og mild og givende.

Han er kanskje ikke den han utgir seg for å være. La oss være på vakt til vi vet hva han vil. Husk at ingenting er gratis.

Ribby fortsatte å gå, mens tankene hennes var opptatt av å finne et svar på spørsmålet hans.

La ham gjette. Ikke avslør kortene våre ennå.

Hun rundet hjørnet, så limousinen og deretter biblioteket.

Stephen åpnet døren for Teddy, som gikk ut og holdt Ribbys sko. Hun satte seg inn i limousinen og byttet sko, mens de flate skoene ble igjen bak i bilen.

"Her er det, min kjære", sa Teddy. På skiltet over døren sto det E. P. Anglophone: Privat bibliotek. Under skiltet var det en plakett: Head Librarian: blank space.

Jeg er overrasket over at navnet vårt ikke allerede står der. Han virker ganske sikker på seg selv.

Oppfør deg pent.

"Kom inn," sa han.

De store trebuene ønsket henne velkommen inn. Anglophone tok hånden hennes.

Ribbys hjerte hoppet over et slag. Biblioteket var rundt. Sirkulære hyller. Bøker, bøker og atter bøker så langt øyet kunne se. Tusenvis og atter tusenvis. Og stiger som sto klare til å ta deg opp til øverste hylle. Helt opp til taket, med glassmalerier i seks meters høyde. Da hun så opp og snudde seg rundt, ble hun svimmel.

Teddy geleidet henne til en stol som hun falt ned i med et sukk.

"Tilfredsstillende?"

"Å, ja!" sa Ribby og forsøkte å tøyle følelsene hennes. "Det er som tatt ut av en drøm."

Det er hyggelig, Ribby, men det er noe som ikke stemmer.

"Fortell meg nå. Hva er ditt hjertes ønske?"

"Dette er det!"

For en liten tosk!

"Ikke vær redd," sa Teddy. "Det kan, og det skal, bli ditt. Hvis du..."

Her stoppet Teddy opp da sjåføren hans påkalte oppmerksomheten hans. "Et øyeblikk, Angela. Føl deg som hjemme."

Ribby reiste seg og vaklet. Hun klatret opp en stige, kom ned og klatret opp en annen. Alle forfatterne hun kunne tenke seg, var her. Da hun innså at sjåføren hadde kommet tilbake og sto under henne, justerte hun skjørtet.

"Å, du skremte meg."

Ikke jeg! Kom til meg.

"Jeg beklager, men herr Anglophone er blitt kalt bort. Han ba meg følge deg tilbake til godset når du er klar."

"Jeg..." sa Ribby og gikk ned uten å være helt oppmerksom. Hun tråkket feil og snublet.

Sjåføren, som hun ikke engang visste navnet på, fanget henne opp.

Ribby ble knallrød i ansiktet. Øynene deres møttes. Han satte henne ned og gikk sin vei.

"Takk skal du ha."

Han svarte ikke.

Han tror jeg gjorde det med vilje. At jeg liker ham.

Angela fniste.

Hun fulgte etter ham gjennom døren og inn på parkeringsplassen, og så bestemte hun seg for ikke å ta bilen.

"Jeg foretrekker å gå," sa hun.

"Er du sikker på det?" Han kastet et blikk ned på skoene hennes.

Hun løftet haken, og uten å svare begynte hun å gå.

"Hva enn fruen ønsker."

Du skulle ha bedt ham om løperne.

Jeg vet det! Jeg vet det! Jeg vet det! Jeg vet det!

Tilbake ved huset med verkende og blemme føtter fikk Ribby øye på kusken som satt utenfor.

Han vippet hatten i hennes retning, så dekket han øynene og sov videre.

Herregud, så søt han er.

Ha! Teddy ville gitt ham sparken hvis jeg nevnte at han ikke ga meg de andre skoene mine.

Du våger ikke!

Ribby tok til slutt av seg skoene og gikk resten av veien i strømpene.

Blikket Tibbles sendte henne da hun kom inn i huset med skoene i hånden, var en mellomting mellom et glis og et smil.

Til helvete med ham!

"Unnskyld meg, frøken," sa Tibbles. "Herr Anglophone er arrestert. Han vil gjerne at du går tilbake til B&B. Jeg skal be sjåføren kjøre deg."

Jeg kan ikke gå hele veien dit.

Nei, svelg stoltheten og sett deg inn i bilen.

Det ble en pinlig stillhet hele veien til fru Pomfrere, som ingen av beboerne hadde lyst til å bryte.

Du oppfører deg som en bortskjemt drittunge!

Jeg bryr meg ikke om det.

Bilen kjørte av gårde, og Ribby vaklet inn.

KAPITTEL 27

R IBBY SMELTE IGJEN DØREN bak seg da hun kom tilbake til suiten sin. Hun kastet skoene fra seg i rommet, så kastet hun seg ned på sengen og dyttet hulkene i puten.

Han er så drømmende!

Han visste at jeg trengte skoene mine, og likevel ga han meg dem ikke.

Du ba ikke om dem.

Men han jobber for Teddy. Jeg er Teddys gjest. Han burde prøve å gjøre meg lykkelig.

Du overreagerer. Vask ansiktet, så føler du deg bedre og glemmer det.

Problemet er at jeg ikke kan det. Jeg føler meg som en idiot. Jeg faller i armene hans som Jane Eyre.

Hvem bryr seg? Hvis han trodde det, var han sikkert smigret. Pause. Biblioteket.

Det er vakkert, det er alt. Men hvorfor vil Teddy at jeg, en ukvalifisert person, skal drive biblioteket hans?

Det var derfor jeg sa at du ikke skulle legge alle kortene på bordet. Nå vet han at det stedet er ditt inderlige ønske. Han leker fe-gudfar, og han har oss i sin hule hånd.

Hjertet mitt sier at han er ærlig. At han ikke har baktanker. Men hodet mitt, å, hodet mitt.

Ribby tok tak i vesken sin og fant frem sigarettpakken. Hun la en mellom leppene. Selv uten å tenne den, ble hun beroliget av lukten. Hun holdt den mot leppene og sovnet.

"Vi må snakke sammen," hvisket Teddy gjennom døren.

Ribby satte seg opp med sigaretten fortsatt hengende fra leppene. Hun la den tilbake i pakken. "Unnskyld, jeg må ha sovnet", sa hun gjennom den lukkede døren.

"Gjør deg klar. Jeg må kjøre deg hjem nå. Pakk sakene dine, så møter jeg deg nede i bilen."

Hun lyttet mens han gikk sin vei, og sank så sammen på gulvet mens hun kjempet mot et hulk.

Anglophone gir og Anglophone tar.

Men hvorfor? Hva er det jeg har gjort? Er dette på grunn av Stephen?

Ikke vær latterlig.

Det spiller ingen rolle. Alt er til det beste. Skift klærne hans. Gå ut herfra med hevet hode.

Men biblioteket. Mitt inderlige ønske. Nå som jeg har fortalt ham det, vil han ikke ha meg likevel.

Ribby skiftet til klærne hun kom i.

Det er hans tap, Rib. Husk å holde hodet høyt. Og alt vi tjener nå, er vårt. Ingen husleie, ingen boliglån, ingen kredittkort. Vi er gjeldfrie! Tenk hvor mye moro vi kan ha!

På vei ut ga hun fru Pomfrere et kyss på kinnet.

"Vi sier aldri adjø til gjestene våre. Vi håper å se deg igjen."

"Takk skal dere ha."

Sjåføren sto ved siden av døren og ventet på Ribby. Vel inne i bilen festet hun sikkerhetsbeltet. Hun snudde hodet og så ut av vinduet for å ta inn alt hun aldri skulle få se igjen, og for å skjule skuffelsen.

"Angela, dette er bare forretninger. Det har ingenting med deg eller avtalen vår å gjøre."

"Mener du at du fortsatt vil ha meg?" spurte Ribby med skjelvende stemme og hjertet i ferd med å hoppe ut av brystet.

"Selvsagt vil jeg at du skal bli min nye bibliotekar," sa han og strøk henne over låret med hånden.

Den pervoen. Han leker med deg. Slå bort hånden hans.

Ribby ble rød i ansiktet. Det var et uhell. Det var ingenting.

Den gamle pervoens frekkhet. Jeg sa jo det. Gi ham en tomme...

"Sjåfør, sett opp bommen. Damen og jeg vil gjerne være i fred."

Ribby så opp, fanget sjåførens blikk i bakspeilet. Hun la armene i kors rundt seg selv.

Anglophone åpnet en flaske vann og rakte den til Ribby og ba henne løsne armene. Hun tok den og drakk en slurk.

"Ribby, jeg mener Angela, hvis biblioteket er ditt hjertes ønske, så er det ditt. Det jeg har, er ditt."

Hun satte seg oppreist og lyttet, men Anglophone ble stille. Hun tok noen slurker til av vannet og ventet.

Venter han på at jeg skal si noe?

Han spiller et spill. Hold munn. Vi legger kortene på bordet, la ham gjøre det samme. I mellomtiden holder du hodet kaldt. Nyt utsikten.

Det er jammen vakkert her, men hjertet mitt hamrer.

Ro deg ned. Ta noen dype åndedrag. Pust inn. Ut. Pust inn. Ut.

Pusteøvelsene hennes ble avbrutt.

"Hva vil du gi meg i gjengjeld for ditt hjertes ønske?"

Nå skjer det. La meg ta meg av dette.

"Jeg har ingenting å gi deg, Teddy. Bare meg selv."

Hold kjeft, Rib!

"Bare deg selv? Føler du deg ikke verdig?"

Ribby prøvde å snakke, men ordene satte seg fast i halsen.

Han vil ha mer Rib, han vil ha sex.

Ribby rødmet rødbeterødt.

"Jøss, jøss," sa Teddy og klappet henne på håndryggen. "Du ser veldig bekymret ut, og det var ikke meningen å gjøre deg bekymret. Jeg er en gammel mann. Jeg har levd uten kjærlighet, uten berøring, i fryktelig lang tid. Jeg kunne aldri forvente at du skulle elske en som meg. Selv om det var etter ditt hjertes ønske."

"Jeg," sa Ribby.

"Hysj, la meg snakke ferdig. Jeg ønsker å ha deg i livet mitt. Som selskap. Vennskap. Hvis du ble forelsket i meg - hvis du kunne elske meg, ville det være mitt hjertes ønske. Kanskje du en dag vil oppfylle det."

Jøss, det var en kurveball. Omvendt psykologi? Vær forsiktig.

Det var stille i bilen nå, og to ekstremt ukomfortable passasjerer. Ribby tok noen slurker til av vannet, og Anglophone sjekket telefonen sin.

"Vil du gifte deg med meg?" utbrøt han.

OMG, den andre kurveballen var så langt ute, jeg er målløs, Rib.

Jeg også. Hva skal jeg si? Jeg vil ha biblioteket, men jeg elsker ham ikke.

Vi er unge og livlige. Han er så langt over bakken at han nesten er nede på den andre siden. Vent nå litt...

Å nei, du tenker ikke det jeg tror du tenker?

Et middel til et mål. Han vil at du skal være vennen hans, drive biblioteket hans. Han ber ikke om sex, men om selskap og kjærlighet. Ikke sant? Så hvis du oppfyller hans hjertes ønske og han ditt, hvor er skaden?

Så hvorfor fri? Selv jeg vet at det ikke ville være et lovlig ekteskap om det ikke ble fullbyrdet. Bare tanken på meg og ham...

Jeg vet det, jeg vet det.

T EDDY SYSSELSATTE SEG MED telefonen sin.

Ribby og Angela diskuterte de aktuelle spørsmålene.

Han trommer med fingrene igjen. Så irriterende! Nå klikker han med pennen - klikk-klakk, klikk-klakk, klikk.

Han venter på svar.

Jeg vet ikke hvordan jeg kan akseptere det. Gi meg én grunn til å si ja. Hvordan kan jeg si ja?

Det er lett. Ett ord: bibliotek. To ord til: Biblioteksjef.

Biblioteksjef for hva da? Jeg har ingen ansatte, ingen medarbeidere og for øyeblikket ingen lånere.

Men du blir sjef for bøkene.

Du hjelper ikke.

Jeg prøver!

Jeg vet det, men for ham er forholdet vårt bare en forretningsavtale. Vi ville være mann og kone, men bare i navnet. Jeg vil ha en mann jeg kan elske, og som vil elske meg tilbake. Dette er å slå seg til ro.

Forlik? Kaller du dette å slå seg til ro? Du er 35 år gammel, og 36 er rett rundt hjørnet. Du har ingen framtidsutsikter, ingen framtid. Dette vil gi deg en fremtid. Teddy kan åpne verden for deg, for oss. Kjærlighet er ikke så enkelt som det ser ut til. Hvis du ikke er enig, vil du angre resten av livet.

Ribby kikket i Teddys retning.

Si noe. Hva som helst.

"Jeg trenger bare litt tid, Teddy, til å tenke på det."

Teddy stirret ut i det fjerne.

Snart, men ikke snart nok, kjørte sjåføren inn på fortauet foran Marthas hus.

I MØRKET I BAKSETET knyttet og løsnte Ribby nevene. Den raske bevegelsen, åpningen og lukkingen, fikk henne til å ta en beslutning. "Teddy, jeg er sikker på at vi kan komme frem til en passende ordning."

Teddy slo armene rundt henne og strålte et smil. "Å, takk for at du gjør meg til den lykkeligste gamle mannen i verden."

Godt gjort, Ribbe! Bravo! Samarbeid med ham. Finn ut av det. Husk at det er vi som har kontrollen her.

Ribbys stemme skalv, men hun klarte å smile litt da hun brøt ut av omfavnelsen hans. "Du må gi meg noen dager til å ordne opp i de løse trådene."

"Jeg kan vente på deg, Angela, men ikke la meg vente for lenge. Jeg har allerede ventet et helt liv på deg," sa Teddy mens han kysset hånden hennes.

Jøss, han er betatt!

De utvekslet kyss på kinnet.

Sjåføren åpnet Ribbys dør, og han holdt den mens hun gikk ut på fortauet.

"Jeg ringer deg om tjuefire timer," sa Teddy.

Ribby nikket. Bak henne på verandaen ropte Martha: "Er det deg, Ribby? Å, hallo Teddy." Hun vinket.

Teddy vinket tilbake da sjåføren lukket døren og gikk tilbake til fronten av bilen. De kjørte av gårde.

"Ja, mamma, det er meg."

"Du er tilbake tidligere enn jeg trodde. Kom inn og fortell meg alt om det."

Ribby trippet opp trappen til verandaen.

KAPITTEL 28

R IBBY HILSTE PÅ LUDDE med et klapp på hodet, og de tre gikk inn på kjøkkenet.

"Ribby, sett deg ned. Jeg har en million spørsmål til deg. Hvordan gikk det?" Martha plapret i vei og lot ikke Ribby komme til orde. "En kopp kaffe, ja, jeg skal lage en kopp kaffe til deg, og så ... Jøss, du ser utslitt ut."

"Ja, mamma, jeg er trøtt. Det har vært en lang kjøretur. Mr. Anglophone, Teddy, er interessant."

"Jeg trodde dere to ville komme godt overens. Har han fridd?"

Visste hun at han ville fri? Visste hun det? Hva i...?

"Visste du at han kom til å gjøre det?"

Er dette en del av en mesterplan? Dette er dypt foruroligende.

"Han elsker biblioteket, og han ville ikke latt hvem som helst drive det."

Hun mener biblioteket. Min BAD.

"Selvsagt ikke. Det er veldig sjenerøst av ham å tilby meg denne muligheten."

"Mr. Anglophone var sikker på at du var den rette, før han møtte deg."

Hva skal det bety? Er vi tilbake til Master Plan-konseptet?

Ribby holdt raseriet tilbake. "Visste du det?"

Kjære mamma bøyer seg lavere enn lavt igjen.

"Nå, Rib, ikke bli så sint. Han mente det godt. Han ville være sikker. Med alle de pengene må han være utrolig forsiktig."

Ribby satt stille og rørte i kaffekoppen sin.

Martha reiste seg og ryddet opp etter seg. Hun kastet et blikk på Ribby. "Du er utslitt, skal jeg sette over et bad til deg?"

Tappe et bad for deg? Ok, ta av deg masken. Hvem er denne kvinnen?

"Det ville vært herlig."

Senere, i badekaret, sovnet Ribby og drømte.

Hun svevde splitter naken i en rosa boble i Anglophones bibliotek.

Anglophone kom til syne. Han spankulerte rundt, rød i ansiktet og med knyttede never, mens sjåføren hans skygget ham.

"Jeg vil at de nye bøkene skal erstatte de gamle med en gang. Sett dem i øyehøyde, så jenta mi kan finne dem."

"Det står ikke i stillingsbeskrivelsen min", svarte sjåføren og snudde ryggen til.

Anglophone grep ham i armen, dro ham ned og ga ham en ørefik på kinnet. Selv om slaget var hardt, hadde sjåføren vært forberedt på det, og han rykket ikke engang til.

"Jobben din er det jeg sier at du skal gjøre, gutt!"

"Herr engelskmann, jeg vil selvfølgelig gjøre det du vil at jeg skal gjøre, for hennes skyld og for hennes skyld alene. Du kan gjøre med meg som du vil," sa sjåføren.

Anglophone slapp armen hans. Sjåføren rettet ryggen.

Hva slags makt har anglofonen over ham?

Dette er en drøm. Vi drømmer. Våkn opp, Ribby! Våkn opp, Ribby!

Dette er interessant. Prøv å zoome inn på bøkene han vil at vi skal se.

Jeg prøver, men... pokker.

"Jeg er raus med deg, Stephen, og raus med henne. Jeg krever ikke mye av deg. Jeg er en gammel mann. Jeg er arbeidsgiveren din. Ikke vær uforskammet i fremtiden."

"Jeg ber om unnskyldning," sa Stephen og bukket helt ned til gulvet med hatten i hånden. "Jeg kan forsikre deg om at det ikke vil skje igjen. Jeg regner med at dette vil ta mesteparten av dagen."

"Ja vel, da så. Da kan du begynne å arkivere bøkene på nytt. Si fra til Tibbles når du er ferdig."

"Hva skal jeg gjøre med de gamle bøkene?" spurte Stephen.

"Det står tomme esker bakerst. Oppbevar dem inntil videre," sa Teddy. "De betyr ingenting. Vi kan gi dem bort i fremtiden. Men nå må du sette dem til side."

Teddy gikk ut.

Stephen fortsatte å arbeide. Han kastet et blikk over skulderen der Ribby satt naken i sin imaginære boble.

"Stephen", hvisket hun.

Dette er en merkelig drøm.

Teddy er veldig hard mot ham.

Ja, han forventer perfeksjon.

Hva gjør han med meg, da?

"Våkn opp, Ribby!"

Ribbys boble sprakk da Martha kom inn i rommet.

"Jeg har banket på i evigheter."

"Unnskyld, mamma, jeg sovnet."

"Bra. Det betyr at du slapper av. Her er noe å nippe til."

Ribby gjemte det meste av seg selv under boblene.

"Det er ikke som om jeg ikke har sett alt sammen før, datter." Martha lo.

Ribby skalv og strakte seg etter champagneglasset. Martha satte seg på kanten av badekaret.

"Til deg," sa Martha mens de klikket på glassene.

Dette er veldig rart. Denne kvinnen kan ikke være moren din. Hun smisker med deg som om hun vet at gamlingen har friet, og at hun har tenkt å flytte inn hos dere to.

Såpeskummet dryppet nedover Ribbys arm og ned på glassets stilk. "Mor, hvordan traff du herr Anglophone?"

"Det har jeg allerede fortalt deg, ikke sant?"

"Jeg tror ikke det. Hvis du har gjort det, husker jeg det ikke."

"Vel, vi satt til middag, og Anglophone kom inn," husket Martha. "Han var veldig høylytt og krevende overfor personalet og så ut til å være av en viss betydning. Vi lurte på hvem som kunne forårsake en slik scene. Da jeg så ham første gang, så han kjent ut. Vi trodde han var en politisk figur, eller at vi hadde sett ham på TV. Han virket opphisset og skjelte ut limousinsjåføren som fulgte etter ham. Alle stirret på ham."

"La han merke til det?" spurte Ribby. "Jeg mener, at alle i restauranten stirret på ham?"

"Han tok ikke hensyn til de andre gjestene til å begynne med. Da han innså at han skapte en scene, ba han om unnskyldning til oss, ikke til den ansatte. Så spanderte han champagne på alle."

Han høres ut som en bølle.

Enig. "Og det var det?" sa Ribby.

"Nei, nei, jenta mi. Etter det ba vi ham om å bli med oss, og han takket ja. Han spiste, og vi spiste og spiste. Det var en vidunderlig kveld. Han inviterte oss til å bo hos fru Pomfrere som hans gjest. Det var derfor vi forlenget ferien, for det kostet oss ingenting."

"Men hvordan kom jeg inn i samtalen?"

"Under middagen, jeg er ikke sikker på hva vi snakket om, men jeg fortalte ham om deg. Om din rolle på biblioteket og ditt frivillige arbeid med barna på sykehuset. Teddy ble veldig nysgjerrig. Han ville møte deg. Han nevnte biblioteket sitt. Han sa at det var stengt inntil han fant den rette personen til å drive det. Han spurte om deg."

Fortell oss mer om stalkeren Teddy.

"Han er veldig hemmelighetsfull, siden han allerede visste om meg."

"Å vite om noen er ikke det samme som å bli kjent med dem, datter."

"Ja, men det høres ut som om han allerede har bestemt seg."

"Det vet jeg ikke noe om."

"Han, Teddy, ba meg om å lede biblioteket hans, mamma, men det var andre betingelser. Komplikasjoner."

"Komplikasjoner som?"

"Som at jeg må slutte i jobben min. Flytte til et nytt sted. Jeg må forlate barna."

"Noen andre vil ta over. Du må være egoistisk for en gangs skyld."

Ribby slappet litt av og tok enda en slurk champagne.

"Etter det jeg så av herr Anglophone, var han veldig sjenerøs. Ikke en penny pincher."

Jeg lurer på om hun vet om boliglånet.

Det er ikke min oppgave å fortelle henne det.

"Det er sant." Ribby skjelver. "Jeg må tenke mer på dette, mamma, og komme meg ut herfra før kroppen min forvandles til en sviske."

Martha reiste seg og tok Ribbys champagneglass. "Datter, du får sannsynligvis aldri en slik sjanse igjen. Jeg vet at jeg ikke alltid har vært den beste av mødre. Jeg vet at du vil ta den rette avgjørelsen."

"Takk," sa Ribby. Da døren var lukket, steg hun opp av badekaret, tørket seg og tok på seg nattkjolen.

Det var helt og holdent "knebl meg med en skje"-tid mellom mor og datter.

Mamma prøvde hardt å være støttende.

Ja, det gjorde hun virkelig. Jeg kunne se dollartegnene i øynene hennes. Men la oss skifte tema. La oss diskutere den rare drømmen.

Ja, i drømmen min het han Stephen.

Jeg syntes alltid han minnet meg om Stephen Moyer fra True Blood.

Jeg har ikke sett den serien, men jeg vet hvem du mener.

Men det var rart at engelskspråklige bytter ut bøker med nye. Jeg skjønner det ikke.

Ut med det gamle og inn med det nye. Det er et dobbelt formål. Nye bøker med en ny bibliotekar. Det gir mening for meg.

Det føltes mer som et varsel.

Ribby lo. Jeg er ikke smart nok til å ha forutanelser.

Men det er jeg.

Du er så morsom.

KAPITTEL 29

ETTER EN FORHASTET MORGEN, siden hun forsov seg, ankom Ribby jobben og gikk inn i bygningen.

Et banner med teksten "GRATULERER RIBBY!" fanget oppmerksomheten hennes.

Ro-ro. Det ser ut som om noen har sluppet katten ut av sekken.

Hvem da? Mamma? Jeg... Jeg... Jeg... ....

Et skred av rop og applaus.

Å nei, jeg må ut herfra!

Nei, det må du ikke. Det er for sent for det. De ser deg. Smil!

Ribby smilte mens de andre ansatte samlet seg rundt henne.

"Bra jobbet, Ribby!"

"Vi visste at du kunne klare det!"

"Vi er utrolig stolte av deg! Sjefsbibliotekar! Jøss!"

På oppslagstavlen hang følgende lapp:

"Gratulerer til vår egen Ribby Balustrade!
Biblioteksjef, E. P. Anglophone Private Library.
Undertegnet, fru P. Wilkinson, biblioteksjef."

Ribby gned seg vantro i øynene. Da hun åpnet dem igjen, mumlet hun. Hvordan kunne han ha annonsert dette uten å spørre henne først? Hun knyttet nevene mens varmen steg i kinnene hennes. Hun hadde ikke lenger kontroll over livet sitt, over skjebnen sin. Hun gikk bak disken og la hodet ned på skrivebordet.

Skjerp deg, Rib. Du ødelegger gleden deres. De er så stolte av deg, og det er din siste dag her. Ta det med fatning. Hold hodet høyt.

Men han lovte! Han sa jeg kunne ta meg tid. Nå er dette min siste dag. MIN SISTE DAG!

Det som er gjort, er gjort. Du kan kjefte på ham senere. Nå må du nyte øyeblikket. Vær en inspirasjon.

Mrs. Wilkinson gikk bort til skrivebordet. "Først vil jeg takke deg for at du dekket for meg da jeg var på sykehuset. For det andre er jeg så stolt av deg, Ribby! Da Mr. Anglophone ringte meg, jeg mener Theodore Anglophone, følte jeg meg så stolt av deg. Jeg gråt. Det gjorde jeg virkelig. Du har alltid vært som en datter for meg."

"Takk, Mrs. Wilkinson."

"Jeg mener, en så mektig mann. At han valgte deg, i din alder, til å bli biblioteksjef. Du kommer til å nå langt."

"Har du hørt om herr Anglophone før?"

"Jeg kjenner ham ikke personlig, men jeg vet om ham. Dessuten har arkitekturen til biblioteket hans stått i flere magasiner. Det samme var hjemmet hans."

"Ja, biblioteket er ganske vakkert, og det er hjemmet hans også, men jeg visste ikke om magasinene."

"Vi skal ha en lunsj til ære for deg. Full forpleining, takket være herr Anglophone, som insisterte på å dekke alle utgiftene."

"Jaså, det gjorde han?" sa Ribby.

Den gamle, utspekulerte tiggeren.

"I mellomtiden," fortsatte hun, "ha en fin siste dag."

"Takk, fru Wilkinson."

Ribby kastet et blikk i retning av kollegene som hadde vendt tilbake til oppgavene sine. Nysgjerrig logget hun seg inn på datamaskinen og googlet Theodore Anglophone.

Det mest søkte elementet var en avisartikkel i lokalavisen. Overskriften lød "Mistenkelig dødsfall på det lokale biblioteket."

Hva i all verden?

Ribby leste videre.

Døde biblioteksjefen?

Det var derfor han stengte det. Høres ut som om kvinnen var gal.

Teddy fant liket hennes. Det må ha vært forferdelig for ham.

Nei, se her. Det står at han ringte politiet, men journalistene kom først.

Journalister kommer alltid først. De har bilder av kvinnen. Hun ser sinnssyk ut. Hvor er klærne hennes? Og det ser ut som hun spytter på reporterne.

Mange vil gjerne spytte på journalister.

Enig, men se på øynene hennes. Hun ser desperat ut. Redd.

Hysterisk. Det står at Teddy stengte biblioteket etter det, og sverget at han aldri skulle åpne det igjen.

Ikke før nå. Jeg må ut og få litt frisk luft før lunsjen begynner. Hun gikk bort til fru Wilkinson og ba om tillatelse til å gå.

"Jeg kan vel ikke gi deg sparken nå?" brølte fru Wilkinson. "Dette er tross alt din siste dag!"

"Ja, det er sant," sa Ribby. Flere gratulanter jublet da hun gikk forbi. Vel ute trakk hun en sigarett opp av vesken og tente den.

Kanskje vi har vært litt forhastede.

Litt!

R IBBY KOM TILBAKE TIL biblioteket i tide til lunsjen. Buffetens utvalg av mat var mer enn nok for alle. Alle gumlet, minglet og pratet.

Fru Wilkinson begynte å synge: "For hun er en jolly good fellow." Ribby ble varm i kinnene. Fru Wilkinson holdt en kort tale og overrakte Ribby en gave.

"Åpne den! Åpne den!" ropte kollegene hennes.

Hun rev opp pakken. Det var en mobiltelefon.

"Vi har allerede lagt inn alle kontaktopplysningene våre, slik at vi kan holde kontakten", sa fru Wilkinson.

Som om vi skulle ønske å holde kontakten med denne gjengen!

"Tusen takk," sa Ribby.

"Tale! Tale!" ropte de.

Ribby var uvant med å tale i offentligheten og mumlet frem noen usammenhengende setninger.

Jeg begynner å bli forvirret.

Hun sa at hun ville savne dem alle.

Du har gjort det, Rib. Nå stikker vi herfra.

De applauderte. Fru Wilkinson påkalte alles oppmerksomhet ved å kremte. "Jeg gir Ribby fri resten av dagen! Takk, Ribby, for mange års fremragende tjeneste ved Torontos bibliotek. Vennligst hold kontakten."

De ansatte danner en prosesjon.

Det er som et bryllup.

Eller en begravelse.

Utenfor ventet en limousin på fortauet.

Ribby knyttet nevene.

Ta et dypt åndedrag.

Sjåføren steg ut.

Stephen.

Han tippet på hatten og åpnet bakdøren. Der inne ventet Teddy med et stort glis om munnen. Han klappet på setet og oppmuntret Ribby til å gå inn.

Sett deg inn og ro deg ned før du sier noe.

Ja, ja. Hun løsnet knyttnevene. Satte seg ned og festet sikkerhetsbeltet. Hun trakk pusten dypt. "Hallo, Teddy."

"Lukk døren, Stephen!" bjeffet Teddy.

Stephen. Han heter virkelig Stephen.

Litt Twilight Zone-aktig, ikke sant?

"Videre," beordret engelskmannen. Bommen gikk opp, og sjåføren kjørte videre.

"Jeg håper du har hatt en hyggelig dag, Angela."

"Den har vært ganske merkelig," sa Ribby. "Det var tross alt min siste dag." Hun trakk pusten dypt. "Jeg visste ikke at du hadde tenkt å informere fru Wilkinson om avtalen vår. Jeg ville si opp selv. Det var en viktig ting for meg å gjøre." Hun ble rød i kinnene, og stemmen skalv mens hun kjempet for å bevare fatningen.

"Hvorfor skal du gjøre det jeg kan gjøre for deg?" hvisket Teddy. Han la hånden på beinet hennes.

Denne gangen var det ingen tvil om hva han mente. Han lot den ligge der. Hun fjernet den ikke.

"Jeg vet at disse folkene på biblioteket ikke alltid har vært like snille mot deg. Jeg vet at de har utnyttet deg, og at de ikke har satt pris på deg. Jeg vil at du skal forlate dem. Jeg vil at de skal vite at du er bedre enn dem. Du vinner, og de taper."

Hva i...? Vi visste at han holdt øye med oss, men dette er... ekstremt...

Det er sant. Lurer på hva mer han vet.

Ribby trakk pusten dypt.

"Jeg vet mange, mange ting om deg. Om verden," tilsto Teddy. "Det finnes et dusin snikende idioter. De er ikke skikket til å slikke støvlene dine. Hvis noen har gjort deg noe, så pek dem ut for meg, så skal jeg ta meg av dem."

Og en leiemorder! Ribbe, dette er på vei i en helt sprø retning.

Ribby hadde satt neglene i dørhåndtaket. Hun slapp det. "Nei, nei, det finnes ingen slik. Jeg lever et ganske enkelt liv. Jeg jobber, jeg drar på sykehuset, jeg kommer hjem, og jeg har ikke noe særlig sosialt liv i det hele tatt."

Behold roen. Behold roen.

"Det kommer du til å gjøre." Han løftet hånden med åpen håndflate, som om han hadde tenkt å gi henne en high five. Hun fulgte hånden hans da den løftet seg, og da han satte den ned ved siden av seg igjen. "Når vi er sammen, vil verden bøye seg for deg, og alle vil elske deg og ønske å behage deg."

Beskrivelsen av en dronning eller prinsesse.

Han så Ribby inn i øynene. Hun fikk et sug i magen. Hun kysset ham.

Jøss, Rib... Hva?

"Unnskyld", sa Ribby, frastøtt av hennes handlinger. Det er din feil. Jeg så på meg selv som en dronning eller prinsesse.

Jeg også, men vi var innelåst i et elfenbenstårn.

"Det var en fin gest," sa Teddy. "Og enda bedre fordi du fikk impulsen til å gjøre det selv og fulgte den. Ja, jeg ser at vi kommer til å bli lykkelige sammen. Bli med meg tilbake nå. Kom hjem til oss. La oss begynne våre liv sammen i dag."

"Vent, Teddy, vent. Jeg må fortsatt ordne noen ting."

"La oss spise middag sammen i kveld. La oss feire!"

"Jeg er utslitt, Teddy, og jeg vil være sammen med barna på sykehuset. Jeg må ta farvel og få ordnet opp i noen løse tråder."

Teddy kikket bort et øyeblikk da hun tok en pause.

Han vet det.

Kanskje, men jeg kysset ham.

Ja, det gjorde du. Hvorfor det?

Jeg vet ærlig talt ikke.

Merkelig.

"Ja, jeg ser at det er noe du må gjøre. Men jeg er tiltrukket av deg. Jeg vil være nær deg. Jeg vil at vi skal være sammen. La meg ta deg med hjem, Angela," tryglet Teddy.

"Jeg setter faktisk pris på tilbudet, men jeg foretrekker å ta bussen."

Hun berørte håndryggen hans.

"Hvor vil du at vi skal sette deg av?"

"Her, akkurat her er fint."

Stephen stoppet bilen. Før han rakk å gå ut og åpne døren, åpnet Ribby den og steg ut.

"Til vi møtes igjen", sa Teddy og sendte et kyss i hennes retning uten å bryte kontakten med øynene hennes.

Ribby tok seg selv i å fange det og legge fingrene mot sine egne lepper.

Fy søren, Rib. Nå går du altfor langt.

Det var som om jeg var besatt eller noe.

Det var en Oscar-vinnende opptreden. Jeg har sagt og gjort en del ting, men du, Ribby, du tar kaka.

Bit meg!

KAPITTEL 30

DA RIBBY KOM HJEM, hørte hun moren gråte.

"Hva er i veien, mamma?"

"Det er tante Tizzy. Hun er død."

"Jeg kan ikke tro det."

Bra skuespill, Ribby.

"Ja, jeg kunne ikke tro det selv, men de fant liket hennes. Hun var i bilen med en av mine venner."

"Å."

"Han var en merkelig mann", sa Martha.

Du kan si det igjen.

"Det er forferdelig. Stakkars tante Tizzy."

"Jeg kom nettopp tilbake etter å ha identifisert liket hennes. De ringer mannen og datteren hennes nå. De bør ikke se henne, ikke hvis de kan slippe unna. De bør huske henne slik hun var. Ikke slik jeg så henne. Helt oppblåst og....." Hun gikk til baren og skjenket seg en whisky ren. Hun skyllet den ned.

"Hvordan skjedde det?"

Ribby, dette er nok en Oscar-vinnende forestilling. Rolig. Hold stemmen stødig.

"De tror hun kjørte utfor en klippe i bilen hans etter å ha knivstukket ham, for han hadde et stikksår i ryggen. Rettsmedisinerne ringte meg. De sa at hun ble voldtatt."

"Voldtatt? Herregud, så forferdelig."

"Vent nå litt. Husker du den kniven jeg fant forleden dag? Hvor er den kniven? Den kan være et drapsvåpen. Hva gjorde vi med den?" sa hun og ristet Ribby. Så stoppet hun opp og ble blekere enn blek. "Og herr Anglophone ... å, denne skandalen kan ødelegge alt for deg!"

"Hva har han med det å gjøre?"

"Jeg mener, om meg. Om herrene mine som ringer. Hvis det kommer ut, vil det ødelegge sjansene dine."

Ribby ga Martha et hardt slag.

Igjen. En gang til.

"Du må ta deg sammen, mamma. Ingenting av dette har noe med deg å gjøre, med oss, og herr Anglophone vil ikke bry seg om noe av det. Dessuten er han ikke fremmed for skandaler."

"Så du vet det?" spurte Martha.

"Ja, jeg vet om den tidligere bibliotekaren som døde i Anglophones bibliotek. Det hele høres veldig bisart ut."

"Mennene," sa Martha. "Mennene kan fortelle det, og konene deres kan fortelle det, og alle vil få vite at moren din er en hore."

"Vær så snill, mor, slutt å bable. Du gjør meg helt forvirret."

"Lov meg noe, Ribby. Lov meg at du ringer Teddy og sier at du vil bli med ham nå. Kom deg ut herfra og ut av byen. Før skandalen kommer."

"Men mamma, Anglophone-gården ligger ikke langt fra byen. Teddy ville finne det ut. Jeg forlot ham nettopp. Jeg har løse tråder å nøste opp. Jeg er ikke klar til å dra ennå."

"Neeeeeiiin!" Martha skrek. "Du må komme deg ut av dette huset NÅ!" Martha løp opp trappen og begynte å kaste Ribbys ting i en koffert.

Ribby fulgte etter.

Hun holder på å bli gal, Rib.

Jeg ser det. Hun faller fra hverandre.

Martha fortsatte å pakke, brettet og rullet sammen de brukte klærne sine. Hun mumlet for seg selv: "Jeg redder deg. Du er alt som betyr noe."

Ribby, som ikke visste hva han ellers skulle gjøre, ropte: "STOPP!"

Martha ble stående stille som et rådyr i frontlyset.

Ribby forklarte. "Herr Anglophone har gitt meg en garderobe fylt med fantastiske nye klær." Hun grep vesken hun hadde tatt med seg på sykehusopptredener og kastet den over skulderen.

Du kommer ikke til å trenge den!

Kanskje jeg gjør det, kanskje ikke, men jeg lar den ikke ligge her.

"Å, jeg skjønner", sa Martha og pakket ut. "Ring ham tilbake. Han kan ikke være langt unna. Datter, hvis du noen gang har elsket meg. Hvis du noen gang kunne tilgi meg og gjøre dette for deg selv, så gjør det NÅ!"

Jeg synes du bør gjøre det, Rib.

Enig. Når jeg er borte, vil hun ta seg sammen.

Jeg vet ikke i den tilstanden hun er i.

Hun må gjøre det.

Ribby ringte Teddy.

"Ja visst, jeg er ikke langt unna. Jeg kommer og henter deg."

Martha og Ribby klemte hverandre.

Mens limousinen kjørte av gårde, betraktet Martha datteren sin til hun ikke kunne se henne lenger. Hun lukket ytterdøren og falt ned på kne. Der ble hun liggende et sekund eller to med ryggen mot døren.

Marthas liv passerte revy, alt det gode hun hadde gjort, og alt det dårlige. Det var flere dårlige ting enn gode. Bare Ribby falt i den siste kolonnen. Hun husket søsteren sin da de sto hverandre nær for mange år siden. En søster som hun hadde kranglet med om ingenting. En søster hun aldri ville få se igjen.

Tankene hennes vandret tilbake til kniven hun hadde funnet. Hvor hemmelighetsfull datteren hadde vært om den, og hvordan hun til og med hadde spøkt med at Tizzy hadde drept noen med den. Merkelig. For ikke å snakke om hvor vag datteren hadde vært når det gjaldt søsterens tilbakekomst. Det hele var ganske merkelig. Det var noe som ikke stemte. Hun lurte på hvor kniven var nå. Datteren var innblandet, det var det ingen tvil om.

Hun forestilte seg hva som kunne ha skjedd. Carl Wheeler kunne ha dukket opp. Hadde Tizzy åpnet persiennene? Hvis de hadde blitt åpnet ved et uhell, ville Carl ha kommet inn som en innbudt gjest. Og så gispet hun. Hun satte seg ned og tenkte på hva som kunne ha skjedd. Hvordan datteren kunne ha kommet inn ... hva hun kunne ha sett ...

Hun løp opp trappen til Ribbys rom. Datteren gjemte ting i skapet hennes, det hadde hun gjort siden hun var liten. Martha fant kniven innpakket i et håndkle. Og ikke bare kniven, men også datterens blodige klær.

Hun tok med seg kniven ut og gravde den ned under gulvet i skuret sammen med de blodige klærne.

Hun gikk inn igjen og skjenket seg en ny whisky. Denne gangen en stor en. Telefonen ringte, men hun svarte ikke. Hun bare satt der og nippet og nippet til den ringte ut av seg selv.

KAPITTEL 31

Turen til Teddys hus var stille. I sidesynet så hun at Teddy hadde sovnet. Da hun ikke kunne sove selv, bestemte hun seg for å ringe Martha.

Det ringte flere ganger uten at hun fikk svar. "Ta den, mamma, ta den. Jeg vet at du er der."

"Å, hva?" sa Teddy og våknet forskrekket.

"Beklager at jeg vekker deg, Teddy. Jeg prøver å ringe mamma."

"Å, hvordan har Martha det, da?"

"Ikke noe svar," sa Ribby og la telefonen tilbake i vesken.

"Det gjør ingenting," sa Teddy og klappet Ribby på låret. "Du kan ringe henne i morgen tidlig. Kan du fortelle meg, Angela, hva tenkte du på?"

"Når da?" spurte Ribby.

"Før jeg sovnet," bemerket Teddy. "Du virket helt borte i tankene dine."

Ribby begynte å si noe, men Teddy avbrøt: "Angela, det er ikke for å kritisere deg, men når vi er sammen, håper jeg at du bare tenker på meg. På oss."

Nå vil han kontrollere tankene dine.

Jeg tror ikke det er det han mener.

"Siden jeg var liten, har mamma måttet oppdra meg alene."

"Jeg vet det, Angela. Martha fortalte meg det. Hun sa at hun ofte var en dårlig mor. Og likevel bekymrer du deg for henne. Så eiendommelig." Han tok hånden hennes i sin.

Ta ut fiolinene.

Han sovnet igjen, mens han holdt henne i hånden.

Mer sovetid er bra!

KAPITTEL 32

NESTE MORGEN VAR DET bråk utenfor Marthas hus. Horn som tutet. Skrikende dekk. Blinkende kameraer. Høye stemmer.

Martha løftet på persiennens hjørne. Det var kaos. En kvinne bar et skilt med teksten "Kom deg ut av nabolaget vårt, din hore!"

"Der er hun!" ropte noen, mens kameraene klikket og blinket.

"Hun er hjemme!"

Martha gikk inn på kjøkkenet og laget seg en kopp kaffe. Mens hun drakk, satte Ludde seg nær nok til at hun kunne klappe ham.

Hun ringte John MacGraw og la igjen en beskjed. "Det er meg. Ikke kom hit i dag. Ligg lavt de neste par ukene. Det kryr av journalister overalt. Jeg vil ikke at du skal bli innblandet. Ring meg når du kan..." Meldingstiden ble avsluttet med et pip. Martha la telefonen tilbake på plass i håp om at han ville høre beskjeden før kona hans.

Hun satte seg ned og bladde gjennom TV-kanalene til det banket på døren.

"Martha, det er meg, Sophia."

Gjennom nøkkelhullet skimtet hun naboen, fru Engle.

"Hold dere unna, gribber!" ropte Sophia med knyttnevene i været. "Denne kvinnen er i sitt eget hjem. SHOO! Drittsekker! Gå og løp etter en ambulanse eller noe!"

Martha åpnet døren. En reporter ropte: "Hvorfor var Loft-R-Us-fyren her så ofte? De fant avtaleboken hans, og han besøkte deg ukentlig."

"Ingen kommentar," sa Martha mens hun lukket døren bak naboen.

Fru Engle gled inn. "Uff! Jeg trenger en kopp kaffe, Martha, min venn."

"Det fortjener du sannelig. Jeg har nettopp laget en til meg selv. Og takk Sophia."

"Det var ingenting. Jeg hørte om den stakkars søsteren din. De slangene burde la deg sørge i fred i stedet for å lage oppstyr om tull og tøys."

"Det er visst en nyhetsfattig dag," sa Martha mens hun skjenket kaffe og tilbød Sophia sukker og melk.

Sophia vinket begge deler bort. "Hvor er Ribby?"

"Hun er borte. Takk og pris for det. Hun har fått ny jobb, utenfor byen."

"Bra for Ribby. I mellomtiden er jeg sikker på at en annen begivenhet vil vende oppmerksomheten bort fra deg. De gribbene kunne lære et og annet om manerer!"

"Det kunne de sannelig," sa Martha.

Sophia ringte 911.

Martha smilte da Sophia begynte å snakke.

"Ja, er det politiet?" Hun tok en pause. "Dere bør komme hit, ellers må jeg ta loven i egne hender. Mhmmmmmm. Journalister overalt. Tramper ned rosene mine. Forstyrrer freden. Jeg vet ikke hvordan de våger. Sophia Engle, 44 Midas Lane. Jeg er fanget ved siden av, 42 Midas Lane. Skal bli. Ja vel. Takk, sir. Da ses vi. Lovet være Herren!"

Martha og Sophia ventet på at politiet skulle komme.

Det virket ikke så ille nå som hun hadde noen med seg.

KAPITTEL 33

D ET VAR MIDNATT DA limousinen stoppet foran det engelskspråklige herskapshuset. Det var ikke helt mørkt, og et svakt lysskjær av noe stearinlyslignende kom ut av vinduene.

Huset åpnet armene, og Ribby trådte inn, fulgt av Stephen som slepte på vesken sin.

Teddy stoppet ved døråpningen der tjeneren hans sto.

Tjeneren hjalp sin herre med å ta av seg frakken.

Da han kastet et blikk på Ribby, gikk det kaldt nedover ryggen hennes. Han smilte, et uvelkomment smil. Et smil som fortsatt minnet om en som hadde sugd på sitroner.

Det måtte være hans vanlige tilstand.

De rynkede leppene hans ble til et tannløst smil da Anglophone vendte ansiktet mot ham.

"Dette er ditt nye hjem, Angela. Velkommen!" sa Teddy og strålte. "Stephen, slipp vesken, så kan du gå. Bilen trenger en vask, både innvendig og utvendig."

"Ja, sir", sa Stephen.

Stephen bukket først for Teddy og deretter for Ribby og gikk.

"Dette er tjeneren min, Tibbles. Du møtte ham her om dagen. Han er ansvarlig for driften av huset. Tibbles, frøken Angela. Jeg regner med at alt er i orden?"

"Ja, sir, alt er klart til den unge damens ankomst", mens han tok Ribbys veske og gikk sin vei.

Ribby var usikker på hva han skulle gjøre, og så på Teddy for å få veiledning.

"Det har vært en lang dag, og jeg vil gjerne trekke meg tilbake, min kjære", sa Teddy og kysset hånden hennes. "TIBBLES!" brølte han. "Vær så snill og vis frøken Angela til rommet hennes."

Tibbles ventet på toppen av trappen med Ribbys veske.

Ribby gikk opp trappen mot Tibbles: "Kommer du ikke opp?"

Teddy ble stående nederst i trappen som Rhett Butler og se på Scarlett O'Hara.

"Jeg bor i første etasje. God natt, min engel. Sov godt."

Da engelskmannen var ute av hørevidde, pustet Tibbles. "Følg meg," sa han og førte henne langs korridoren. Noen dører lenger ned åpnet han døren og vinket Ribby inn. Han fulgte henne inn og ventet på instrukser.

Ribby så på de nye lokalene hennes. Hennes nye hjem. Blomster fylte hver eneste ledige plass. Roser.

Hundrevis av dem. Alt i rommet var rosa, pent og vakkert.

"Jeg håper dette er tilfredsstillende," sa Tibbles. Han slapp vesken ned på gulvet.

"Ja, du store min, ja." Hun snudde seg og veltet en knoppvase som knuste mot gulvet. Hun falt på kne og begynte å plukke opp bitene, samtidig som hun ba om unnskyldning.

"Jeg skal ta den," sa Tibbles, skjøv henne til side og tok frem en liten kost og feiekost fra innsiden av jakken sin. "Hvis det ikke var noe mer, frøken Angela, kan jeg trekke meg tilbake for i kveld?"

"Å ja, takk skal du ha, og tusen takk. For alt."

Tibbles bukket og smilte nesten.

Kanskje han har gass.

Ribby lo.

Tibbles lukket døren på vei ut.

Da han hadde gått, åpnet Ribby en dør som hun håpet førte inn til badet. Det var et walk-in-closet. Hun åpnet en annen dør; det var et toalettrom, men ikke noe toalett. Hvor var badet, da?

"Tibbles?" ropte Ribby, men han hadde allerede gått. Jeg får vel vente til i morgen tidlig.

Er det ikke en bjelle eller noe du kan ringe på for å kalle ham tilbake?

Jeg ser ingen.

Når du blir dronning av herregården, får du en installert.

Ja, det står øverst på min prioriteringsliste.

Ribby hutret i nattkjolen. Hun slo på det elektriske teppet og prøvde hardt å ikke føle seg som en prinsesse som måtte tisse.

R IBBY VÅKNET MIDT PÅ natten med smerter langs hele siden. Hun måtte stå opp og finne toalettet, og jo før, desto bedre. Hun gikk ut på bjørneskinnsteppet ved siden av sengen, grøsset og lette etter en kappe. Hun fant en som hang på en krok i skapet. Den passet. Teddy kjente igjen kvinnestørrelser.

Han tenker på alt.

Ja, bortsett fra å fortelle meg hvor toalettet er!

Det burde Tibbles ha gjort.

Ribby åpnet døren og kikket nedover gangen mot badet. Hvert skritt hun tok var smertefullt.

Den mannen burde få sparken.

Nei, det er min feil - jeg burde ha spurt.

Ribby gikk til enden av gangen. Hun begynte å åpne dører. Dør nummer én var et gjesterom. Dør nummer to var et blått gutterom.

Hva i...?

Kanskje han har en sønn? Og lot rommet stå som det var da han flyttet ut?

Ja, noen foreldre lager helligdommer til barna sine.

Ved dør nummer tre la Ribby fingrene rundt håndtaket.

"Kan jeg hjelpe deg?"

Ribby snudde seg og så Tibbles, med hånden på hoften, iført nattkjole og hatt og med et stearinlys i hånden. Han så ut som en karakter fra en Charles Dickens-roman.

"Unnskyld at jeg forstyrrer, men jeg må på toalettet. Jeg vet ikke hvor det er."

Tibbles ble blek i ansiktet. "Bli med meg." Han førte henne tilbake langs gangen, forbi hennes egen dør og to dører lenger ned, til høyre, til badet. "Blir det noe mer i kveld, frøken?"

"Nei, nei, Tibbles. Tusen takk," sa Ribby mens hun skyndte seg inn og gikk mot toalettet. Det hadde aldri føltes så godt å tisse før, og hun la merke til at akustikken i rommet var veldig høy. Hun hadde lyst til å si noe for å se om det ville gi ekko, men bestemte seg for å la være.

Angela kunne imidlertid ikke dy seg, og begynte å synge refrenget i Madonnas "Like A Virgin". Akustikken er helt fantastisk!

Etter at hun hadde vasket seg, så hun seg rundt på badet.

Jøss, håndklær med "Angela" brodert på.

Hvordan kunne han ha ordnet det?

Tjeneren syr sikkert.

Han virker veldig...

Stiv? Stiv?

Ja, og ja.

Anglophone tenker på alt, jeg mener, uhyggelig mye.

Ja, han er omtenksom.

Det var ikke det jeg mente. Glem det.

Ribby gikk tilbake til rommet sitt og sov videre.

Angela begynte å kjede seg med Ribbys syn på alt. Hun ville ha litt spenning, hun savnet klubblivet og alt som hørte med.

Angela lurte på Stephen. Var han singel? Likte han å ha det gøy?

Men hun ville ikke ødelegge konserten med den gamle mannen.

Når timingen er riktig, blir alt mitt!

En uhyggelig latter!

KAPITTEL 34

NESTE MORGEN SLO RIBBY opp øynene og hørte at noen banket på døren. Før hun rakk å svare - det føltes som et déjà vu - banket personen på igjen.

"Jeg kommer snart ut", sa hun mens hun kastet dynen tilbake, strakte seg og gjespet.

"Mester Anglophone venter på deg, frøken. Han liker ikke å vente. Vennligst skynd Dem."

"Jeg skal gjøre mitt beste," sa Ribby, og så gikk kvinnen sin vei. Ribby dusjet, satte opp håret og fikset ansiktet ved å klype seg i kinnene. Hun gikk tilbake til rommet sitt og tok det første hun fikk tak i fra garderoben. Det var en buksedress i semsket skinn som passet henne perfekt. Hun gikk ned trappen.

"God morgen, Teddy," sa Ribby, mens Tibbles viste vei inn i spisesalen.

"Endelig!" mumlet en kvinnelig betjening.

Tibbles stirret på henne så øynene nesten poppet ut av hodet, og deretter på Anglophone. Da han var sikker på at Anglophone ikke hadde hørt henne, ble hun avskjediget.

"Ja, vel, Angela, sett deg ned og nyt den første av mange frokoster vi skal dele i dette huset som par. Har du sovet godt? Jeg har forstått at Tibbles assisterte deg klokken to om natten?" Teddy klappet i hendene. Personalet begynte å servere.

"Ja," sa Ribby og ble helt rød i ansiktet. Hun kikket bort på Tibbles. Han så på skoene sine.

"Tibbles har fått en reprimande for å ha forsømt pliktene sine. Det kommer ikke til å skje igjen."

"Jeg ber om unnskyldning, frøken Angela," sa Tibbles og bukket lavt for Teddy og deretter for Angela.

"Det var ikke hans feil. Jeg burde ha spurt."

"Jeg forsikrer deg om at det alltid er hjelperens feil. Når du er arbeidsgiver, skal du aldri trenge å spørre."

Ribby konsentrerte seg om maten. Servitøren kom bort til henne og tilbød seg å helle fløte i havregrøten. Ribby takket henne. "Jeg tror ikke vi har møtt hverandre før?" sa Ribby til servitøren, som trakk seg tilbake og dekket ansiktet sitt. Ribby så i retning Teddy. Overleppen hans skalv. Hun innså at hun hadde begått en tabbe.

"Fru Haberdash, får jeg presentere deg for frøken Angela," sa Teddy i en sarkastisk tone. "La oss nå spise frokost i fred. Jeg vil ikke at dere skal myldre rundt her inne. Dårlig for fordøyelsen!"

"Sir?" spurte Tibbles.

"Ja, jeg mener deg også. Jeg skal si fra hvis vi trenger noe."

"Ja, herr engelsktalende, sir."

Alt er så formelt her inne at jeg får gåsehud.

Ja. De virker redde.

Teddy er streng.

Tibbles er skumlere.

Anglophone må betale dem godt.

Ribby så opp og innså at Teddy hadde snakket.

"Ikke vær redd for å komme med forslag for fremtiden, så du kan gjøre biblioteket til ditt eget."

"Teddy, før du sier noe mer, vil jeg takke deg."

Teddy strålte og slo seg på brystet.

"Du, min engel, er alt og mer til. Jeg vil gi deg det som er mitt. Alt du ønsker deg, vil jeg gi deg. Alt du trenger å gjøre, er å spørre."

Ribby reiste seg og kysset Teddy på toppen av hodet. Hun ga ham en klem. Han oppfordret henne til å sette seg på kneet hans. De kysset hverandre. Så inn i hverandres øyne.

Skaff dere et rom! Tjenerne kan komme tilbake når som helst!

Teddy reiste seg og la hendene på Ribbys kinn. Han stirret henne inn i øynene, og hun inn i hans. Han førte henne bort ved hånden.

Jeg spyr fullstendig her.

Langs korridoren, inn i hjertet av inngangspartiet, opp trappene.

Ta deg sammen, Ribbe! Det er for tidlig å la seg rive med.

Ikke noe svar.

Ribby, hører du på meg? Han har hypnotisert deg, eller så kontrollerer han deg. Ribby! Ribby, hør på meg. Kom tilbake til meg!

Angela forsøkte å ta kontroll. Å se bort. Å bryte båndet var alt hun trengte å gjøre, men hun klarte det ikke.

Hun ropte Ribbys navn igjen og igjen og igjen.

Men hun fikk fortsatt ikke noe svar.

KAPITTEL 35

O VERSKRIFTENE SKREK: "ET HOREHUS i vår midte". Martha grep avisen på dørterskelen og kastet den rett i søpla.

Hun tok den frem igjen og leste artikkelen mot bedre vitende. "Martha Balustrade, 62 år, drev et bordell i nærheten av sentrum. (Foto på side 3).

Martha bladde frem til bildet. Hun gispet. De hadde brukt bryllupsbildet hennes. Hun følte seg forrådt. En tåre trillet nedover kinnet hennes mens hun rev papiret i småbiter.

Martha kjente hver tomme av hulrom, som om huset hennes ikke lenger var hennes hjem. Hun hadde tatt av telefonen og nektet å slå på TV-en av frykt for hva som ble sagt om henne. Hun ønsket at hun aldri hadde klatret ut av sengen, men hun måtte opp på loftet.

Hun klatret opp stigen. Langt bak i hjørnet, begravd under tepper, spindelvev og diverse utstyr, sto en kommode med hengelås som inneholdt private dokumenter.

Martha begynte å ta ut papirene fra kisten, ett etter ett, og stoppet av og til for å lese. Der lå den. Hun åpnet boken og brettet ut dokumentet inni: Ribbys fødselsattest. Hun lukket boken og snudde den. I noen sekunder så hun på bildet på baksiden. Så brettet hun dokumentet sammen igjen, la det tilbake i boken og la det i "kast"-bunken.

Da natten falt på, klatret Martha ned og bar så mye hun kunne. Hun gikk opp igjen og fylte armene, og passet på å holde to separate bunker. Etter flere turer opp og ned trappene hadde hun alle dokumentene med seg. Hun hadde tenkt å lese "beholde"-bunken grundigere med en whisky eller to. Den andre bunken skulle destrueres.

Hun plasserte "kast"-bunken i sofaen ved peisen og "behold"-bunken lengst bort.

Øverst i "kast"-haugen lå boken med Ribbys fødselsattest. Hun kastet et kort blikk på den. På den tomme plassen der navnet til Ribbys far skulle ha stått.

Martha gikk bort til peisen og tente på vedkubbene. Hun kastet Ribbys fødselsattest inn i peisen og åpnet røykkanalen. Vinden pisket ned og fikk straks papirene på sofaen til å skjelve og riste. Hun tok opp boken og kastet den inn i ilden. Hun så den ta fyr, og kastet så resten av "kast"-bunken.

Da alt var borte, betraktet Martha soloppgangen over åsene. Den grønne plenen stod i kontrast til soloppgangens purpurrøde farge. Blikket hennes vandret til en liten skygge som ble kastet foran døren. Hun kunne ikke se noen og lurte på hva det var.

Hun gikk bort til døren og kikket ut gjennom kikkhullet. Hun var sikker på at det var en flaske med noe. Melk? Nei, melkemannen hadde ikke vært i dette området på over ti år. Til slutt tok nysgjerrigheten overhånd, og hun åpnet døren. Det var en flaske musserende vin, med en lapp der det sto: "En skål for deg, all min kjærlighet".

Den måtte være fra John. Han måtte ha kommet innom da hun var på loftet. Hun tok telefonen for å takke ham, men kom bare til telefonsvareren hans. Denne gangen la hun på uten å legge igjen en beskjed.

Martha skjenket seg et glass og svelget noen sovepiller samtidig. Hun fortsatte med vinen og pillene til begge flaskene var tomme. Så gikk hun tilbake til Jack Daniels og drakk den opp.

Hun fløt inn og ut av søvnen.

En gnist i peisen fikk kontakt med kanten av "keep"-haugen. Snart sto haugen i brann. Så sofaen.

Martha sov videre.

Fru Engel ringte brannvesenet.

Martha hadde passet på å holde haugene adskilt. Til slutt endte begge på samme sted.

KAPITTEL 36

T EDDY FØRTE ANGELA LANGS korridoren.

Ribby, hva gjør du? Det er for tidlig. Sover du? Våkn opp! Våkn opp! Våkn opp!

Teddy stoppet og slo opp en dør.

Det var ikke det jeg forventet.

Ikke jeg heller!

Endelig har du våknet! Du gjorde meg virkelig bekymret.

Hva skjedde? Hva var det som skjedde? Hva gikk jeg glipp av?

Hørte du ikke at jeg ropte på deg?

Nei, men jeg kunne høre havet.

Han må ha gjort noe med deg.

Jeg tror ikke det.

Hun snublet frem og forventet å se et overdådig boudoir, men det som lå foran henne, var ikke noe slikt. Hjemme hos ham hadde han skapt en nøyaktig kopi av biblioteket.

"Den er til deg," sa Teddy mens han kysset Ribbys hånd. Han sto og så på henne mens hun tok det hele inn over seg. "Dette er din helligdom, ditt spesielle sted, Angela, og ingen andre enn du skal ha nøkkelen. Kom hit for å få ro i tankene. For å flykte fra verden. Fra meg, hvis du ønsker det. Kom hit for å skrive, male, hva enn hjertet ditt begjærer. Kom hit ofte. Bli kjent med alle bøkene   les alt   for jeg har allerede lest dem alle   og vi vil ha mye å diskutere. En dag skal vi reise og se alle de stedene du leser om i disse bøkene. Jeg vil vise deg alt."

Ribby skyndte seg bort og kysset ham. Ingen hadde noen gang vært så omtenksom, så vidunderlig, mot henne før.

Ro deg ned, Ribby. Ro deg ned!

Han tok ansiktet hennes i hendene og kysset henne lidenskapelig.

Ribbys knær ga etter.

Tibbles kremtet. "Unnskyld meg, sir."

Gudskjelov for Tibbles! Ribby har forlatt bygningen. Ta deg sammen, Rib.

"Hva er det?" sa Teddy med et tramp med foten.

"En sak av stor betydning, sir." Tibbles' stemme skalv. Han holdt blikket senket i gulvet.

"Ikke nå, Tibbles. Hold det under hatten, gamle mann, jeg kommer snart ut," sa Teddy og kjærtegnet Ribbys rygg.

"Men sir ..."

"Da så," ropte Teddy mens han slapp hendene ned langs siden og lot Ribby stå igjen alene.

Ribby følte seg varm, trygg og lykkelig da hun så seg rundt blant bøkene i sitt eget bibliotek. Hun klypte seg i armen for å sjekke at hun ikke drømte.

Jeg skjønner det ikke. Hvorfor ha en nøyaktig kopi av det andre biblioteket her?

Det er veldig omtenksomt, synes du ikke?

Jeg tror det betyr at han vil ha deg her, ikke der.

Jeg kan ikke være sjefsbibliotekar her. Det er ingen lånere. Hun skalv.

Ja, ingenting av det gir noen mening.

Det andre biblioteket hadde en god følelse. Det virker kaldt her inne.

Det er en termostat på veggen, kanskje det er kjøligere fordi noen av bøkene er skjøre, kanskje til og med gamle? Se på den hylla der borte. Innbindingene ser autentiske ut. Vent litt, jeg kom nettopp på ... er dette biblioteket fra drømmen?

En uventet banking på døren fikk henne til å skvette til. Hun reiste seg og åpnet den, og der sto Tibbles med et alvorlig uttrykk i ansiktet.

"Min herre måtte forlate huset i et viktig ærend. Han kommer ikke tilbake før i morgen. Vi står til din disposisjon." Han bukket dypt.

"Jeg har det bra for øyeblikket, takk, Tibbles." Hun lukket døren og gikk tilbake til lesingen.

KAPITTEL 37

"**N**år så du henne sist?" bjeffet engelskmannen da Stephen kjørte bort fra herskapshuset.

"På fredag. Jeg var der på fredag. Hun var fortvilet, men jeg trodde aldri hun ville gjøre dette!" sa Stephen og boret fingrene ned i rattet.

"Hun er en tåpelig kvinne," sa Anglophone mens knyttneven hans slo ned i armlenet.

Det siste Stephen hadde lyst til, var å snakke med ham i det hele tatt. Men han hadde ikke noe valg, siden "Teddy" betalte regningene for sykehuset moren hans lå på. Stephens mor hadde forandret seg for alltid en dag på Anglophones bibliotek. Hun var nær ved å dø. Nå var hun et skall av den moren han en gang hadde kjent.

Mens han kjørte, husket Stephen at moren hadde fortalt ham hvordan hun og Teddys fremtid var blitt sammenflettet. Selv om han hadde kommet inn i Anglophones hjem som spedbarn, ble Stephen aldri behandlet som en del av familien. Han hadde riktignok et fint rom med alt i blått, men en gutt trengte mer.

Stephen hadde vært et ensomt barn. Et barn som lengtet etter en farsfigur. Anglophone stengte seg inne for stesønnen sin. Faktisk forlot han rommet hver gang Stephen kom inn. Stephen følte seg som en torn i øyet på mannen, og ikke noe mer.

Han tørket en tåre fra kinnet mens han kjørte stadig nærmere det psykiatriske sykehuset. Sykepleier Beemer fortalte ham at moren hadde svelget en flaske med piller. Da han spurte hvor hun hadde fått dem fra, var de ikke sikre. Det spilte ingen rolle. Det som betydde noe var at moren var bevisstløs. Magen hennes pumpet. Fremtiden hennes var mer usikker enn noen gang. Ville hun leve eller dø?

"Dumme kvinne", mumlet Anglophone. "Dumme, dumme kvinne."

ETTER AT STEPHEN HADDE åpnet døren for Anglophone, løp han i forveien. Han ville finne moren sin; han måtte finne henne med en gang. Han kunne høre Gamle Blyfot slenge seg bak seg. Han kunne aldri forstå hvordan moren kunne ha forelsket seg i ham. Men nå var ikke tiden inne.

Stephen gikk bort til sykepleieren. "Min mor? Hvor er hun? Hvordan har hun det? Hvordan har hun det?"

"Hun er utenfor fare, men det var nære på, Mr. Franklin. Rom 208. Ned gangen, til venstre." Sykepleieren utløste ringeklokken.

Stephen gikk inn. Han var fast bestemt på å snakke med moren alene. Han begynte å sprinte.

Anglophone var i hælene på ham.

Moren lå bevisstløs, omfavnet av sengetøyet. Slanger og ledninger strakte seg fra brystet og armene hennes og førte til en rekke maskiner.

Stephen kysset henne på pannen, satte seg ned og tok den slappe hånden hennes i sin. Maskinene brummet og pep.

"Hun ser bra ut, tross alt," sa Anglophone bak Stephens venstre skulder.

"Reis deg nå, og la en gammel mann få stolen. Og hent en kopp kaffe til meg," la han til og kastet noen sedler til Stephen. "Og noen blomster til moren din, fine blomster i en vase."

Stephen gjorde som han fikk beskjed om.

En ting man lærte seg av å omgås engelskmenn hver dag i så mange år, var å holde tungen rett i munnen.

"ROSEMARY, KAN DU HØRE meg?" hvisket Teddy til kvinnen på sengen. "Rosemary, det er Teddy."

Kvinnen rørte seg ikke, og det var ingen forandring å spore. Teddy husket dagen de møttes for første gang. Hun hadde vært så livlig, så levende. For bare noen uker siden hadde hun feiret bursdagen sin. Han hadde sendt henne påskeliljer, hennes yndlingsblomster.

Heldigvis sa Rosemary at hun ikke husket mye fra ulykkestidspunktet. Nyheten om dødsfallet hennes nådde nettet. Under mediekaoset fikk Anglophone sin venn, rettsmedisineren, til å sende en bil for å kjøre henne bort. Bort til dette stedet, der hun kunne leges over tid.

"Hun er ikke i live nå, slik som dette," mumlet Teddy for seg selv da fottrinn nærmet seg. Stephen var på vei tilbake. Teddy hadde ikke engang snakket med sin kone ennå. For ja, siden hun ikke var død Teddy var fortsatt en gift mann. Halvparten av alt han eide, tilhørte den bevisstløse kvinnen og arvingen hans.

"Hvordan har hun det?" Stephen knelte ved morens seng og tok hånden hennes i sin igjen.

"Hun puster, men ikke frivillig. Det er på tide at vi snakker om å la henne få gå i fred."

"Men det kan du ikke. Hun er moren min, og jeg lar deg ikke gjøre det."

"Demp deg. Din uforskammede idiot!" ropte Teddy.

Rosemary åpnet øynene. Hun åpnet munnen.

"Hun prøver å snakke!" Tårene rant nedover Stephens kinn. "Mor, jeg er her, det er Stephen. Din sønn Stephen. Hvis du kan høre meg, så klem hånden min."

Han ventet og holdt pusten, men hun klemte aldri hånden hans.

I stedet klemte hun Teddys hånd.

KAPITTEL 38

Hjemme i huset følte Ribby seg ensom. Hun ville gå på biblioteket, men hadde ingen nøkkel. Hun vurderte å spørre Tibbles om han hadde et eksemplar et sted - men bestemte seg for å la være.

Ribby tok telefonen i entreen og planla å ringe Martha.

Tibbles dukket opp fra ingensteds. "Kan jeg hjelpe deg, frøken?"

"Ja, jeg vil gjerne ringe moren min, og jeg har visst forlagt mobiltelefonen min."

"Ingen telefonsamtaler skal foretas under innflyttingsperioden, frøken."

"Men hvorfor?"

Blir vi holdt fanget?

"Jeg følger min herres instruksjoner. Hvis det ikke er noe annet..."

"Jo, det er noe annet. Jeg vil gjerne ha en nøkkel til biblioteket nede i gata, så jeg kan gå og ta en titt til."

"Du har ingen nøkkel, frøken. Du kan gå en tur eller benytte deg av husets fasiliteter, som for eksempel ditt eget personlige bibliotek. Spaet er avslappende, hvis du vil at jeg skal vise deg hvor det er."

"Nei, takk skal du ha. Jeg venter på at Teddy, eh, herr engelskspråklig, kommer tilbake."

"Jeg kom for å snakke med deg om herr Anglophone. Han har blitt holdt tilbake en dag til. Jeg har fått beskjed om å sørge for at du føler deg hjemme. Si fra hvis det er noe mer, frøken."

"I så fall går jeg en tur. Hvor langt er det til nærmeste landsby?"

Tibbles gikk nærmere Ribby, lente seg inn mot ham og hvisket. "Det er for langt å gå, frøken, og jeg er redd bilen og sjåføren er sammen med herr Anglophone. Utforsk hagen, og si fra når du vil spise middag." Han gikk sin vei.

"Takk," mumlet Ribby. Hun snudde seg og kjempet mot trangen til å sparke til noe. I stedet gikk hun ut døren.

Jeg savner mamma.

Vi har det uansett bedre uten den heksa! Se på stedet vi bor på, og hvis vi spiller kortene våre riktig, kan vi bli til noe her. Teddy liker deg, selv om han er litt rar. Du må bare spille med, til vi finner ut hva han driver med.

Hva mener du med spillet hans? Han vil at jeg skal være hans følgesvenn. Han er ekstremt søt. Jeg kunne forelske meg i ham. Hvis du sluttet å insinuere. Hvorfor er du så mistenksom?

Det er en magefølelse. Som om han har gjort sånt før.

Han er så søt og øm.

Han bryr seg om deg. Men etter det som skjedde før han viste deg bibliotekkopien, du vet, da du var ute av det? Vær på vakt. Tem ham. Få ham til å gå sakte. Få ham til å vente. Jeg gjetter.

Berøringen hans er ganske skånsom.

Etter å ha utforsket en stund, så Ribby foran seg, og det var ikke annet enn vann. Bak henne, Teddys hus. Og så ingenting på milevis.

Hun hadde tenkt på noen ideer til ting hun kunne tenke seg å innføre på biblioteket. Som en barneklubb. Et sted barna kunne gå på lørdag formiddag. For å høre historier bli lest for dem, for å spille spill. Et trygt sted der foreldrene kunne ta en pause. Ja, det var hennes beste idé hittil! Hun ville også snakke med Teddy om å gjenoppta forestillingene sine på det lokale sykehuset. Hun savnet alle barna sine og lurte på hvordan de hadde det. Livet hennes hadde forandret seg så mye, og hun følte seg litt overveldet av det.

Det er bare begynnelsen, tenkte Ribby mens tåken fra bølgene kysset ansiktet hennes.

En bil kjørte inn på boulevarden og suste rett forbi henne.

Jeg lurer på hvem det er?

Det var en kvinne.

Ja, det var en kvinne. Hun besøker Tibbles når sjefen hans er bortreist. Interessant.

Kanskje det ikke er noe, men så igjen. Hvis han pønsker på noe, vil Teddy vite om det.

Det hadde vært gøy å finne det ut.
Kom, så går vi!

KAPITTEL 39

H ELVETE HADDE BRUTT LØS. Etter at Stephens mor hadde klemt Teddys hånd, hadde han klemt tilbake. Han trodde han gjorde det diskret, helt til pasienten sa: "Teddy, hold opp, for helvete, du gjør meg vondt!"

"Mamma, du er våken. Jeg må få noen inn hit." Han trykket på knappen på porttelefonen. "Sykepleier, sykepleier, kom til rom 208! Vær så snill!" Stephen tørket bort tårene og kysset moren på begge kinnene hennes.

"Slutt å sikle på meg, gutt," sa Stephens mor og så på ham. "Jeg vet ikke hvem du er. Teddy, be ham gå, så vi kan være alene sammen. Få ham ut herfra!"

Fornektelsen hennes skar gjennom ham. "Men mamma, det er meg, Stephen, sønnen din." Han rørte ved hånden hennes og la noe ned i den. "Du ga meg denne medaljongen fra St. Christopher. Ser du den? Det står navnet ditt på den, mamma. Les det."

Hun så på smykket og leste høyt: "Til Stephen med kjærlig hilsen fra mamma. Hmmfff. Jeg husker deg ikke. Få ham ut herfra, Teddy!"

Stephen gikk og kjempet mot trangen til å hamre nevene mot sykehusveggene.

KAPITTEL 40

R IBBY LØP OPP TRAPPEN.

Hun åpnet dørene. En stor bakside av en kvinne iført et langt skjørt med solsikkeprint kom til syne. Plagget strøk mot gulvet mens hun gikk bak Tibbles. En stor, slaskete hatt og en langermet, jadefarget bluse med bølgende mansjetter fullførte antrekket. Selv om hun gikk bak Tibbles, så det ut til at hun ledet samtalen.

La oss komme oss vekk herfra. Hun ser kjedeligere ut enn Tibbles.

Nei, Teddy ba meg føle meg som hjemme. Så det ville være passende å presentere meg selv, for ikke å nevne å sjekke og ønske nykommere velkommen.

Det er Tibbles' jobb.

Ribby bestemte seg for å avbryte, og for å tiltrekke seg oppmerksomheten deres ropte hun: "Hallo!"

De to snudde seg mot henne, Tibbles med et skjevt blikk og kvinnen med åpen munn siden hun var midt i en setning.

Ribby skyndte seg bort til der de sto og glodde. Hun strakte ut hånden mot den nye gjesten og sa: "Jeg heter Angela. Og du er?"

Kvinnen lukket munnen og så i Tibbles' retning.

"Ah, frøken Angela. Du er tilbake," sa Tibbles. "Jeg regner med at du har hatt en fin tur?" Han ventet ikke på svar og forsøkte heller ikke å presentere de to kvinnene for hverandre. "Lunsjen serveres i biblioteket. Jeg har fått streng ordre fra herr Anglophone om å ta meg av gjestene hans. Nyt lunsjen. Hvis dere trenger noe annet, så si fra til oss."

Tibbles holdt hånden på kvinnens rygg og førte henne langs korridoren og inn på kontoret sitt. Døren klikket igjen.

Hmpft! Han er en sånn sjefete besserwisser.

Hvorfor skulle vi ønske å tilbringe tid med henne? Hun så ut som om hun kunne forvandle hvem som helst til stein! Eller kjede dem til døde.

Du har nok rett.

La oss se hva som står på menyen til lunsj.

Hun gikk til biblioteket. Hun løftet sølvlokket og fant et hummersmørbrød med majones. En flaske champagne sto på kjøl.

Ribby satte seg ned med maten og studerte bøkene mens hun spiste. Ett bind fanget blikket hennes. "Trolldom gjennom den mørke middelalder." Ribby plukket den opp.

Jøss, kjente du det?

Ja, det gjorde jeg. Den pustet. Ribby bladde om på sidene. Den er full av svart magi. Trylleformler og besvergelser. Sidene er veldig skjøre. De fleste bildene er håndtegnet.

Jeg tror papiret er laget av hud.

Ikke menneskehud?

Jeg kan ikke si ja med sikkerhet, men det er mulig. Blekket på sidene kan være blod.

Menneskeblod? Ewwww.

Jeg synes du bør legge den tilbake.

Jeg har sett mange gamle bøker før, men ingen som denne. Den får hendene mine til å skjelve. Dessuten er det bare en bok. Hva kan være så farlig?

Den gir meg frysninger.

KAPITTEL 41

"**J**EG ER HER FOR deg, min kjære Rose," hvisket Teddy og holdt henne i hånden.

"Kutt ut tullet," sa Rosemary. "Gutten min er utenfor hørevidde."

Teddy lo. "Ah, godt å ha deg tilbake. Fortsett, er du snill."

"En ting av gangen, Teddy," sa Rosemary. Hun lente seg nærmere ham. "Jeg vil ut herfra, i dag, i morgen - snart. Jeg etterkom dine ønsker, for vår sønns skyld. Jeg lot dem bedøve meg, bedøve meg - gjøre alt unntatt en lobotomi - for at sønnen min skulle ha det bra, og nå er tiden inne. Stephen er en mann nå, og han må få vite hvem faren hans er, og hvorfor vi aldri har fortalt ham det."

"Rose, vår avtale er at sønnen vår får femti prosent av alt. På én betingelse. Betingelsen er at han aldri får vite at jeg er hans biologiske far," sa Teddy. Stemmen hans endte med en barskhet nesten som et bjeff. "Etter hendelsen på biblioteket gikk du med på å forsvinne. Å la meg fortsette med livet mitt - i fred - så lenge sønnen din, sønnen vår, ville bli forsørget. Jeg har holdt min del av avtalen, og du har ikke noe annet valg enn å holde din. Ellers vil tilbudet mitt bli trukket tilbake. Det står i testamentet mitt. Hvis han finner ut av det, får han ingenting. INGENTING!"

En sykepleier som gikk forbi utenfor rommet, sa. "Hysjhhhhhhh."

"Å, unnskyld," sa Teddy.

Rosemary hvisket: "Jeg gikk med på det, men jeg kan ikke bo her, på dette sykehuset ... dette fengselet. Å bli overvåket døgnet rundt - som et dyr i bur. Jeg vil at sønnen vår skal få det han fortjener, men det tar livet av meg hver gang jeg forteller ham at jeg ikke vet hvem han er. Det gjør vondt for en mor å se barnet sitt lide."

Anglophone rakte henne lommetørkleet sitt.

Hun fortsatte: "Det er den eneste måten jeg kan snakke med deg alene på. Jeg er lei av å fortsette med dette trikset. Jeg vil ha mitt eget liv. Ellers kan du begrave meg her og nå, så han ikke trenger å komme til meg mer. Jeg holder det ikke ut! Jeg orker ikke å leve slik lenger." Rosemary løftet hendene for å dekke ansiktet.

"Så det var derfor du svelget de pillene, for å bli kvitt deg selv! Synd at du ikke lyktes. Synd."

"Ja, det er synd. Jeg ville vært glad for aldri å se deg igjen."

Anglophone reiste seg. "Jeg går nå og lar deg være i fred." Han snudde ryggen til sin tidligere kone og elsker og gikk mot døren.

"Hvis du går nå, skal jeg si det til ham. Jeg skal fortelle ham det."

"Og få ham til å miste alt?" Han gikk tilbake til sengen hennes. "Du kommer ikke til å fortelle ham det. Du har allerede ofret for mye." Han nølte og banket den benete fingeren på haken. "Jeg skal be sykepleieren ta deg med ut på en spasertur hver dag, så du kan få litt frisk luft, hvis det kan hjelpe. Og bøker. Jeg kan sende deg bøker. Lag en liste. Mitt bibliotek er ditt bibliotek."

"Takk, Teddy. "Takk, Teddy. Takk. Ja, send meg de nyeste romanene. Magasiner. Sladder. Til og med aviser. De lar oss ikke se på nyhetene her... Jeg vet ikke engang hvilket år det er."

"Det er 2016. Vi skal holde deg i lenken her, men vi skal løsne på halsbåndet. Sørg for at du ikke lager en ny scene med et selvmordsforsøk. Jeg holder min del av avtalen hvis du holder din. For nå, god natt, min Rose. Jeg kommer ikke tilbake. Jeg skal sørge for at du får alt du trenger hvis du sender et brev til Tibbles merket konfidensielt."

"Takk, Teddy. Takk," utbrøt Rosemary. Svingdørene brått brått Teddy ut, og et øyeblikk senere kom Stephen tilbake.

"Går det bra med deg, mor?" spurte Stephen og beveget seg mot sengen hennes.

"Jeg føler meg noe bedre. Beklager at jeg skremte deg slik jeg gjorde. Men jeg kjenner deg jo. Du er Stephen, gutten min."

"Hvis du ikke kjente meg, ville jeg ..."

"Hysj nå. Det var et medikamentindusert anfall. Jeg er fortsatt på bedringens vei."

"Ja. Du ser ting annerledes i dagslys?"

"Ja, Stephen, det gjør jeg, og jeg skal anstrenge meg mer for å bli frisk, så jeg kan komme meg ut herfra. Jeg skal begynne å lese igjen. Kanskje til og med skrive igjen. En dag vil de slippe meg ut herfra. Du kan vise meg livet ditt."

"For å bli bedre, mor, må du snakke om det som skjedde. For alle de årene siden. På biblioteket."

"Stephen. Stephen. Stephen. Stephen," fortsatte Rosemary å si navnet hans om og om igjen. Stephen ristet henne, men hun var borte.

D ET VAR VANSKELIG FOR Stephen å konsentrere seg senere.

I tankene hans gjentok moren navnet hans. Stephen. Stephen. Stephen. Stephen. Han hørte henne alltid si det nå. Hver kveld. Hver dag.

Hun ropte navnet hans uten å vite at han prøvde å svare.

KAPITTEL 42

RIBBY SATT MED BENA i kors på gulvet i biblioteket. En annen bok fanget blikket hennes: Alt du noen gang har villet vite om svart magi (men ikke våget å spørre om). Hun lo av tittelen og av silhuetten av en fyr på baksiden av omslaget.

For en tulling.

Lurer på hva Anglophone gjør med disse rare bøkene?

Han sa at dette er mitt bibliotek.

Ja, det er også rart. Hvorfor han satte dem i ditt bibliotek?

Det er mange bøker her. Han kan ikke ha visst hvilke som ville få meg til å ville se i dem.

Du ble tiltrukket av de to, umiddelbart. Nesten som om de var opplyst.

Du gjør for mye ut av dette. Bare hør her:

Du kan også bli en ekspert på Hexing. Alt du trenger å gjøre er å holde ut. Først velger du en person som du ønsker å legge en Hex på. Merk: Forhekselser er negative ting. Ikke legg en forbannelse på noen du er glad i (med mindre det er et kjærlighet/hat-forhold, eller med mindre du får et kick av å se noen du bryr deg om lide).

Når du har valgt ditt objekt, kan du begynne å samle inn deres personlige gjenstander. Hår fra en kam, børste eller pute. Fingernegler. Tånegler. (Merk: kasserte, takk!) Ringer. Klokker. Ikke vær åpenbar om det. Husk å gjemme dem på et trygt sted.

NB: Øv deg foran et speil på hvordan du vil svare når de spør: "Har du sett klokken min?" Spesielt hvis du ikke er spesielt god til å lyve. Ha alltid et svar klart. Et alibi. Vær forberedt på å kaste spydigheter.

Ribby forsøkte å skjenke et glass champagne til, men flasken var tom.

Hun satte pekefingeren inn på siden der hun hadde sluttet. Det var stille i huset, nesten for stille til at hun likte det. Hun snek seg opp trappen som et uskikkelig barn og klatret opp i sengen fullt påkledd.

For en lettvekter.

"Våkn opp, Ribby. Det er Stephen. Våkn opp."

Ribby dekket seg til og ventet å finne Stephen, men han var ikke der.

Det var en drøm. Det var synd.

Hodet hennes dunket. Svetten rant fra pannen hennes og ned på bokomslaget. På vaklende ben bar hun den ned gangen til badet. Flekken hadde allerede satt seg. Hun tørket den bort med en klut.

Hun tok frem føneren og siktet seg inn på det fuktige området. Hun gikk tilbake til rommet sitt og la boken til tørk på nattbordet.

Nå som hun ikke lenger hadde noe å fokusere på, steg kvalmen og fikk henne til å svaie fra side til side. Hun trakk pusten dypt og prøvde å bekjempe trangen til å kaste opp, men det gikk ikke. Hun løp ned gangen og rakk det akkurat. Hun følte seg litt bedre da hun skyllet munnen og pusset tennene.

Siden hodet fortsatt dunket, gikk hun tilbake til rommet sitt. Hun klatret tilbake i sengen og trakk dynen over hodet.

KAPITTEL 43

DA HAN IKKE FIKK sove i motellsuiten, tenkte Anglophone bare på Angela. Han hadde mye å gjøre, og tiden tikket av gårde. Først måtte han kunngjøre henne for verden, som sin nye bibliotekar og som sin tiltenkte kone. Hun var allerede i hans vold, lett å betvinge, og hans behov for henne vokste for hver dag som gikk.

I årevis hadde han lett etter en passende partner: en jordisk engel. Hans Angela passet som hånd i hanske. Hennes uselviskhet overfor barna på sykehuset, hennes naivitet overfor menn. For ikke å snakke om at hun uten tvil var en trettifem år gammel jomfru. Praktisk talt uhørt i vår tid. En perfekt kandidat til å studere for hans nye bok. Og likevel, etter at de hadde giftet seg, etter ... lurte han på om hun ville vise seg å være akkurat som alle de andre.

Han klikket på TV-en og tilbrakte resten av kvelden med å se repriser av Supernatural.

KAPITTEL 44

N ESTE MORGEN RINGTE STEPHENS personsøker. Mr. Anglophone tilkalte ham. Stephen ignorerte ett pip, men så kom to lange pip og til slutt tre pip til. Han visste av erfaring at det var uklokt å la Anglophone vente.

"Beeeeeeeeeeeeeeeeeeeeep." Herr Anglophone var i ferd med å miste tålmodigheten.

Stephen stønnet. Han hadde ikke råd til å miste jobben sammen med alt det andre.

"Å, greit," ropte Stephen da han lukket motelldøren bak seg. Han rundet hjørnet og fant Anglophone som ventet på ham ved siden av limousinen.

"Sir, beklager at De måtte vente, sir", sa Stephen.

"Skynd deg, jeg fikk ikke sove på dette fordømte motellet, og jeg vil hjem og sove i min egen seng. Kom nå. Det er ikke mer vi kan gjøre for moren din."

Stephen åpnet døren for Anglophone. Han ventet på at han skulle feste sikkerhetsbeltet, så satte han seg tilbake i førersetet. Han startet bilen og kjørte av gårde. Han kastet et blikk på Anglophone i bakspeilet. "Jeg ringte sykehuset for litt siden, mor ser ut til å være i bedring. De sa at hun hadde sovet godt og spist litt frokost."

"Hun får den beste pleie," sa Teddy.

"Takk for..."

"Det var så lite, Stephen."

KAPITTEL 45

U KENE GIKK, OG DE ble snart til måneder.

Anglophone var borte mesteparten av tiden. Når han og Ribby var sammen, ba hun om ting som hun trodde ville gjøre tilværelsen hennes mer tilfredsstillende.

"Jeg vil gjerne lære å kjøre bil", spurte hun under middagen.

Anglophone duppet munnviken med en serviett. "Men du har jo allerede en sjåfør til rådighet."

"Han er borte med deg mesteparten av tiden," surmulte hun.

Ikke spør ham, si det til ham. Si at vi kjeder oss til døde. Si at vi...

"La meg tenke på det," svarte han. Det gjorde han aldri.

Om dagen tilbrakte Ribby mesteparten av tiden sin på biblioteket. Hun flyttet rundt på ting, omorganiserte dem. Men det var et stille og ensomt sted. Det var noe ved å være der som fikk henne til å føle seg enda mer ensom. Det var for stille, og hun lengtet etter de beroligende lydene fra vannfontenen i Toronto.

Ribby sa ikke noe mer om å lære å kjøre. Neste gang han var tilbake, hadde hun andre ønsker i tankene.

"Jeg vil gjerne bestille noen ting til biblioteket. Jeg mener hovedbiblioteket," spurte hun.

"Hva enn hjertet ditt måtte begjære", svarte engelskmannen.

"Jeg vil kjøpe en datamaskin, en bærbar datamaskin..."

"Det er ikke nødvendig. Du kan bruke datamaskinen på Tibbles' kontor." Han tok en slurk av kaffen sin. "TIBBLES!" Tjeneren hans kom. "La frøken Angela bruke datamaskinen på kontoret ditt når hun vil bestille ting til bibliotekene."

"Ja, sir," svarte Tibbles. Han kastet et blikk på Ribby, bukket og gikk.

Dagen etter ba Ribby om å få bruke datamaskinen og ble geleidet inn på Tibbles' kontor. Han sto bak henne hele tiden, og hun syntes det var vanskelig å konsentrere seg, for ikke å snakke om å bestille noe. Til slutt ga hun opp tanken.

En annen gang, under middagen, sa hun: "Jeg vil gjerne bestille en bil som kan kjøre meg til Simcoe Hospital, så jeg kan besøke de syke barna."

"Det er et så lite sykehus, ikke i nærheten av det du er vant til. Dessuten har du biblioteket, og du kommer til å få mer ansvar etter hvert som vi gjør oss klare til gjenåpningen," svarte Anglophone.

Jeg hadde ikke lyst til å dra dit uansett.

Trist når han var borte, og trist når han kom tilbake. Det nye livet hennes var ikke så bra som det hadde blitt sagt.

KAPITTEL 46

T IBBLES VENTET UTENFOR DA Anglophone kom tilbake.

Etter at Stephen hadde gått, forsøkte Anglophone å trekke seg tilbake fullt påkledd.

"Jeg er full av bønner, Tibbles."

"Det er du sannelig, men hvorfor?"

"Å, det ser lysere ut. Jeg skal fortelle deg mer senere."

Tibbles insisterte på å ta av sin herres klær. Han erstattet dem med Anglophones favorittpyjamas i rød sateng.

Da herren hadde lagt seg til rette under dynen, satte Tibbles spilledåsen i gang. Et kor av Lullaby og Goodnight sang ut fra apparatet.

Fem vindkast burde holde, tenkte han.

Tibbles plukket opp Anglophones klær og forlot rommet. Han så på klokken sin. På sin herres anmodning skulle en ny jente begynne om noen timer. Han gikk tilbake til rommet sitt.

KAPITTEL 47

R IBBY GJESPET OG STRAKTE seg. Over henne i taket gikk mønstre av spøkelseslignende skikkelser i uendelige sirkler. Hun betraktet dem med nysgjerrighet.

Du føler deg hjemme her, avslappet, men du må være på vakt. Vær forsiktig, for Teddy er ikke drømmeprinsen. Han er mer som bestefar sjarmør.

Det er uhøflig, og du er paranoid.

Ribby snuste seg i armhulene og gikk så inn i dusjen. Mens hun kledde på seg og fønet håret, tenkte Ribby på Martha igjen.

Hvordan kan du savne den gamle dama?

Uansett hva som skjer, er hun fortsatt moren min.

Du er for tillitsfull! Og noen ganger er du en sentimental tosk.

Jeg burde ringe henne. Hun var sikker på at det ville gå galt.

Hun vet hvor du er. Hvis hun trenger deg, ringer hun.

Ribby gikk tilbake til rommet og kikket ut av vinduet. Hun fikk øye på Stephen ved siden av limousinen.

En banking på døren avbrøt tankene hennes. "Hvem er det?"

"Vil du spise frokost på rommet ditt i dag, frøken?"

"Er herr Anglophone fortsatt bortreist?"

"Han er tilbake, men han er indisponert. Siden De skal spise alene, foretrekker De å spise ute i hagen?"

Ribby åpnet døren og fant en ung jente med et vennlig ansikt. "Det er en vidunderlig idé. Du er ny, ikke sant? Hva heter du?"

"Ja, det er jeg. Jeg heter A-Abbey, frøken. Mitt navn er Abbey."

"Vel, Abbey, det gleder meg å gjøre ditt bekjentskap," Ribby holdt en pause da hun hørte noen nærme seg. Det var Tibbles.

"Kan jeg være til hjelp?"

"Nei takk. Abbey har alt under kontroll."

Tibbles kastet et blikk i Abbeys retning, og jenta skalv. Så avslo han med et bukk og forsvant rundt hjørnet.

"Det er min første dag. Takk, frøken."

"Hvorfor det?" spurte Ribby med et smil. "Siden vi begge er ganske nye her, kan vi lære sammen," mens hun inviterte jenta inn på rommet sitt.

"Jeg skal gjøre alt klart, frøken. Om femten minutter?" Abbey neiet. Øynene hennes smilte da Ribby tok ordet igjen.

"Ja, jeg kommer snart," sa Ribby og lukket døren bak seg. Hun inviterte Abbey til å sette seg ned og gjøre henne selskap.

Hun er hjelpen, Rib, ikke vær latterlig.

"Men, frøken, det kan jeg ikke," sa jenta og beveget blikket fra side til side som om hun ventet at Tibbles skulle dukke opp hvert øyeblikk.

"Ikke engang hvis det var en ordre?" sa Ribby med et blunk.

Prøver du å få denne jenta sparket?

"Frøken, det ville være galt. Tibbles er min overordnede," hvisket hun.

"Jeg forstår. Det Tibbles ikke vet, kan ikke skade ham, ikke sant? I morgen kan du ta med frokosten til rommet mitt hvis herr Anglophone ikke skal spise."

"Med glede," sa Abbey lettet.

Du ber ikke medhjelperne om å spise med deg. Dumme idiot. Jeg kan heller ikke fordra Tibbles, men han er Anglophones høyre hånd.

Jeg bryr meg ikke.

Jeg sier bare at Teddy ikke kommer til å like det.

Det får jeg ta når jeg kommer til den broen.

KAPITTEL 48

E TTER NOEN TIMERS SØVN tilkalte Anglophone Tibbles.

"En fest! I kveld. Her. I dag. Catering. Her er gjestelisten. Si at de må komme... Jeg mener alle som er noen. Send invitasjonene med bud eller lever dem umiddelbart. Min sjåfør står til tjeneste. Ring de ti viktigste gjestene. De må komme. Forstått?"

"Ja, det vil bli gjort. Så du har bestemt deg for at hun er den rette?"

"Jeg har ventet på det rette tidspunktet, og i kveld er kvelden. Jeg føler det på meg. Det er på tide å fortelle alle og enhver om gjenåpningen av biblioteket. Vi skal samtidig introdusere vår nye overbibliotekar, min forlovede."

"Og frøken Angela, skal jeg informere henne om planene dine?"

"Hun er klar over at jeg har til hensikt å kunngjøre hennes nye stilling og vår forlovelse."

Tibbles fluffet opp puten og la den på plass bak Anglophones hode.

"Jeg vil overraske henne med det hele. Be motefolkene om å være her klokken 17.00 - ikke før og ikke senere. Festen begynner presis klokken 20.00. De som kommer for sent, slipper ikke inn. Sørg for at de forstår at PROMPT betyr PROMPT," sier Teddy. "Akkurat nå er jeg altfor oppkvikket, men jeg trenger å hvile. Vær så snill å la meg være i fred til klokken 15.00. Da kan du gjøre klar en Afternoon Tea til frøken Angela og meg i hagen."

"Ja, sir," sa Tibbles og bukket. "Skal jeg trekke opp spilledåsen for å hjelpe deg med å sovne igjen?"

"Selvfølgelig, selvfølgelig, Tibbles. Takk, Tibbles. Tre omdreininger burde gjøre susen, det er tross alt bare en lur."

Etter å ha trukket spilledåsen opp, bukket Tibbles seg ut av rommet. Han mumlet for seg selv mens han sjekket om det var støv på rekkverket på vei ned trappen.

Det var ikke noe.

Tibbles satte seg i foajeen og gikk gjennom festdetaljene. Han hadde allerede ordnet med cateringfirmaet. Alt begynte å falle på plass.

✳ ✳ ✳

EN STUND SENERE PRØVDE Anglophone å sove. Den private linjen hans ringte. Han ventet på at telefonsvareren skulle slå seg på. Da den ikke gjorde det, sto han opp for å svare.

"Hallo, Teddy," sa Martha. "Jeg vet at du sa at jeg bare skulle ringe deg på denne linjen hvis det var et nødstilfelle."

"Jeg lytter."

"Jeg trenger din hjelp."

"Hvordan da?" spurte Teddy.

"Jeg sitter i fengsel, anklaget for å ha drept søsteren min og mannen som voldtok henne. Jeg sverger på at jeg ikke gjorde det. Jeg sverger."

"Jeg forstår, men jeg vet ikke hvordan jeg kan hjelpe deg. Skal jeg hyre en advokat?" Anglophone gikk rundt. Han ble sur av å få luren sin avbrutt.

"Jeg ringer deg fordi jeg skal i fengsel for dette. Jeg erkjenner meg skyldig, og advokaten min sier at det ikke vil ta lang tid før dommeren dømmer meg."

"Hvordan kan din situasjon ha noe med meg å gjøre? Jeg er en travel mann."

"For 34 år siden plukket du opp en ung jente. Hun var klissvåt. Hun var strandet på veien sent på kvelden."

"Nei, jeg har ikke for vane å plukke opp passasjerer i limousinen min."

"Du kjørte. Å, du husker det ikke. Men jeg husker det. Det var meg. Du plukket meg opp, og sammen... Du er Ribbys far."

Anglophone falt vantro tilbake på sengen. Han vred hjernen og prøvde å huske. Det var et triks. Han visste at det var et triks. "Hva slags bil kjørte jeg?"

"Det var en Mercedes Benz. Grå."

Det var sant.

"Den kvelden reddet du livet mitt på mer enn én måte. Du må tro meg. Jeg må vite at du vil passe på henne. Hun er datteren din. Vil du gjøre det for meg? Og vil du love meg at du aldri vil fortelle henne at jeg er her inne?"

"Jeg vet ikke hva jeg skal si. Jeg er målløs." Han gikk rundt. "Hvorfor innrømme noe du ikke har gjort? Hvorfor hindre din egen datter i å besøke deg?"

"Det er alt jeg ber deg om."

"La meg ta meg av det. La meg tenke på det. Hvis hun er datteren min..."

"Det er hun. Definitivt." Hun tok en pause. "Og takk skal du ha."

Anglophone la på røret.

Det frekke ludderet. Hvordan våger hun å gjøre dette mot meg?

Teddy fikk ikke sove. Hodet hans dunket. Han hadde migrene på visse tider av året, og Marthas nyheter hadde gitt ham en skikkelig smell.

Han ringte etter Tibbles.

Tibbles oppfattet straks sin herres tilstand. "Så, så," sa han, "alt vil se bedre ut om noen timer." Han tilbød et glass whisky og en sovetablett. Anglophone drakk den ned i én slurk og skjøv glasset tilbake til tjeneren.

Da Anglophone var rolig og stille, skrudde Tibbles opp spilledåsen og ryddet opp i rommet.

"Var det noe mer, sir?"

Anglophone sov allerede godt.

Tibbles smilte og lukket døren bak seg.

T IBBLES DOBBELTSJEKKET HUSKELISTEN FOR festen mens han tenkte på sin nyeste medarbeider, Abbey. Han hadde tidligere lagt merke til de to unge kvinnene som hvisket. Det kunne være en god eller dårlig ting. Han visste at han ikke var populær, men hans engasjement for Anglophone hadde ingen grenser.

Abbey hadde kommet med gode anbefalinger fra et hus i byen. En lokal jente som han håpet ville holde et øye med frøken Angela.

Da han fant henne i hagen, var han nysgjerrig og opphisset. "Frøken Angela, hvorfor spiser De frokost i hagen i dag?"

"Det var m-m-min idé," innrømmet Abbey og avbrøt ham. "Det er en så vakker morgen!"

Tibbles sendte henne et surt blikk og fortsatte å henvende seg til Ribby. "Ettermiddagsteen blir også i hagen. Herr Anglophone ville at det skulle være en overraskelse - så vær så snill å spille overrasket. Han kommer til å gjøre dere selskap."

"Å, unnskyld meg. Man kan ikke spise ute nok når været er så fint som i dag," sa Ribby og blunket til Abbey.

"Da så," sa Tibbles mens han unnskyldte seg.

"Uff! Det var nære på," sa Abbey og tørket seg over pannen.

"Ikke vær redd, Abbey, jeg kan ta meg av gode, gamle Tibbles. Fortsett å komme med ideer. Jeg skal legge inn et godt ord for deg hos herr Anglophone."

"Takk, frue," sa hun og klarte ikke å skjule spenningen i stemmen.

"Ikke noe av det der frøken eller fru Abbey, ikke når vi er alene. Vi er tross alt venner."

"Venner," sa de to jentene i kor.

Knebl meg med en skje.

KAPITTEL 49

ANGLOPHONE AWOKE FROM HIS nap and summoned Tibbles.

On a normal day, Anglophone pulled the summoning cord once. If it was an emergency, he pulled the cord twice. Today he pulled it three times.

Tibbles stumbled over his own feet as he threw himself along the corridor. He wished he could fly. In his arms, he carried all his plans and confirmations for the party of the season. Everything was perfect. He'd accomplished more than he'd set out to do. All the socialites' attendance was confirmed. He couldn't wait to fill Anglophone him in on the details.

Tibbles knocked, then poked his head inside. Anglophone was still in bed. The covers were pulled up to his neck and he wore a milky white complexion.

"Tibbles, I'm not well, not well at all. My head is spinning and I'm afraid..."

"Excuse me, Sir," Tibbles interrupted, "Might I get you some more tablets?"

"No, no, Tibbles. This isn't the kind of headache that is going away any time soon. I'll be out of business for the rest of the day. I want to be alone. In the dark."

"But this evening Sir," Tibbles protested. "The party."

"Cancel it."

"But..."

"I SAID C-A-N-C-E-L IT!"

"Very well, Sir," Tibbles said, biting back the anger in his throat as he bowed out of the room. He closed the door and departed.

Tibbles called Viveca Hartman at The Local Voice. He asked for her help in getting the word out.

"I'll do anything I can to help," Ms. Hartman said.

"Thank you,' Tibbles replied.

KAPITTEL 50

V IVECA AVSLUTTET SAMTALEN MED den beryktede Theodore P. Anglophones tjener, Tibbles. Hun skyndte seg til kontoret til City Editor, Frank Munson, og fortalte ham de siste nyhetene.

"Så du mener å fortelle meg det", sa den kraftige Munson mens han røykte på røyken sin. "Det siste minutt-arrangementet for Anglophone er avlyst?"

"Anglophone er syk."

"Jeg har sett ham i byen, og han er frisk som en fisk. Det sies at han har et forhold til en ung jente han har tatt med seg fra byen. Hun bor hos ham. Gud vet hva Anglophone driver med," sa Munson, pustet ut en røykring og så på at den bølget seg.

"Det får vi vente med å finne ut. Og når de setter opp en ny timeplan, skal jeg sørge for å komme inn dit og skaffe deg et scoop. Kanskje jeg skal sjekke ut jenta. Jeg lurer på om hun kjenner til Anglophones historie."

"Ingen kunne gi ham skylden for det siste mordet, men han var under mistanke. Hadde det ikke vært for pengene hans, som betalte alle, ville de ha siktet ham. Kvinnen ble jo tross alt drept i hans lokaler.

De to var de eneste som hadde nøkler til biblioteket. Han så også skyldig ut. Jeg for min del vil gjerne at denne saken blir opprullet og at kvinnen får litt rettferdighet."

"Pappa mente at Anglophone definitivt skjulte noe. Sannheten kommer nok aldri til å bli kjent," sa Viveca med samvittighetskvaler. "Jeg liker ikke denne nye jenta der oppe sammen med ham."

"Den stakkars jenta!" sa Munson, som ikke klarte å skjule sin begeistring over denne nye informasjonen lenger. "La oss gå inn dit og se hva vi kan finne ut. Du kan jo begynne å gå en tur opp den veien og se om du kan få øye på henne. Utforsk situasjonen. Kan du gjøre det, Hartman?"

"Jeg skal gjøre det jeg kan. Jeg vil holde det lavmælt," sa Viveca med overbevisning.

"Hvis noen kan finne ut hva som foregår, så er det deg," sa Munson mens han stumpet den tente delen av sigaren.

"Rasjonerer kona di dem fortsatt?" spurte Viveca med et glis.

"Ja, men det hun ikke vet, skader henne ikke."

"Greit." Viveca satte kursen mot utgangen.

Munson la den delvis røykte sigaren tilbake i cellofaninnpakningen. "Å, og rapporter til meg om dette en gang om dagen - la oss prøve å ta denne jævelen."

"Ja, sir," Viveca lukket døren bak seg.

Hun var utrolig glad for samtalen med Munson, for han hadde stor tro på hennes evner. Hun hadde kommet opp uten særlig erfaring, men med kontakter og et sterkt ønske om å bli reporter. Hun hadde jobbet seg opp fra korrekturlesing til sosiale medier, men hun ville mer.

Dette er min sjanse, og jeg har ikke tenkt å ødelegge den!

Viveca, som bodde alene i en toetasjes bygård i Port Dover, satte seg i bilen og kjørte hjem. Hun gikk opp trappen og tenkte på hvor glad hun var for å bo alene. Hun hadde planlagt en rolig kveld hjemme.

Det var uventet for henne å komme hjem og finne faren ventende. Faren bodde i Brantford, førtifem minutter unna.

"Hei, pappa", sa Viveca.

"Viv, godt å se deg. Jeg håpet at vi kunne spise middag sammen i kveld," sa Frank Hartman. Bak ryggen viste han frem en stor blomsterbukett. "Jeg tenkte at disse kunne pynte opp på bordet ditt."

"Bønner på toast i kveld, pappa," sa Viveca. Han reiste seg, og hun kysset ham på toppen av det skallede hodet.

"Å, det er et gourmetmåltid, da." Frank lo også og gikk til side slik at datteren kunne komme forbi og låse opp ytterdøren. "Vet du hva, Viv, hvis du skaffet din kjære, gamle far en kopi av nøkkelen din, så kunne jeg lage et gourmetmåltid til oss og overraske deg. Eggerøre på ristet brød."

De lo og var glade for å være i hverandres selskap.

"Men pappa," ertet Viveca, "hva om jeg var på en date? Da ville du følt deg forferdelig for å trenge deg på, og jeg ville fått dårlig samvittighet."

"Å, hvis du hadde en date, ville jeg vært glad for å se deg gå ut. Jeg er stolt av deg, Viv, men jeg synes du er bortkastet på den sosietetssiden. Du fortjener mer."

"Jeg vet det, jeg vet det, pappa", sa Viveca, mens hun puttet de bakte bønnene i mikrobølgeovnen og stilte inn timeren på to minutter. Hun puttet to brødskiver i brødristeren og trykket spaken ned. "To minutter til middag. Cabernet Sauvignon, ok? Eller foretrekker du Chardonnay?" Da de to minuttene var gått, rørte hun rundt i bønnene og satte dem inn i mikrobølgeovnen igjen i tretti sekunder til.

"En flaske øl hadde passet meg fint." Frank åpnet en ølboks til seg selv. "Kaldt øl og bakte bønner på ristet brød med HP-saus ved siden av - det blir ikke mye mer gourmet enn det!"

Viveca smurte toastbrødet med smør, og helte de bakte bønnene over skivene. Det var en britisk rett, morens favoritt. Hun og faren delte den ofte. Uten å nevne navnet hennes var det som om moren satt ved bordet sammen med dem.

Frank hentet bestikk fra skuffen, og de satte seg ned for å spise.

"Så, hva er nytt med deg?" spurte han.

"Ikke så mye annet enn jobb. Jeg holder på med en ny historie. Hva med deg, pappa? Hva er nytt for deg?"

"Livet mitt er det samme, samme, men den nye historien høres interessant ut. Fortell meg mer."

"Jeg hater å snakke forretninger med deg, pappa. Du må da ha noe interessant å fortelle meg. Hva skjer i hagen din? Jager gamle fru Warner deg fortsatt rundt i nabolaget?"

Frank satte kniv og gaffel på siden av tallerkenen. Han tok noen slurker øl.

"Unnskyld, nå har jeg gjort deg flau." Viveca helte litt mer vin i glasset sitt og tok en slurk. "Greit, vi kan snakke om meg. Om arbeidet. Min historie handler om Theodore Anglophone."

"Hva driver han med denne gangen?"

"Morsomt at du sier det. Ser du ham fortsatt ofte, pappa?"

"Ikke i det siste. Han har vært en eneboer siden hendelsen på biblioteket. Han drar inn til byen, hvor han ikke er så godt kjent. Jeg har hørt at han har en annen ung jente boende hos seg, Viv. Er det sant?" Han tok en slurk øl til, med blikket festet på Vivs ansikt.

"Det er sant, og sjefen min har bedt meg om å finne ut mer om henne."

Frank svelget og holdt på å sette det i halsen. "Vel, du vil ikke ha en anglofon som fiende, ikke i denne byen, Viv. Så trå varsomt. Husk at du kan fange flere fluer med honning enn med eddik. Et gammelt ordtak, men helt sant." Han hostet for å klarne tankene og tok en ny munnfull mat.

"Jeg vet det, pappa. Jeg vil heller ikke risikere denne muligheten. Som du sa, jeg må komme meg vekk fra den sosiale siden og over på noe annet, noe mer utfordrende. Noe som er mer MEG." Hun flyttet maten rundt på tallerkenen, og tankene hennes var fortapt i utsikten til en ny historie som kunne forandre livet hennes.

"Jeg skal hjelpe til på alle måter jeg kan. Men jeg har alltid trodd at den kvinnen som døde i biblioteket, var uaktsomhet fra engelskspråklig side. Det må ha vært en dekkoperasjon. Det gir ingen mening at noen skulle rane et bibliotek og binde henne. Kanskje vi gjorde kvinnen urett ved å la ham si det han gjorde om henne. Det føltes aldri riktig, selv om jeg og Anglophone har vært bekjente i årevis. Han har ikke vært seg selv siden da - han har løpt etter kvinner og tatt dem med tilbake. Tar dem med ut og viser dem frem som utstillingshester. Det er rett og slett skammelig," sa han og snuste som om en dårlig lukt hadde invadert neseborene hans.

"Jeg vet det, pappa. Takk for rådet. Nå er jeg trøtt og vil i seng. Skal du overnatte her?"

"Etter to øl har jeg ikke lyst til å kjøre."

"Da blir det gjesterommet. La oppvasken stå."

"Du burde skaffe deg en oppvaskmaskin."

"Jeg har allerede en! God natt, pappa," sa Viveca, mens hun kysset faren på kinnet.

"God natt, kjære."

KAPITTEL 51

P å VEI TILBAKE TIL rommet sitt etter frokosten ringte telefonen i korridoren, og Ribby tok den.

"Stephen?" En pause fra en kvinnestemme. "Stephen?"

Ribby åpnet munnen, men før hun rakk å si noe, snappet Tibbles telefonen ut av hånden hennes.

"Hallo?" Tibbles ventet. "Dette er den engelskspråklige residensen." Det var noen der. Han kunne høre dem puste. "Frøken Angela, du skal ikke ta telefonen i dette huset. Du er en beboer, og vi er personalet. La oss gjøre jobben vår."

"Unnskyld meg, Tibbles."

Tibbles holdt telefonen i hånden. "Sa personen i den andre enden noe?"

"Ikke noe som helst," sa Ribby da hun gikk sin vei.

"Hvis du vil ha selskap, frøken, står Abbey til din disposisjon."

"Nei takk, jeg vil gå alene. Jeg ønsker å gå alene."

Da hun var borte, satte Tibbles telefonen til øret igjen. Grunn pust. "Rosemary?"

"Ja."

"Jeg sa du ikke skulle ringe hit."

"Jeg vet det, men jeg er desperat. Jeg må vekk fra dette gudsforlatte stedet. Jeg holder på å bli gal."

Tibbles gikk rundt og snakket så stille han kunne. "Du må be ham om å hjelpe deg."

"Det har jeg gjort, og han tilbød seg å sende meg noen bøker. Jeg trenger ikke bøker for å distrahere meg, jeg trenger å komme meg vekk herfra. Jeg kan reise utenlands. Ingen ville kjenne meg."

"Jeg kan ikke hjelpe deg. Jeg er nødt til å gå." Han gjorde tegn til å legge fra seg telefonen.

"Vent!" utbrøt Rosemary.

Han flyttet telefonen tilbake til øret igjen. "Du vet, det han gjorde mot meg."

Tibbles nølte. "Jeg må gå nå. Ikke ring hit igjen." Han la på.

Tibbles gikk bort til vinduet og kikket ut. Ribby satt i en stol på verandaen. Han gikk inn på kjøkkenet.

Burde vi fortelle Stephen om telefonsamtalen?

Jeg er ikke sikker.

Kanskje den som ringer ikke liker Tibbles heller.

Det kan du ha rett i.

Ribby pekte i retning av limousinen. Da hun nærmet seg, kunne hun se Stephen sove bak rattet med sjåførhetten over øynene.

Ribby lente seg inn gjennom det åpne vinduet.

Hvis vi må vekke ham, så gjør det i det minste med et kyss. Ingen ville få vite det.

Hun kremtet. Har du gått fra vettet?

Men se på de leppene. "Våkn opp, våkn opp," sa Angela da Stephen rørte på seg og fjernet hatten fra ansiktet.

Stephen tok en dobbeltkikk.

"For et øyeblikk siden var det en kvinne som spurte etter deg på telefonen."

"Jaså?"

"Tibbles tok den ut av hånden på meg. Da må hun ha lagt på."

Stephen grep tak i rattet.

"Alt hun sa var navnet ditt."

"Fortalte du ham at hun spurte etter meg?"

"Nei."

"Takk for at du fortalte meg det." Armen hans streifet Ribbys albue. "Å, unnskyld."

"Det går bra." Hun tok en pause og lente seg frem, nysgjerrigheten tok overhånd: "Så du vet hvem det var?"

"Ja, frøken. Det var moren min."

KAPITTEL 52

TIBBLES' STRENGE OG STIVE versjon av en edderkoppsans kriblet. Han var sikker på at Angela hadde løyet, men hvorfor? Han beveget seg bort til et vindu i forstuen idet Angela gikk sin vei. Han fortsatte å iaktta henne. Hun stoppet for å prate med Stephen. Interessant. Når hadde de blitt venner? Eller hadde de blitt det?

Så skjønte han hva som foregikk. Da frøken Angela tok telefonen, hadde Rosemary snakket. Hun hadde faktisk sagt Stephens navn, og nå var frøken Angela der ute og formidlet denne beskjeden. Enda mer interessant.

Tibbles mente at det beste var å holde gutten opptatt. Han bestemte seg for å gi Stephen en oppgave.

Anglophone hadde vært veldig tydelig. Han skulle ikke forstyrres. Han skulle informere ham når tiden var inne. Ros eller til og med en pengebelønning kunne være på sin plass.

Tibbles fortsatte gjennom huset og fant Abbey i full gang med å tørke støv. Han ba henne om å gå ut og holde frøken Angela med selskap under spaserturen.

"Hvis hun gikk ut alene, herr Tibbles, vil frøken Angela sannsynligvis være alene."

"Har hun beordret deg til ikke å bli med henne?" Tibbles oppfordret henne til å legge fra seg støvkluten og ta av seg forkleet.

"Nei, sir," sa Abbey. Hun gikk med hastige skritt.

"Opp med føttene, dumme jente!" ropte Tibbles.

Han geleidet henne til og ut av inngangsdøren.

"Ja, herr Tibbles," sa Abbey.

Da hun ikke fikk øye på Angela, spurte hun Stephen hvor hun var.

Stephen pekte. "Men jeg tror hun ville ha litt tid for seg selv."

"Det var det jeg sa til herr Tibbles - han insisterte."

Stephen lo.

STEPHEN så ABBEY gå sin vei mens han tenkte på Tibbles. Ikke rart at det var så stor utskiftning blant de ansatte i huset. Andre var ikke som ham. Andre skyldte ikke Anglophone alt. Uten Anglophone hadde han aldri hatt råd til å ha moren sin på et så dyrt pleiesenter.

Blikket hans fulgte Abbey da hun nærmet seg Angela, som nå sto og så ut over vannet. Da hun nærmet seg kanten, fikk et beskyttende instinkt i ham ham til å frykte at hun kunne falle.

Telefonen hans ringte. En Tibbles-innkalling. Han gikk inn.

"Stephen, du må hente et par ting", sa Tibbles og stilte seg over Stephen for å håndheve sin autoritet. "Herr Anglophone er indisponert. Her er listen."

Tibbles overrakte den. Stephen kastet et blikk på lappen før han stakk den i jakkelommen.

"Det vil gi deg noe å gjøre, siden du er ledig."

"Ikke noe problem, herr Tibbles." Stephen gikk ut. Han skulle hente tingene og komme tilbake med en gang, etter at han hadde sett til moren.

KAPITTEL 53

NESTE DAG BESTEMTE VIVECA seg for å dra inn i det engelskspråklige området. Hun ville ta den naturskjønne ruten langs vannkanten. Hun veivet opp vinduet og tok på seg solbrillene. Solen sto høyt, og skyene var få. Langs veikanten var det villblomster i lilla, gult og blått.

Kjøreturen var behagelig nok, med lite trafikk. Da hun svingte rundt hjørnet til stedet med den mest spektakulære utsikten, la hun merke til en ung kvinne hun aldri hadde sett før.

Det måtte være henne. Hun bremset ned til en krypende fart.

En annen jente møtte den første. Hun var yngre. De to omfavnet hverandre og gikk videre langs stien.

Viveca kjørte inn til siden og parkerte bilen under en løvrik lønn. Hun gikk et stykke i sine høyhælte sko, og tettet avstanden mellom seg og de to kvinnene. Da hun var nær nok til at de kunne høre henne, ropte hun: "Au!" og gikk ned.

De hadde ikke hørt henne. Hun prøvde igjen. "HJELP!"

De to jentene snudde seg og kom bort til henne. Hun stakk hånden ned i vesken og trykket på record. Nå kommer de, gutt, så det er best du gjør dette bra. Hun gned ankelen med den ene hånden for å få blodet opp til overflaten og børstet bort krokodilletårer med den andre.

"Trenger du en ambulanse?" spurte Ribby.

"Å, jeg er så klønete," sa Viveca. Hun forsøkte å reise seg. "Ankelen min, jeg tror den er forstuet. Jeg så for meg at jeg skulle bli sittende fast her ute hele natten med prærieulver hylende rundt meg, helt til jeg fikk øye på dere to."

"For en fantasi," sa Ribby mens hun bøyde seg ned for å ta en titt.

Abbey gjorde det samme. Den så litt rød ut.

"Jeg heter Viveca, Viveca Hartman, forresten." Hun rakte frem hånden.

"Jeg heter Abbey, og dette er Angela. Hyggelig å treffe deg."

En måke sveipet rundt hodet på Viveca og irriterte henne med et skrik. Hun jaget den bort.

"Å, får jeg lov?" spurte Abbey.

Viveca nikket.

Abbey bøyde seg ned og masserte den i noen sekunder. "Sånn, er det bedre nå?"

"Ja, takk," sa Viveca.

"Hvor er bilen din?" spurte Ribby.

"Jeg parkerte den der borte i skyggen." Abbey hjalp Viveca da hun forsøkte å reise seg. Da hun var oppe, sa hun: "Jeg er journalist, skjønner du, og jeg holder på med en reportasje om naturens underverker. Jeg har hørt at utsikten herfra er spektakulær."

"Det er det," sa Ribby. "Neste gang bør du ha på deg mer passende sko."

Ja, som da du gikk hele veien tilbake fra biblioteket. Hold kjeft.

De hjalp Viveca til bilen hennes.

"Det var hyggelig å treffe deg, og tusen takk for at du hjalp denne jomfruen i nød. Her er visittkortet mitt, i tilfelle du vil ta kontakt."

"Takk skal du ha. Er du sikker på at du kan kjøre?" spurte Abbey.

"Ja, takk skal du ha. Siden det er i nærheten, lurte jeg på om dere vet noe om biblioteket. Jeg har hørt at det kanskje åpner igjen?"

"Nei, vi vet ikke noe om det," sa Ribby.

"Vel, det har vært stengt i årevis. Under mistenkelige omstendigheter. Det får en til å lure på den nye bibliotekaren."

"Hva er det du insinuerer?" spurte Ribby.

"Jeg lurer bare på om hun, jeg mener den nye bibliotekaren ..."

"Hva får deg til å tro at den nye bibliotekaren er en kvinne?" spurte Ribby.

"Å, rykter. Jeg skulle gjerne snakket med henne. Kanskje til og med gjøre et intervju for avisen."

"Beklager, vi kan ikke hjelpe deg. Vi må tilbake nå. Lykke til med artikkelen."

"Jeg håper ankelen din snart blir bedre," la Abbey til.

"Ja, takk for hjelpen. Håper vi ses igjen en gang."

Da Viveca satt i bilen sin, gikk Abbey og Ribby sin vei.

"Veldig rart," sa Ribby og kikket seg tilbake over skulderen.

"Jeg ville ikke tenkt mer på det," svarte Abbey.

"Jeg vet det," sa Ribby med rynket panne. "Det føles som om hun allerede visste hvem jeg var. Som om hun var på fisketur."

"Du har rett, men hun er borte nå. Dessuten tipper jeg Tibbles sitter og venter på meg der bak. Jeg tror ikke han forventet at jeg skulle være ute av huset så lenge."

"Å, han ville at du skulle følge etter meg. Du er den lille spionen hans," sa Ribby mens hun la armen rundt Abbeys skulder.

"Det ville jeg aldri gjøre," sa hun, forskrekket over forslaget.

"Selvsagt, men han vet ikke at vi er venner."

"Jeg kommer i hvert fall ikke til å fortelle ham om den journalisten."

"Jeg skal si til herr Anglophone at vi møtte henne her oppe. Det har ikke Tibbles noe med."

De rundet stien som førte opp til forsiden av herskapshuset, og gikk inn.

KAPITTEL 54

S TEPHEN ANKOM SYKEHUSET OG ba om å få treffe moren sin. Han fikk avslag på forespørselen. Han ble opphisset og lagde en scene.

To store, kraftige ansatte av typen dørvakt løftet ham opp fra bakken bakfra og førte ham ut av lokalet.

"Ring arbeidsgiveren min, Mr. Theodore Anglophone. Ring ham!"

"Javisst, det skal vi gjøre", sa den minste av de to mennene da Stephens kropp landet med et dunk på asfalten.

Dekkene hvinte da han kjørte bort fra sykehuset. Han hadde kjørt på gulvet hele veien tilbake til godset. Han brydde seg ikke om hvor mange steiner som spratt av bilen underveis.

VIVECA DUNKET HENDENE MOT rattet. Planen hennes hadde ikke gått så bra. Hun håpet at hun ikke hadde ødelagt hele avtalen.

Jeg må advare den jenta, så jeg må snakke med pappa og se om han kan hjelpe meg med å få en fot innenfor, tenkte Viveca. Hvis jeg fortsetter slik, kommer jeg aldri til å bli forfremmet.

Hun stilte inn telefonen slik at alle samtaler automatisk skulle gå på høyttaler. Hun flyttet setet nærmere da hun kjørte ut fra parkeringsplassen under treet. Nesten helt tilbake ringte telefonen, og hun åpnet linjen.

En svart limousin med lang strekning krysset midtlinjen og kom over i hennes kjørefelt.

Limousinesjåføren sperret opp øynene, og han sveivet på rattet samtidig med henne. De to bilene passerte med en centimeters avstand.

"Jøss! Se deg for! Din gale jævel!" ropte Viveca.

"Jeg håper virkelig ikke du snakker til meg," sa Munson.

"Nei, sjef, det var sjåføren til Anglophone. Han drepte meg nesten!"

"Hva er det med ham?"

"Aner ikke, men jeg er glad vi går i hver vår retning."

"Fant du henne?"

"Ja, det gjorde jeg."

"Og?"

"Jeg gjorde litt ut av det. Lot som om jeg forstuet ankelen."

"Å, jøss. Kjøpte hun det?"

"Det virket overbevisende nok."

"Og hvordan var hun?"

"Hun heter Angela. Hun virket hyggelig, om enn naiv."

"Ikke en sosial klatrer, da? Eller en av de lokale?"

"Nei, ikke i det hele tatt. Hun er annerledes. Hun er vel rundt tretti, stille og lavmælt. Håper jeg ikke gikk for hardt ut og slo henne av."

"Pokker heller, Viveca, din sosiale sideopplæring burde lære deg å håndtere vanskelige situasjoner. Jeg håper du ikke ødela det, og hvis du gjorde det, så FIKS DET."

"Klart det, sjef", sa hun da han koblet seg fra. Hun satte kursen hjemover.

TILBAKE I HUSET BESTEMTE Stephen seg for å gå rett inn og tilstå overfor Anglophone. Hvis han innrømte sitt sidesprang, ville Anglophone være forståelsesfull. Anglophone var svak for moren hans. Han ville hjelpe til med å ordne opp i det.

Men på den annen side, hvis han nevnte telefonsamtalen, ville han avsløre frøken Angela; at hun hadde kommet til ham og fortalt ham om samtalen.

Så jeg kan ikke nevne samtalen. Jeg må si at jeg hadde en magefølelse av at mamma var i fare. En sønns instinkt. Jeg måtte dra og treffe henne der og da. Anglophone vil sikkert tilgi meg.

Stephen gikk inn. Det var ingen i nærheten. Han gikk tilbake til sin post.

KAPITTEL 55

Anglophone våknet og ropte på Tibbles.

Tibbles var på kjøkkenet og kryssforhørte Abbey. Anglophones kontinuerlige ringing avledet oppmerksomheten hans.

Tibbles pekte fingeren i ansiktet på Abbey. "Vi er ikke ferdige! Ikke rør deg! Det er en ordre!"

Da han kom frem til Anglophones dør, braste noe hardt inn. Tibbles dyttet døren opp, og hvilket syn han fikk se.

En mer enn vanlig utålmodig Anglophone hadde dratt ringeklokkeapparatet ned fra taket. Der satt han, rød i ansiktet blant gips og murbrokker.

"Jeg beklager, sir," sa Tibbles.

Anglophone stirret og ropte. "Selvfølgelig er du det, Tibbles. Du er alltid lei deg, men det er ikke poenget. Fortell meg nå hvorfor sykehuset ringte meg på mitt private nummer for å klage på en av mine ansatte?" Han tok en pause for å få effekt, og da Tibbles ikke reagerte, sa han

"JEG, JEG ..."

"Stephen skapte litt av et rabalder."

"JEG, JEG..."

"Du, Tibbles, hva har du å si til ditt forsvar? Hvorfor sender du staben min rundt i min tid? Eller har sjåføren min kjørt av gårde av egen vilje? Forklar deg, mann!"

"Jeg, vi trengte noen ting til husholdningen. Du var indisponert. Stephen var ledig. Han hadde spesifikke instruksjoner. Jeg ante ikke at han ville misbruke min tillit." Han tok en pause. Svetten dryppet nedover pannen hans. "Din tillit. Han er en uforskammet...."

"Det er han, men du, Tibbles, er en tåpelig idiot! Nå irettesetter du Stephen. Sett ham til å klippe gress de neste fjorten dagene, og skaff meg en annen sjåfør som kan erstatte ham. Og en lønnsreduksjon. Han får 50 dollar mindre i lønn, og som hans medskyldige, får du det også. Få noen opp hit og fiks denne greia. Og ikke glem sovetablettene. Gå nå, før jeg gjør det til hundre!"

EN STUND SENERE Lå Ribby og sov tungt på gulvet i biblioteket i huset, med åpne bøker som innrammet henne.

Sovetablettene som Anglophone hadde bedt Tibbles blande i teen hennes, hadde virket. Alt han trengte var noen minutter til å ta en prøve mens de gjorde i stand rommet hans, og så ville han vite om Angela var datteren hans.

Anglophone sto over henne, så på henne og ville ha henne så sterkt at det gjorde vondt. Han kunne ikke være denne jentas far. Det var umulig. Bare tanken på at han kunne være tiltrukket av sitt eget kjøtt og blod...

Mens han stirret på henne, kom minnet om Martha tilbake. Hun hadde fortalt sannheten. De hadde møttes før. Hvorfor hadde han ikke husket henne før hun nevnte det? Minner var slik når man ble eldre, de kom og gikk uten rim eller grunn.

Han kjærtegnet Ribbys hår, undrende. Han fortsatte å berøre håndryggen hennes mens han brettet opp ermet på blusen hennes.

Ampullen ventet, og nålen var klar.

Våkn opp, Ribby. Våkn opp! Det er den gamle jævelen. Han er....

"Min kjære Angela", hvisket Anglophone mens han stakk nålespissen inn i blodåren hennes. Blodet rant ned i ampullen. Han så på såret hennes, bøyde seg over henne og slikket det åpne såret med tungen. Blodet smakte søtt, som Angela. Han kjente hvordan det stivnet i buksene hans, og visste at han måtte komme seg ut derfra. Han hatet å se henne så ukomfortabel på gulvet hele natten.

Han samlet opp prøven og satte etiketter på flasken. Han tok telefonen hennes som lå på bordet.

Tibbles sto utenfor døren da engelskmannen gikk ut. "Kjøretøyet du bestilte, venter på instruksjon."

"Et øyeblikk," Anglophone la prøvene i kjøleposen. Han overrakte dem til Tibbles. "Be sjåføren kjøre rett til laboratoriet. Jeg har allerede informert kontakten min på laboratoriet om at dette har høy prioritet. Jeg forventer svar umiddelbart." Han tok en pause. "Når du er ferdig, tar du henne med opp på rommet hennes. Og," han ga Tibbles telefonen hennes. "Legg den bort på et trygt sted til jeg sier noe annet."

Tibbles nikket: "Jeg har gjemt den av og til, slik du ba meg om, men dette vil gjøre det mer permanent." Så gikk han mot forsiden av huset.

Anglophone gikk tilbake til rommet sitt. Han var sulten, men den sene ettermiddagsteen i hagen ville ordne opp i det. I mellomtiden ville han ikke få et øyeblikks fred før han visste med sikkerhet om han var forelsket i sin egen datter.

KAPITTEL 56

S TEPHEN VAR LEI AV å vente på at øksen skulle falle, og etter å ha tatt posen med ting han hadde kjøpt til Tibbles, smalt han igjen bildøren og stormet inn. Han stoppet midt i skrittet da han møtte Tibbles.

Tibbles brølte: "Der er du, din idiot! Kom inn på kontoret mitt, NÅ!"

"Ikke nå, din skrytepave, flytt deg. Jeg må snakke med Anglophone."

Tibbles løftet hånden for å slå Stephen i ansiktet.

Stephen avverget slaget, og de to mennene stirret hverandre inn i øynene. Stephen holdt Tibbles' hånd i noen sekunder, så slapp han den.

De to mennene sto øye mot øye, med neser som nesten berørte hverandre i en kamp om hvem som ville gi seg først.

"Beklager, Tibbles," sa Stephen.

"Det må jeg si. Unnskyldningen er akseptert. Gå inn på kontoret mitt og vent på meg. Jeg har noe jeg må ta meg av først, så kan vi ordne opp i dette."

Tibbles forlot huset. Han lente seg inn i det åpne vinduet på den ventende bilen og formidlet

Anglophones instruksjoner. Bilen kjørte av gårde i full fart. Tibbles gikk tilbake til kontoret sitt.

"Sett deg ned, Stephen." Tibbles gikk rundt i noen sekunder før han tok ordet. "Herr Anglophone er ekstremt opprørt. For det første er han sint på meg fordi jeg lot deg gå rundt på hans fritid. For det andre er han sint på deg fordi sykehuset klaget over oppstyret du forårsaket. Hva i all verden tenkte du på?"

"Jeg hadde en følelse av at mor ikke hadde det bra. Jeg måtte sjekke det. For å se om hun hadde det bra."

"Løgn, bare løgn," sa Tibbles under pusten. "Jeg vet at frøken Angela fortalte deg om telefonsamtalen. Våger du å benekte det?"

Stephen så ned på føttene sine.

"Oppførselen din forteller alt! Så da jeg ba deg hente noen ting, hadde du til hensikt å misbruke min tillit."

"Jeg er lei for det, Tibbles. Det er jeg, men jeg måtte gå."

"Mr. Anglophone har suspendert deg i to uker. Fordi jeg stolte på deg, har han også trukket meg i lønn. Dessuten kommer du til å være en hundelik her - klippe plenen og gjøre de oppgavene du får tildelt. Jeg må ansette en annen sjåfør. Med litt flaks er ikke den nye mannen like frekk som deg!"

"Jeg beklager at du ble trukket i lønn. Jeg synes ikke det er rettferdig. Jeg kan snakke med ham om det."

"Det skal du ikke."

"Hold tilbake lønnen min, men ikke la meg stå uten kjøretøy. La meg gå og snakke med ham. Jeg skal be ham om tilgivelse."

"Mr. Anglophone sier at han ikke vil snakke med deg på fjorten dager. Hvis du ser ham, fortsett å jobbe. Vis ditt engasjement. Vis ham anger. Vi er heldige at han ikke sparket oss. Med tiden vil alt gå tilbake til det normale."

Tibbles tok telefonen og ignorerte Stephens tilstedeværelse.

Stephen var usikker på hva han skulle gjøre nå, og la hodet i hendene. Tibbles pratet i telefonen. Nedstemt reiste han seg og forlot kontoret. Han våget seg ut med knyttede never dypt i lommene.

Han vandret rundt i timevis, mens han betraktet utsikten og tenkte seg om.

Han måtte finne ut hvordan han skulle få moren ut derfra.

Han måtte finne en måte å bli uavhengig av Anglophone på.

Han måtte ta kontroll over livet sitt. Hvis han bare kunne finne ut hvordan.

KAPITTEL 57

R IBBY ÅPNET ØYNENE. FØRST visste hun ikke hvor hun var. Det siste hun husket, var at hun satt og leste i biblioteket.

Hun forsøkte å sette seg opp, men fikk vondt i hodet, og rommet snurret. Hun klemte seg og la merke til et stort, lilla, flekkete blåmerke på armen. Hun forsøkte å huske en anledning der det blåmerket kunne ha oppstått. Hun mislyktes.

Angela kunne heller ikke huske noe. Det var noe som plaget henne. Et svakt minne, uoppnåelig.

Hvordan kunne dette ha skjedd?

Du gikk sikkert inn i noe. Det ville ikke vært første gang.

Sant nok, jeg kan være en kløne.

Ikke tenk på det. Du har viktigere ting å gjøre.

Ribby kjente lukten av stekt fisk og løp ned gangen og inn på badet for å kaste opp. Hun vasket ansiktet og drakk noen slurker vann.

Er det bedre nå?

Jeg tror det, takk.

Hvor er Teddy forresten? Det er nesten som om han mister interessen. Du hadde ham i din hule hånd.

Han er en travel mann.

Ribby vasket seg og pusset tennene.

Dessuten har han ikke hatt det bra.

Det var fortsatt noe som plaget Angela. Noe hun var nær ved å huske, men så gled det bort.

Men han er en mann, og du må holde ham interessert. Flørt litt. Legg til litt sexappeal. Få ham til å gjette og håpe. Jeg foreslår ikke at du skal gå hele veien med det første. Spill ham.

Jeg har ikke mye erfaring med menn.

Jeg tror han er en kåt, gammel gubbe innerst inne.

Han vil ha noen som er der for ham. Noen han kan stole på.

Han kan velge og vrake med alle de pengene. Så ikke ødelegg det, gutt. Eller hvis du gjør det, så få det til å telle!

Du er så ekkel.

"Frøken Angela, frøken Angela", ropte Abbey da hun banket på døren.

"Mr. Anglophone venter på deg i hagen."

"Kom inn, Abbey. Jeg føler meg ikke i form til Afternoon Tea."

"Det må du."

Ribby satte seg på sengen og holdt hodet i hendene.

"Vær så snill å be herr Anglophone om å møte meg om en time."

"Som De vil, frøken Angela."

"Når du er ferdig, kan du komme tilbake og hjelpe meg med å gjøre meg klar."

"Klart det, frøken Angela. Jeg er straks tilbake."

Noen øyeblikk senere kom Abbey tilbake til Ribbys rom.

"Jeg håper ikke herr Anglophone var sint på meg," sa Ribby.

"Nei, frøken Angela. Han forstår at vi bruker lengre tid på å gjøre oss presentable," sa hun med en latter. "Sett deg ned her, så skal jeg hjelpe deg." Abbey skravlet i vei, mens Ribby lot seg skjemme bort. "Voila," sa hun.

"Takk, Abbey."

"Du ser vidunderlig ut!" sa Abbey mens de gikk gjennom korridoren og ut i hagen.

Ribby fikk øye på Teddy, som hadde ansiktet skjult bak en avis. Hun satte seg stille ned ved siden av ham. Han hadde ikke hørt henne. Hun smilte.

Tibbles stormet bort til bordet og sa: "God ettermiddag, frøken Angela."

Teddy holdt på å miste avisen da han reiste seg. "Hvor lenge har du sittet der?"

"Det var faktisk bare et øyeblikk. Har du savnet meg?" Ribby hvisket og tok hånden hans i sin.

Anglophone trakk hånden bort og sa: "Jeg var veldig, veldig syk."

Ribbys hudfarge brant.

Hva i all verden?

"Men jeg tenkte ofte på deg."

"Og hva tenkte du på meg?"

"Jeg tenkte på deg og biblioteket."

"Nettopp, og jeg har noen ideer jeg vil diskutere med deg."

"Hvor ble det av Tibbles? TIBBLES!"

Tibbles kom tilbake. Abbey fulgte etter. De bar brett fylt med mat og drikke. Anglophones tallerken ble snart fylt med mat, mens Ribby valgte seg en sterk kopp te.

"Jeg har tenkt litt," sa Ribby og rørte rundt i teen sin. "Jeg vil gjerne lese for og opptre for barn på biblioteket. Jeg vil gjerne legge planer for en barnas dag."

"Og hva skulle det innebære?"

"Forfattere kunne lese høyt fra bøker."

"Hmmm, interessant, interessant," sa Teddy.

"Og så vil jeg gjerne at vi donerer bøker til sykehus."

"Ja, jeg liker de ideene, min engel, men det vil kreve litt omtanke og organisering. Inntil videre bør vi konsentrere oss om biblioteket. Når vi er oppe og går, kanskje om et år eller to, kan du sette de andre ideene ut i livet. Gå langsomt frem, Angela. Husk at dette ikke er en storby. Vi snakker om en annen type mennesker her."

"Familier er overalt."

"Jeg skjønner hva du mener," sa Teddy og klappet Ribbys hånd som et barn han måtte bønnfalle.

"Unnskyld meg," sa en mann med capsen i hånden fra inngangspartiet.

"Ja? Å, jeg skjønner, du er den nye sjåføren."

Tibbles kom inn med klikkende hæler. "Jeg ba deg vente på meg på kjøkkenet."

Unnskyld," sa den nye mannen mens han løftet på hatten først til Anglophone og deretter til Tibbles. Han rygget ut av rommet.

"Er Stephen syk?"

"Nei, det er han ikke." Teddy tok en bit av quichen. "Han misbrukte tilliten min. Han er i hundehuset de neste fjorten dagene."

"Det var leit å høre." Hun tok en slurk av teen. "Jeg vil gjerne ringe moren min, og jeg har visst forlagt mobiltelefonen min."

"Ja visst. Bruk telefonen i entreen. I mellomtiden skal vi se oss rundt og se om vi kan finne telefonen din."

Ribby ble så glad at hun reiste seg, slapp servietten på bakken og løp bort til Teddy. Hun fløy mot ham, fylt av lidenskap, la armene rundt halsen hans og kysset ham på leppene. Hun åpnet øynene. Han så tilbake på henne. Han var iskald.

Han skjøv henne bort og reiste seg. Han var rød i ansiktet.

Ribby løp ut av rommet og opp trappen. Hun kastet seg på sengen og gråt seg i søvn.

Kaller du det sexy?

KAPITTEL 58

Neste morgen, etter at hun hadde åpnet balkongdørene, strakte Ribby seg og gjespet. Sollyset varmet huden hennes, og hun følte en sterk lengsel etter å være nærmere vannkanten. Hun kledde på seg, dusjet, tok på seg hatten, kløp seg i kinnene og gikk ut av herskapshuset.

På stien fikk hun øye på Stephen. Han sto med ryggen til henne, men hun kunne høre lyden av saksen som klippet. Han var i ferd med å trimme rosebuskene.

"Stephen", sa Ribby.

Han rettet ryggen og holdt hånden i været for å skygge for solstrålene i øynene.

"Jeg lurte på om du kunne kjøre meg et sted."

Han svarte ikke. I stedet snudde han seg og fortsatte med hagearbeidet. Han ventet på at hun skulle gå sin vei, og fortsatte å klippe og klippe. Etter et øyeblikk eller to sa han: "Hvorfor meg? Spør den gamle mannen. Jeg kan ikke hjelpe deg. Jeg kan ikke engang hjelpe meg selv."

"Men jeg har ingen, Stephen." Hun rørte ved skulderen hans. "Jeg vil hjem."

Han snudde seg brått mot henne, noe som nesten fikk henne til å miste balansen. "Jeg kan ikke hjelpe deg. Det var som pokker. Jeg skulle gjerne gjort det, men jeg ... Det er andre som er avhengige av meg. Jeg kan ikke hjelpe deg. Forsvinn nå!"

Ribby trakk seg tilbake og kjempet mot trangen til å gråte. "Jeg trodde bare... Unnskyld at jeg forstyrret deg."

Stephen lot henne gå. Han lot henne komme lenger og lenger bort før han ropte. Ribby ignorerte ham. Han løp etter henne.

"Hør her, jeg er lei for det. Øynene hans møtte hennes. "Det er bare det at jeg har blitt degradert, og jeg hater virkelig hagearbeid."

Ribby så på de oppmykede ansiktstrekkene hans.

Han kastet et nervøst blikk tilbake mot huset da en bil suste forbi dem. Sjåføren steg ut og løp opp trappen, hvor Tibbles åpnet døren. Et øyeblikk senere suste bilen forbi dem på vei ut.

Ribby flyttet inn på Stephen.

Stephen rykket inn mot Ribby.

De møttes et sted på midten.

KAPITTEL 59

T IBBLES LEVERTE KONVOLUTTEN TIL Anglophone og gikk så tilbake til sine plikter.

Anglophone sto ved vinduet og betraktet datteren og sønnen, som nå var konfirmert, mens de sendte hverandre glisende blikk. Han kunne føle kjemien mellom dem helt inn i rommet sitt. Han lo da han så dem hviske og utveksle blikk.

Han ringte på, og Tibbles kom tilbake i løpet av sekunder.

"Tibbles," sa Teddy, "jeg skal til byen i dag. Jeg har et par ting jeg må ordne der. Si fra til sjåføren - jeg kommer tilbake i morgen.

"I mellomtiden kan du holde øye med Stephen og frøken Angela for meg. Se hva de finner på, men ikke la dem få vite at du holder øye med dem." Han berørte nesen med pekefingeren. "Diskresjon, min kjære Tibbles, diskresjon."

"Selvsagt, herr engelsktalende." Tibbles bukket seg ut av rommet.

KAPITTEL 60

"HVA KAN JEG HJELPE deg med?" sa Stephen og ledet Ribby bort fra hovedstien. "Som jeg sa, jeg kan ikke engang hjelpe meg selv. Jeg har et ansvar."

Tibbles fulgte nøye med da engelskmannen gjorde seg klar til å dra.

"Har det noe med moren din å gjøre?"

"Det kan jeg ikke fortelle deg. Jo mindre du vet, desto bedre. Hvorfor vil du dra? Har han gjort deg noe?"

"Jeg vet ikke engang hva jeg gjør her," sa Ribby. "Jeg mener, hvorfor meg?"

Limousinen kjørte av gårde i full fart.

"Lurer på hvor han skal."

"Han har en ny sjåfør."

"Jeg vet det, men det er bare midlertidig," sa Stephen. "Hvis du trenger å komme deg vekk, så gjør det nå."

"Hvordan kan jeg det? Jeg har ingen bil."

Ribby, du har panikk. Ro deg ned.

"Du må da kjenne noen her oppe som kan hjelpe deg."

"Jeg møtte en reporter i går, Viveca Et-eller-annet."

"Ja, ring henne. Spør henne."

"Hva om hun ikke vil komme?"

"Stol på meg, det vil hun," sa Stephen.

"Hvordan vet du det? Hvorfor skulle hun bry seg om meg?"

"Har hun ikke stilt deg en haug med spørsmål om engelsktalende?"

"Egentlig ikke," sa Ribby. "Hun sa at hun skulle skrive en historie om naturens underverker."

"Det tror du kanskje, men tro meg, det er du som er historien. I tillegg til journalistene kan du være sikker på at politiet også holder et øye med situasjonen."

"Jeg skjønner det ikke. Hvorfor ikke?"

"Alt jeg kan si, frøken, er at du skal ringe henne. La journalisten forklare. Men ikke si noe om meg, jeg har nok problemer allerede. Og for Guds skyld, ikke ring fra huset. Du trenger en mobiltelefon, eller enda bedre, kan du stole på Abbey? Jeg mener, virkelig stole på Abbey?"

"Jeg hadde en mobil, men jeg mistet den. Når det gjelder Abbey, ja, jeg tror det," sa Ribby. "Jeg er ganske sikker på at jeg kan stole på henne med livet som innsats."

"Så bruk henne. Få henne til å ringe reporteren. Jeg skulle gjerne latt deg gjøre mitt, men Tibbles har sikkert avlyttet det. Gjør det i dag, frøken."

"Takk," sa Ribby da hun tok hånden hans.

"Da ses vi," sa Stephen. Han kikket opp mot vinduet og la merke til at gardinene beveget seg. Tibbles. Han gikk tilbake til beskjæringen av rosene.

For en søt rumpe.

Tenker du aldri på noe annet?

Stephen snudde seg, så på Ribby og gikk tilbake til arbeidet igjen.

Ribby lette etter Abbey.

Da de nesten kolliderte i hovedkorridoren, sa Abbey: "Tibbles sa at jeg måtte finne deg, ØYEBLIKKELIG. Jeg skjønner ikke hva alt oppstyret dreier seg om. Bare fordi herr Anglophone er borte en dag eller to."

"Ja, jeg så bilen hans nå nettopp."

"Jeg skal være skyggen din."

Ribby og Abbey gikk ut døren og fortsatte å gå. Da de var langt nok unna herskapshuset, sa Ribby: "Jeg vil vekk herfra, og jeg trenger din hjelp."

"Hvis Tibbles finner ut av det, blir han veldig sint. Kanskje han til og med gir meg sparken."

"Jeg vil at du skal ringe noen. Den kvinnen vi møtte i går, du vet, journalisten?" Abbey nikket. "Du må gå til en telefon, ikke her, ikke noe annet sted enn her, og så må du ringe henne. Gjør en avtale om at vi kan møtes. Vil du gjøre det?"

"Det kan jeg gjøre", sa Abbey etter å ha nølt litt. "Jeg skal faktisk til Fairfield Farm nede i veien for å kjøpe ost. Sjåføren skulle kjøre meg, men nå må jeg gå. Jeg kan ringe henne derfra."

"Du er en stjerne," sa Ribby. "Nå skal jeg gå inn igjen. Ha det gøy på Fairfield Farm."

"Når skal jeg ordne det? Jeg mener møtet med deg og Viveca?"

"Jeg tror hun vet hvor vanskelig det kan bli for meg. Men si til henne at herr Anglophone er bortreist, og at det er best så snart som mulig."

"Det er en plan."

På FAIRFIELD FARM RINGTE Abbey nummeret til Viveca Hartman i avisen. "Hallo, det er meg, Abbey."

"Abbey hvem?" sa Viveca surt. "Du har Viveca Hartman fra The Local Times her."

"Ja, jeg vet det. Hvordan går det med ankelen din?"

"Ankelen min? I..." Viveca skjønte det. "Abbey, å ja. Hva kan jeg gjøre for deg? Er det Angela? Er alt i orden med henne?"

"Ja," sa Abbey, "og jeg har vært så bekymret for deg, siden du var så syk og forstuet ankelen på den måten."

"Ok," sa Viveca, "det er noen andre der, ikke sant?"

"Å, ja," sa Abbey, "du må virkelig ta det med ro og holde deg unna."

"Abbey," sa Viveca, "jeg vet ikke hva du vil, eller hvordan jeg kan hjelpe deg. Vil hun treffe meg? Vil Angela at jeg skal komme ut dit?"

"Ja," sa Abbey, "herr Anglophone er i byen. Det beste ville være så snart som mulig. Jeg er på Fairfield Farm nå og henter litt ost."

"Ok, Abbey," sa Viveca, "hva med i morgen, mellom kl. 10 og 11?"

"Vi skal prøve å komme oss vekk. Vent på oss på Fairfield Farm, selv om vi er sene."

"Det skal jeg gjøre," svarte Viveca.

KAPITTEL 61

K LOKKEN 21.00 RUNDET ANGLOPHONES limousin hjørnet på vei til Marthas hus. Det var hans yndlingstid på året, da det fortsatt var lyst om kvelden. Riktignok satt hun i fengsel, men han ville se om han kunne finne ut noe fra naboene. Han var fortsatt rasende over at Martha hadde sneket seg inn i livet hans igjen. Han hadde åpnet biblioteket og hjertet sitt, og nå...

Marthas hus var borte. Fullstendig utslettet. Alt som var igjen, var en haug med svidde ruiner. Han gikk ut av bilen for å ta en nærmere titt. Sjåføren sto ved siden av ham.

En eldre kvinne vandret langs fortauet. Hun var iført en slitt badekåpe. Hun nærmet seg Anglophone. Sjåføren la kroppen sin mellom seg selv og kvinnen.

"Fy søren," sa kvinnen og forsøkte å komme nærmere Anglophone. "En så god kvinne, og så dør hun på den måten. Så trist. Og den stakkars datteren hennes. Ingen vet hvor hun er, og nå all skandalen. Jeg vet ikke. Jeg vet ikke. Jeg vet bare ikke." Hun tørket øynene med ermekroken mens hun kikket mot limousinen.

"Antyder du at kvinnen som bodde her, Martha, er død?"

"Nei, hun døde ikke. Naboen fru Engle kjente røyklukt. Hun trakk Martha og Ludde ut derfra. Reddet livene deres, selv om Martha ikke ville leve. Ludde er blitt adoptert av fru Engle." Hun pekte mot huset.

"Hva mener du med at hun ikke ville leve?"

"Hun var full av piller og sprit."

"Fortsett, er du snill."

"Huset gikk opp i flammer. Vi var aldri venner. Den kvinnen hadde menn som kom og gikk hele tiden. Det var som om huset hennes hadde en svingdør." Kvinnen klødde seg som om hun hadde lopper. "Det er best jeg går inn før jeg blir smittet av døden. God kveld, sir." Hun gikk sin vei.

"Vent. Bli her. Bli med inn i bilen min, så skal jeg gi deg en slurk whisky for å varme deg opp", sa Anglophone.

Kvinnen stanset. Hun snudde seg mot ham. Hun nølte, så gikk hun sin vei.

"Jeg ville virkelig sette pris på din hjelp," ropte Anglophone. "Jeg skal gjøre det verdt det."

"Men jeg kjenner deg ikke igjen fra Adam," sa kvinnen. "Du kan være en av Marthas degenererte venner. Som vil ha en bit av dette." Hun viftet med armene og smilte, og avslørte et tannløst glis.

"Vel, jeg er Theodore Anglophone, en gammel venn av Martha. Vi har kjent hverandre lenge." Han la en tjue i håndflaten hennes.

"Hun sitter i fengsel."

Han viftet med en femtilapp foran ansiktet hennes, som hun prøvde å gripe.

"Rolig nå, min venn", sa engelskmannen. "Fortell meg noe som er verdt femti dollar. Jeg jobber hardt for pengene mine."

"Jeg kan fortelle deg ting, ting som ville fått deg til å bli svimmel."

Anglophone rykket nærmere, og den skarpe lukten av kål fikk ham til å holde seg for nesen med hånden. "Vognen din venter."

Den eldre kvinnen lo da sjåføren åpnet døren for henne.

Da de var kommet inn, fylte Teddy et glass med whisky og rakte det til kvinnen. Hun slo det tilbake. Han fylte det opp igjen.

"Vel, Martha og Ribby bodde her, og Martha var prostituert, selv om hun etter hva jeg har hørt ikke var særlig godt betalt." Hun lo. "Vi visste om det, alle naboene hennes visste det. Vi lukket øynene for det. Så lenge hun holdt seg unna mennene våre, var det bare å leve og la leve. Så fant avisene ut av det og kom hit for å sjekke ut horehuset. Ribby var ikke her da. Men stakkars lille pus. Tenk hva hun må ha sett av menn som kom og gikk da hun vokste opp."

"Ja, kom til poenget, for å tjene de femti dollarene," forlangte engelskmannen.

"Da huset brant ned til grunnen, fant de ... noe ... i skuret ... senere ... mens Martha lå på sykehuset ..."

"Kom til saken."

Kvinnen holdt frem glasset sitt. Da det var fullt, fortsatte hun. "Det var da de fant den, en kniv."

"Jøss," sa Teddy og lente seg nærmere kvinnen. Han fylte opp glasset hennes.

"Så der var hun, stakkars Martha, uten datteren sin, uten en sjel, og de siktet henne for overlagt drap. To drap. Søsteren hennes og en av hennes Johns - jeg tror han var Thursday's. Det sto i alle avisene. Det var helt vilt her omkring."

"Thursday's?" sa Teddy i en opprørt tone.

Kvinnen nølte: "Feit, veldig, veldig feit. Ikke den vanlige typen fett. Veldig uattraktiv. Og gift også."

"Fortsett med historien. Hva skjedde så?" spurte Teddy utålmodig.

"Han var død. Dolket i ryggen. Avisene skrev at søstrene hadde kranglet om ham." Kvinnen kaklet som en høne som legger egg over at kvinner kunne slåss om et slikt bytte.

"Hun sitter i fengsel og venter på at dommeren skal dømme henne. De mener at hun drepte mannen og søsteren. Så kjørte hun dem utfor en klippe. De fant kniven og en av kjolene hennes dekket av Carl Wheelers blod nedgravd i skuret på baksiden." Hun stoppet opp og ventet i håp om at fortellingen hennes hadde vært nok til å fortjene de femti.

"Du har virkelig vært hjelpsom. Her er hundre til for tiden du har brukt, og du kan ta med deg resten av flasken også."

Da kvinnen ikke virket interessert i å gå ut, åpnet sjåføren døren. Anglophone ga henne et lite dytt.

"Du trengte ikke å dytte! Du, du!" utbrøt kvinnen mens hun rygget bort fra bilen.

"Kom igjen," sa Anglophone til sjåføren da han kom tilbake til setet sitt. "Kjør meg til fengselet."

"Ja, herr Anglophone."

Teddy lente seg tilbake og lukket øynene.

KAPITTEL 62

NESTE MORGEN MØTTE RIBBY og Abbey Viveca på Fairfield Farm.

"Du ser fantastisk ut!" sa Abbey.

"Takk, Ang," sa Viveca. "Jeg er frisk nok til å hoppe opp på en av hestene i dag og ta en ridetur. Så lenge du velger en mild sjel, passer det meg fint å ri."

"Abbey kjenner alle hestene våre," sa fru Fairfield. "Jeg vil nødig skynde meg ut, men jeg har noen oppgaver å gjøre i byen. Så føl dere som hjemme. Ta for dere av alt dere trenger. Jeg er tilbake ved lunsjtid, hvis dere vil bli?"

"Nei takk," sa trioen unisont.

"Opptatt, opptatt, opptatt, opptatt," sa Ribby, og Abbey og Viveca nikket samtykkende.

Etter at fru Fairfield hadde forlatt huset, spurte Viveca: "Hva skjer?"

Abbey sa: "Jeg går ut og kjører en tur mens dere to snakker."

"Takk, Abbey. Du er en perle," sa Ribby mens hun så Abbey lukke døren bak seg. Ribby rettet deretter oppmerksomheten mot Viveca, som virket like engstelig som henne selv.

"Hvordan kan jeg hjelpe deg?" spurte Viveca.

"Først vil jeg takke deg for at du kom på så kort varsel. Jeg har tatt meg vann over hodet i huset med herr Anglophone. Jeg vil hjem."

"Og han lar deg ikke gjøre det? Blir du holdt som fange?"

"Ikke akkurat. Han har vært snill mot meg inntil for noen dager siden - selv om jeg føler meg veldig isolert siden han alltid er på forretningsreise. For et par dager siden, å, jeg vet ikke hvordan jeg skal forklare det, annet enn at jeg ville dra. I tillegg forsvant telefonen min. Jeg vet at han vil at jeg skal bli og åpne biblioteket, men jeg mistenker at han skjuler noe for meg. Jeg vet ikke hvorfor han trenger meg som bibliotekar. Jeg mener, meg spesifikt. Jeg har jo ikke svart på en stillingsannonse. Jeg er ærlig talt redd."

"Fortell meg først hva du vet."

"Jeg tror det er best at du begynner helt fra begynnelsen."

"Anglophone har et rykte på seg når det gjelder damer. Han har rett og slett lyst på seg selv. Med alle de pengene, for ikke å snakke om makten han har, kan han gjøre ting som en vanlig mann ikke kan gjøre. For eksempel har han flere medlemmer av Rådet i baklomma. Det er et kjent faktum at han smører folk, men han er så mektig at ingen kan få tak i bevis mot ham. Som det som skjedde på biblioteket. Stephens mor ble bundet og etterlatt for å dø."

"Den kvinnen, var det Stephens mor?"

Men Stephens mor er ikke død...

"Mener du at du vet om det som skjedde på biblioteket?"

"Ja, jeg leste om det på nettet før jeg kom hit."

"Men i avisene fortalte de ikke hele historien. Da journalistene kom først og fant henne, var hun i en ganske dårlig tilstand. Journalistene sier at hun var naken, bundet til en stol med brannskader på kroppen og mye blod. Rettsmedisinere fant senere ut at det var dyreblod. Noen sier at anglofonen drev med svart magi. Merkelige greier."

Ribby husket silhuetten av en mann på baksiden av boken om magi.

Dette gir ingen mening. Stephen besøker henne.

Og hun ringte ham.

Viveca fortsatte: "Ja, men det er mer. Noen sier at hun var engelskmannens elskerinne. Hun var definitivt den eneste personen han betrodde biblioteket sitt til."

Dette blir mer og mer merkelig.

"Min far har en lang historie med Anglophone, og Stephen har bodd der siden han var liten gutt."

"Så hvorfor meg, da?"

"Jeg vet ikke, men jeg forstår godt at du vil hjem. Har du ingen familie?"

"Jo," sa Ribby, "moren min er i byen. Jeg må ringe henne. Jeg ringer henne herfra med en gang." Ribby tok telefonen.

"Beklager, men nummeret du ringer er ikke lenger i bruk. Vennligst legg på og ring igjen."

Ribby ringte igjen, med samme resultat.

"Kanskje jeg kan kontakte henne for deg? Få henne til å komme og hente deg med forsterkninger, altså politi. Hva heter hun?"

"Martha, Martha Balustrade."

"Å, herregud!" utbrøt Viveca. "Du er ikke Martha Balustrades datter!"

Å, å, hva har kjære mamma gjort nå?

KAPITTEL 63

T EDDY ANKOM FENGSELET. MARTHA ble holdt i isolat. Han krevde å få treffe henne. Han lot som om han var advokaten hennes.

En kvinne i resepsjonen stokket papirer. Anglophone slo neven i pulten hennes og gjentok kravene sine. "Ring Frederick Schmidt. Ring borgermester Brown. De kjenner meg. De vil la meg få treffe klienten min, UMIDDELBART", brølte Anglophone.

Telefonsamtaler ble foretatt. Fortsatt ventet Anglophone i timevis.

"Vil du ha en kopp te?"

"Nei takk," sa Anglophone, "jeg vil bare treffe klienten min."

KAPITTEL 64

"**K**JENNER DU MOREN MIN?"

"Han har holdt deg i skjul," sa Viveca. "Alle vet om moren din, med all pressen i det siste. Jeg mener, når noen tilstår drapene på to mennesker, inkludert sin egen søster, kommer det i nyhetene - selv her ute. For ikke å snakke om hennes andre påfunn. Forsiden i byen, Angela!" Hun så Ribbys ansikt bli hvitt som et laken. "Jeg beklager, men hun er tross alt moren din."

"En morder? Du må ta feil." Hun tok en pause. "Forresten, jeg heter egentlig Ribby Balustrade."

"Hvorfor det, da?"

"Det er en engelskspråklig greie."

"Har han tvunget deg til å skifte navn?"

"Nei, Angela er penere enn Ribby."

"Viveca er heller ikke helt vanlig eller pent, så jeg skjønner hva du mener. Men la oss komme tilbake til moren din og mordene. Du tror vel ikke at hun gjorde det?"

Vi vet at hun ikke gjorde det, for vi gjorde det.

Vi gjorde det ene, det andre var selvmord.

Ribby sa ingenting.

"Jeg vet at Anglophone har holdt deg isolert her nede. Man skulle tro at han i det minste hadde anstendighet nok til å fortelle deg om at moren din sitter i fengsel."

"Jeg har brukt all min tid på å lese og sette i stand biblioteket. I mellomtiden har moren min vært ... Herregud, jeg må gå til henne nå. Kan du kjøre meg? Du må hjelpe meg. Du må bare gjøre det!"

Abbey stakk hodet rundt hjørnet og hørte Ribbys bønn. "Hva er det som skjer? Hvorfor er hun så opprørt? Angela, hva er i veien? Du ser ut som om du har sett et spøkelse!"

"Jeg må dra til byen i dag. Nå. Viveca skal kjøre meg."

"Pappa kan sikkert få oss på et fly, og så er vi der på null komma niks. Et øyeblikk, jeg ringer ham og forklarer. Han er godt bevandret i juridisk hokuspokus, så jeg skal se om han kan bli med oss."

"Er det en flyplass i nærheten? Hvorfor flyr ikke Teddy til Toronto da? Han har vel råd til det?"

"Han er redd for å fly," sa Viveca, akkurat idet faren tok telefonen i den andre enden. Hun forklarte ham alt. Han gikk med på å møte dem på flyplassen. "Ok, damer, da drar vi!"

"Vent," sa Ribby, "kan vi komme innom og hente Stephen også? Jeg vil gjerne at han skal være der."

"Klart det, vi stikker innom, og hvis han vil bli med, jo flere jo bedre. Hva med deg, Abbey? Blir du med oss?"

"Nei, jeg har ikke råd til å miste jobben akkurat nå. Tibbles ville rett og slett gå i taket hvis jeg forsvant hele dagen." Abbey så på klokken og begynte å bli engstelig. "Jeg har vært borte for lenge allerede."

"Hopp inn, så skal jeg gi deg skyss."

"Men hva med Tibbles?" spurte Abbey. "Hvis han spør meg om noe? Jeg er ikke god til å lyve."

"Så ikke si noe. Vi må komme oss av gårde og få et forsprang."

"Ok, la oss dra," sa Ribby. Hun var helt fra seg av bekymring for Martha. Hun spurte seg selv hvordan dette kunne ha skjedd. Hun følte seg så skyldig.

Ved huset satte Stephen seg i baksetet på bilen, og de kjørte av gårde, mens Abbey ble stående igjen i en sky av støv.

KAPITTEL 65

I DET KALDE OG fuktige venterommet gikk Teddy frem og tilbake som en forventningsfull far. Temperamentet hans steg for hvert øyeblikk han måtte vente. Seksti minutter. Nitti minutter. Ett hundre og tjue minutter. Ingen tegn til henne. Ingen tegn til noen.

Flere timer senere hørte Teddy en klirrende lyd da nøkkelvakten nærmet seg døren. "Unnskyld meg", sa han brått da kvinnen gikk rett forbi, "jeg har ventet her inne i timevis."

"Mr. øh, engelsktalende. På din anmodning ba jeg om et unntak. Det ble avslått. Bli med meg, så skal jeg ta deg med tilbake til resepsjonen."

Han ble helt opp i ansiktet hennes og sa: "Hva mener du med at det ble avslått?"

"Fru Balustrade venter på å bli dømt," snerret hun. "Jeg er en travel kvinne, og det er sent, så vær så snill å bli med meg."

Han gjorde som han fikk beskjed om, men han var ikke glad for det.

TEDDY VAR FORTSATT RASENDE da han satte seg inn i limousinen. Han ringte Four Seasons Hotel og bestilte en suite, og beordret sjåføren til å kjøre ham dit.

På veien ringte han Tibbles.

"Tibbles! Du må få Angela på tråden, og det pronto!"

"Hun er ute og går tur med Abbey. Et øyeblikk." Tibbles holdt hånden over telefonen da han så Abbey komme inn. Han spurte henne om hvor Angela befant seg. Abbey sa at hun og Angela hadde gått hver sin vei for flere timer siden.

"Mr. Anglophone, frøken Angela har tydeligvis ikke kommet tilbake ennå."

"Vel, finn henne. Ring meg så snart du vet hvor hun er." Han koblet fra.

"Kan du be Stephen komme inn i Abbey? Det haster." sa Tibbles.

"Jeg har ikke sett Stephen."

"Ta en titt rundt på eiendommen. Be ham rapportere til meg umiddelbart."

Abbey så seg om i husets fellesområder. Hun vandret rundt og kastet bort tiden, både inne og ute. En halvtime senere kom hun tilbake uten Stephen. Da var Tibbles i ferd med å eksplodere.

"Hvor er han?"

"Jeg har lett overalt. Han er ikke å finne noe sted."

"Gjør alt selv. Gjør alt selv," mumlet Tibbles. Skulderen hans traff hennes da han gikk forbi. "Hvis jeg finner ham der ute, trekker jeg deg femti dollar i lønn, og neste gang ser du etter når jeg ber deg om det!"

"Men, sir," Abbey begynte å si mer, men Tibbles smelte døren bak seg.

Tibbles så også overalt. Ingen tegn til Stephen. Ingen tegn til frøken Angela. Han gikk tilbake til huset og ringte Anglophone.

"Tibbles?"

"Ja, sir, det er meg. Jeg kan ikke finne Stephen eller frøken Angela."

"Er de sammen?"

"Det aner jeg ikke."

"Men den jenta må da vite det. Du sa hun skulle være Angelas skygge. Gi henne telefonen."

"Hun er ikke tilgjengelig."

"Hva betaler jeg deg for? Finn henne og gi henne den fordømte telefonen." Tibbles hektet av telefonen og bar den med seg. Da han hørte bevegelse ovenpå, gikk han opp.

Abbey ryddet opp på miss Angelas nattbord. Hun tok opp en bok med en skyggelagt figur på baksiden.

Tibbles kom inn og dyttet telefonen i hånden på Abbey. Hun mistet boken, og den falt i gulvet.

"Hallo," sa hun forsagt.

"Abbey," sa engelskmannen, "jeg trenger din hjelp til å finne frøken Angela. Det er en hastesak. Hvor er hun?"

"Jeg forlot henne ute og gikk tidligere. Hun ville være alene."

"Og Stephen. Så du Stephen?"

"Han trimmet rosebuskene tidligere." Hendene hennes skalv, og det gjorde stemmen også.

"Gi meg Tibbles igjen," forlangte Anglophone.

"Hun lyver," sa Anglophone til Tibbles. "Finn ut hva hun vet, og ring meg tilbake."

"Men hvordan?"

"Jeg bryr meg ikke om hvordan. På hvilken som helst måte. Finn det ut, og det NÅ!" ropte Anglophone nedover linjen.

Tibbles knyttet nevene og reiste seg. Han krysset gulvet, og da han sto ansikt til ansikt med Abbey, ga han henne en bakhånd.

Det uventede slaget sendte Abbey bakover, og hun landet på Ribbys seng. Han klatret opp på henne, satte seg overskrevs på henne og holdt henne i hender og ben. Den svarte poleringen fra støvlene hans skrapte mot dynen.

"Fortell meg!" ropte han inn i ansiktet hennes. Da hun ikke ville svare, holdt han puten mot ansiktet hennes og lot henne kjempe imot. Han løftet den av igjen. Øynene hennes. Myke, som en reinsdyrs.

"Fortell meg det!" Han dyttet puten ned igjen, og hun sprellet. Da han løftet puten av, tilsto hun endelig, og han lot henne sette seg opp og få igjen pusten.

Han ringte til Anglophone, som utbrøt et jubelrop i den andre enden av røret. "Godt gjort, Tibbles. Din lojalitet vil bli belønnet."

Tibbles la på røret og snudde seg mot den unge jenta.

Abbey ble liggende på sengen og stirre på ham med de øynene. "Slutt å se på meg!" ropte han mens han dyttet puten inn i ansiktet hennes. Først kjempet hun litt imot, men så overga hun seg. Han holdt puten presset inn mens tiden sto stille.

Da han fjernet den, var jentas øyne vidåpne. Hun så fredfull ut. Som en engel.

Tibbles begynte å skjelve. Han grep tak i nattbordet og la merke til en bok på gulvet. Han plukket den opp, og kjente straks igjen øynene fra den skyggefulle skikkelsen på baksiden. De tilhørte hans herre. Et øyeblikk satt han og stirret på omslaget til Alt du noen gang har villet vite om svart magi (men ikke våget å spørre om).

Tibbles åpnet pipa og tente et bål. Han kastet boken inn og så på at den brant.

Han rullet Abbey inn i Ribbys dyne, slengte henne over skulderen og bar kroppen hennes ut i hagen. Han gravde en grunn grav under rosebuskene. Etter at hun var begravet, satte han rosene tilbake der de var, og sprøytet litt vann i hagen. Det ble et nydelig hvilested.

Inne igjen dusjet Tibbles og ryddet seg. Så gikk han i gang på frøken Angelas rom. Han re opp sengen med nye laken, putevar og ny dyne. Perfekt.

Da han var ferdig med alle oppgavene sine, ble stillheten øredøvende. Selv hans egne skritt ga ekko i ørene hans.

Etter en stund orket han ikke lenger å høre lyden av sin egen pust. Det virket så høyt, så bråkete.

Han gikk tilbake til rommet sitt og tok på seg morgenkåpen han en gang hadde fått av Anglophone. Han gikk ned i den nederste skuffen og tok frem et håndvåpen.

Mens han satt i favorittstolen sin, iført sin favorittrøykejakke, skjøt han seg i hodet.

Ingen var hjemme og hørte skuddet.

Bare fuglene ble skremt av den unaturlige lyden.

KAPITTEL 66

Rosemary Franklin, Stephens mor, var borte for lenge siden. Hun hadde forestilt seg å rømme fra sanatoriet, drømt om det så mange ganger. Da muligheten bød seg, grep hun den og klatret inn i baksetet på Clean-it-4-U-bilen. Klokken var fire om morgenen, og hun var på vei.

Varebilen kjørte en god stund med henne gjemt i baksetet. Så snart de var ute av sykehusportene, skiftet hun til et antrekk hun hadde stjålet. Hun hadde også stjålet en diamantring og noen mynter.

Ved første stopp klatret sjåføren Gus ut. Rosemary fulgte med da han gikk inn i kafeen. Da kysten var klar, åpnet hun døren og løp. Hun gjemte seg ved ytterveggen mellom bygningene. Derfra kunne hun se Gus mate ansiktet hans og vente på at han skulle gå. Hun kjente den behagelige duften av nybrygget kaffe og bacon som freste inne i restauranten. Bare tanken på det fikk det til å renne i munnen hennes. Det var så mye mer fristende enn den fæle stanken fra sykehusmaten hun var blitt vant til.

En dør knirket, og hun grøsset da solen banet seg vei opp på himmelen. Gus klatret opp i varebilen, fiklet med radioen, tok på seg solbrillene og kjørte av gårde.

Rosemary holdt seg skjult noen øyeblikk til. Bedre å være på den sikre siden. Da varebilen var ute av syne, børstet Rosemary håret med fingrene. Hun gikk inn på kafeen, bestilte en kopp kaffe og drakk den ned. Smaken av nybrygget kaffe på veikroen var intet mindre enn himmelsk. Servitrisen kom straks bort og fylte på. Den andre koppen nøt hun med velbehag.

Da hun var klar til å gå, la Rosemary noen mynter på bordet. Hun visste at hun ikke hadde nok, men håpet at servitrisen ville la henne slippe. Rosemary brast i gråt og hulket ukontrollert i hånden sin.

Servitrisen kom tilbake: "Er alt i orden, kjære?"

Rosemary løy. "Mannen min slo meg. Jeg stakk av. Denne forandringen er alt jeg har. Jeg må forsvinne. Hvis han finner meg, sleper han meg tilbake."

Servitrisen ga henne et lommetørkle. "Har du et trygt sted å dra? Eller skal jeg ringe politiet?"

"Ja, jeg har en sønn, Stephen. Alt jeg trenger å gjøre, er å komme meg til ham. Hvis du kan ringe etter en taxi og forklare situasjonen, ville jeg sette pris på det. Jeg trenger hjelp til å komme meg vekk."

"Hvorfor gir jeg deg ikke telefonen min, så kan du ringe selv?"

"Fordi mannen min vil ringe alle drosjeselskaper i provinsen. Hvis de har navnet mitt, vil han finne meg." Hun hulket inn i lommetørkleet igjen.

Servitrisen sa at hun hadde ringt etter en taxi, og at den ville komme med en gang.

"Kan jeg be om en tjeneste til?" Da jenta nikket, ba Rosemary om et par sigaretter og en pakke fyrstikker. Med et smil innvilget jenta.

Da drosjen kom, takket Rosemary servitrisen. "Jeg skal ta med sønnen min hit en dag for å treffe deg, kjære." Den unge kvinnen smilte og vinket, noe Rosemary gjengjeldte.

"Hvor skal vi, frue?" spurte sjåføren.

"Theodore Anglophones eiendom."

Han så på henne i bakspeilet og nikket.

"På veien lurer jeg på om du kan kjøre meg til en pantelåner. Jeg har noe jeg gjerne vil selge. Du kan selvfølgelig la taksameteret gå," sa Rosemary.

"Det er dine penger, frue. Det ligger en pantelåner her omtrent tjue minutter unna. Jeg setter deg av der og tar meg en kopp kaffe og et stykke kirsebærpai a la mode."

"Tusen takk, Jimmy", sa hun etter å ha kastet et blikk på bilde-ID-en hans på dashbordet.

Jimmy kikket i bakspeilet igjen. Da hun slo håret bakover, ble sollyset reflektert av steinen på fingeren hennes. Han svingte for å unngå en møtende bil. "Det er litt av en stein, damen."

"Takk," sa Rosemary mens hun stirret ut i det fjerne.

"Vi er fremme", sa han.

KAPITTEL 67

S NART ANKOM FLYET TORONTO.

"Jeg må treffe moren min", sa Ribby.

Viveca ringte fengselet og forklarte at hun hadde Martha Balustrades datter med seg.

Hun ble nektet adgang.

"Dommen blir avsagt i morgen i tinghuset. La oss ta inn på et hotell og få oss en god natts søvn", foreslo Viveca.

"Hvorfor får jeg ikke se henne?"

"De sa bare at fangen ikke får ha besøk i kveld," sa Viveca. "Hva er det nærmeste hotellet i nærheten av tinghuset?" spurte hun sjåføren.

"Hilton ligger innen gangavstand."

Viveca ringte i forveien og bestilte tre rom. "Jeg bruker utgiftskontoen min", sa hun.

De registrerte seg på hotellet og ble enige om å møtes i lobbyen. Derfra skulle de dra til tinghuset sammen.

ESTE MORGEN PRØVDE STEPHEN og Viveca å få Ribby til å spise noe. De klarte å få i henne en kopp te, men ikke noe mer.

"Jeg er så glad for at du kunne bli med som moralsk støtte, Stephen," sa Ribby.

Angela blunket til ham.

Viveca grøsset over Ribbys upassende oppførsel. Hun merket at det gjorde Stephen ukomfortabel. Hun betalte regningen, og de forlot bygningen. Støyen i gaten var øredøvende.

"Trafikkaos. Jeg er glad vi kan gå dit. Velkommen til byen", sa Stephen.

De gikk mot tinghuset.

KAPITTEL 68

ANGLOPHONE HADDE HATT EN urolig natt uten Tibbles til å ta seg av ham. I hans fravær hadde Anglophone ringt til huset. Det hadde han gjort mange ganger før. Tibbles hjalp gjerne til ved å trekke opp spilledåsen og holde den opp mot telefonen. Men denne gangen svarte han ikke.

Neste gang han så ham, var det best for Tibbles at han hadde en forbannet god forklaring klar. Han var glad i mannen, men han kunne være irriterende uaktsom til tider.

Mens han satt våken i timevis, lurte han på sønnen og datteren. Hvor var de? De måtte være i byen et eller annet sted. Han husket at de to gjorde dådyrøyne på hverandre. Uvitende om at de var søsken. Han hadde også vært tiltrukket av sin egen datter - før han visste hvem hun var, selvfølgelig.

Et øyeblikk forestilte Anglophone seg at han skulle bekjenne farskapet til sitt avkom. Han gikk videre og forestilte seg bryllup, deretter barnebarn som løp skrikende rundt i huset hans og jaget ham. Han hatet barn. Han brukte opp alle pengene sine. Han ristet på hodet, tok opp den stygge lampen ved siden av sengen på hotellrommet og kastet den i veggen. Den knuste, og lyspæren gnistret og døde. Det var ikke en sjanse i helvete for at de noen gang skulle få høre det. Ikke fra hans lepper i hvert fall. Han var ingen familiemann. Det ville han aldri bli. Familiebånd skapte bare komplikasjoner.

Han tenkte på Marthas situasjon. Hun hadde bedt om hans hjelp.

Om morgenen spiste han frokost på rommet sitt. Kaffen var usmakelig. Han tilkalte sjåføren sin, og de kjørte til tinghuset.

KAPITTEL 69

R OSEMARY PANTSATTE RINGEN. ETTERPÅ besøkte hun en papirhandel hvor hun kjøpte en penn, litt papir og en konvolutt. På vei til Anglophones eiendom skrev hun et brev. Da hun var ferdig, forseglet hun konvolutten og skrev på forsiden: "Til Stephen Franklin. Privat og konfidensielt." Hun inkluderte ikke en returadresse.

På Anglophones herskapshus ba Rosemary Jimmy om å legge konvolutten i postkassen. Hun ville ikke risikere å støte på Tibbles.

"Hvor skal vi nå, frue?"

"Biblioteket. Jeg mener Anglophone's Library. Vet du hvor det er?"

Han snudde på hodet. "Jeg kan ta deg med dit."

"Takk skal du ha."

De ankom biblioteket en kort stund senere. Først ble Rosemary sittende i baksetet i taxien med taxameteret i gang, ute av stand til å røre seg.

"Er alt i orden?" spurte Jimmy.

Rosemary la armene rundt seg selv, redd for å gå ut. Redd for å være tilbake. Redd for hva hun hadde tenkt å gjøre. "Jeg har det bra," sa hun.

Jimmy skrudde på radioen. Han skrålet med på Elvis.

Rosemary åpnet døren. Hun la noen sedler i hendene hans: "Takk, Jimmy. Du har vært fantastisk - og du har en ganske god sangstemme også."

"Takk, det blir aldri en ny Elvis." Han satte seg inn i drosjen igjen og kjørte av gårde.

Da han var ute av syne, tok Rosemary inn over seg utsikten over biblioteket. Det hadde en gang vært hennes favorittsted. Hennes fristed. Og luften utenfor luktet fortsatt vidunderlig. Furutrærne, åh, furutrærne. Hun følte at hun endelig var fri.

Den følelsen varte ikke lenge. Snart begynte de vonde minnene å virvle rundt i hodet hennes igjen. Anglophone som sto over henne. Torturerte henne. Den svarte magien. Å helle dyreblod på henne. Alt sammen på grunn av den røde boken.

Hendene hennes skalv da hun stakk hånden i lommen og trakk frem en bøyd sigarett. Servitrisen hadde vært så snill å gi henne den. Hun tente den og tok et langt drag. Hun hostet, men fortsatte å ta ekstra drag til hendene roet seg igjen.

Flere minner dukket opp til overflaten. Minner hun hadde gjemt seg for, ble utløst som en sommerstorm. Anglophone som brukte henne som forsøkskanin. Hun truet med å gå til politiet. Han truet med å drepe sønnen deres. Det måtte ta slutt, hans tortur av henne. Hun truet med å fortelle Stephen hvem han var.

Da ble det lagt en plan. Et kompromiss. Rosemary skulle forsvinne, og det skulle utstedes en dødsattest. Siden de var gift i hemmelighet, visste ingen at hun hadde skiftet navn. Stephen ville ha en jobb resten av livet, men han ville aldri få vite hvem faren var. Han ville aldri få vite at han var arving til Anglophones formue. Til gjengjeld ville Rosemary få den pleien hun trengte. Brannsårene ville leges, og alle utgifter ville bli dekket. For å beskytte sønnen gikk hun med på å være innelåst resten av livet. I teorien virket det gjennomførbart på det tidspunktet.

Men etter at hun hadde bedt Anglophone om å løslate henne, og han hadde nektet, hadde hun ikke noe annet valg enn å rømme. Dessuten fortjente Stephen å få vite sannheten. Rosemary måtte være den som fortalte ham den. Hun satte seg ned på trappen mellom biblioteksbuene og forestilte seg at sønnen fant brevet og leste det. Hennes mors intuisjon fortalte henne at hun gjorde det rette.

Rosemary reiste seg og slapp sigaretten på bakken. Hun brukte litt tid på å samle materialer. Vedkubber, pinner, alt brennbart hun kunne finne. Alt hun kunne bære. Hun la opptenningsved på inngangspartiet og tente på, og så la hun til de større bitene. Hun stilte seg mellom trebuene med armene vidt utstrakt og ventet på at flammene skulle oppsluke henne.

Røyken ville ha vært synlig i mils omkrets, men alle som kunne ha brydd seg nok til å legge merke til den, var enten borte eller døde.

Trebuene raste sammen før ilden nådde Rosemary. Mens flammene danset i hennes perifere synsfelt, knuste de tunge bjelkene som kollapset skallen hennes. Ingen mer lidelse. Ingen mer smerte.

KAPITTEL 70

TINGHUSET BRUKTE VIVECA pressekortet sitt til å få dem nærme fronten, selv om rettssalen var stappfull. På vei til plassene sine la Ribby merke til noen kjente ansikter, blant annet naboer. Hun hatet tanken på at moren skulle stilles for retten, for ikke å snakke om å havne i fengsel.

La oss gå ut og ta en røyk.

Nei, mor kommer snart inn.

Hva så? Hun skal ikke noe sted.

Ha. Ha.

Stemningen i rettssalen var ute av kontroll. Sladrehankene sladret. De som ikke hadde noe av betydning å si, la likevel til sine egne kommentarer. Da Martha ble ført inn, stoppet alle opp og stirret.

Fangen var ustelt. Den grå dressen hun hadde på seg, kledde henne ikke. Hun hadde gått ned i vekt. Ribby syntes det flammeredde ansiktet hennes lignet et vandrende lik.

Jøss, til og med jeg synes litt synd på henne.

Ribby hulket.

Martha så opp på datteren og var nær ved å smile, men så vendte hun blikket bort.

"Alle reiser seg," sa fogden. "Retten i denne provinsen er nå satt. Den høyst ærede dommer Delvecchio leder møtet."

Dommeren anerkjente alle som var til stede, og satte seg ned. Rettsbetjenten gjorde tegn til at alle i rettssalen skulle gjøre det samme.

Ribby så på kvinnen som holdt morens skjebne i sine hender. Selv på denne avstanden hadde hun vennlige øyne, og Ribby håpet at kvinnen ville vise barmhjertighet.

"Martha Balustrade, jeg finner deg skyldig i alle anklager."

Det ble et voldsomt kaos i rettssalen.

Dommer Delvecchio reiste seg og ropte: "Stille!" Hun falt tilbake i stolen. "Jeg er klar til å avsi dommen nå." Hun tok en pause. Alle som var til stede holdt pusten.

"Martha Balustrade, du dømmes til tjue års fengsel."

Martha forble taus.

Ribby reiste seg og sa: "Men det var ikke hun som gjorde det."

"Ro i salen!" sa Delvecchio mens hun slo hammeren i bordet. "Ro i salen, ellers tømmer jeg rettssalen!"

Hold kjeft, Ribby! Hold kjeft, Ribby! Hold kjeft!

Da det ble stille, henvendte dommeren seg til Ribby. "Og hvem er du?"

For Guds skyld, Ribby, hold kjeft.

"Ærede dommer, jeg heter Rebecca Balustrade, men alle kaller meg Ribby. Jeg er Marthas datter."

Stemmene runget. Mer kaos. Dommeren truet med å rydde rommet igjen. Hun ba Ribby om å fortsette.

Anglophone kom inn.

"Min mor er uskyldig, og jeg vet at det er sant."

Ribby, vær så snill.

"Og hvordan vet du det?" spurte dommer Delvecchio.

Det ble stille et øyeblikk eller to, mens Ribby knyttet og løste opp nevene, akkurat slik Angela hadde lært henne.

Ribby forsvant, og Angela tok over. Hun rotet i vesken, tok frem en sigarett og tente den. Hun tok et drag, slapp sigaretten på gulvet og stampet den ut. Hun så i retning av dommer Delvecchio.

"Hun, Ribby, vet ingenting. Hun er så umoden at hun skapte meg - hennes imaginære venn - og hun er i trettiårene. Hun har måttet takle mye i livet sitt, blant annet å leve med den stakkarslige unnskyldningen til mor." Angela snudde seg og pekte på Martha.

Tårene trillet nedover Marthas kinn.

Angela... Nei, nei, nei.

Angela fortsatte: "Så jeg gjorde de tingene hun ikke var i stand til å gjøre. Alt sammen."

Alle lente seg fremover. Hun hadde deres fulle oppmerksomhet. Publikum hang seg fast i hvert eneste ord hun sa. Hun følte seg mektig, som om hun var med i et Shakespeare-stykke og fremførte en monolog. Hun hadde aldri vært noen fan av Shakespeare, men Ribby leste ham. Han kjedet henne til tårer. "Wheeler voldtok tante Tizzy. Jeg hadde ikke noe valg. Jeg måtte få ham vekk fra henne. Han holdt på å drepe henne."

Angela sluttet å snakke. Hun vendte blikket først mot Anglophone, så mot Martha, før hun vendte seg tilbake mot dommeren.

Publikum hadde ventet lenge nok. "Jeg bestemte meg for å kvitte meg med liket. Planen var å kjøre ham utfor stupet i varebilen hans. Godt å bli kvitt ham. Han var ikke verdt noe mer. Tizzy skulle hoppe ut av bilen før den kjørte utfor, men det gjorde hun ikke. Hun kjørte også utfor."

Martha reiste seg. Hun forsøkte å snakke, men advokaten fikk henne til å tie og trakk henne ned i setet igjen.

"Ro i salen! Ro i salen!" ropte dommer Delvecchio. "Jeg kommer til å rydde rettssalen hvis ikke alle roer seg."

Angela gikk bort til Marthas bord. Hun skjenket seg et glass vann. Hun tok en slurk og kikket tilbake på dommeren, som sa: "Vi venter."

"Jeg pleier ikke å snakke så mye", sa Angela. "Ikke høyt i hvert fall. Det er et tørstende arbeid."

Det ble litt latter i rettssalen. Dommer Delvecchio ble utålmodig og slo hammeren ned flere ganger. Hun reiste seg og åpnet munnen.....

Angela avbrøt. "Jeg tilstår også drapet på en dørvakt på den andre siden av byen. Jeg drepte ham i selvforsvar fordi han prøvde å voldta meg."

Hva? Angela?

Du vet ingenting, Ribby.

Angela tok en pause. "Så her står jeg foran deg. Skyldig i alt. Jeg lyver ikke. Jeg gjorde disse tingene, men Rebecca, jeg mener Ribby Balustrade, er uskyldig. Du skjønner, helt fra begynnelsen av kunne jeg stenge henne ute. Jeg kunne overta henne fullstendig. Så hvis du vil tiltale noen, må du tiltale meg. Men jeg eksisterer ikke engang. Jeg er ikke Ribby. Jeg er Angela."

Anglophone reiste seg.

Angela sa: "Hun mistet til og med jomfrudommen uten å vite det. Hun vet det fortsatt ikke."

Ribby skrek.

Anglophone skjøv seg langs raden sin, ut og inn i midtgangen. Han løftet stokken sin i luften, men ble umiddelbart avvæpnet og taklet ned på bakken. Da han ble dratt ut av salen, ropte han: "Jeg er Theodore Anglophone!"

Ingen brydde seg om det.

"Ro i retten! Jeg sa ro og orden!" ropte dommer Delvecchio mens hun hamret hammeren i bordet flere ganger. Da alle var stille, sa hun: "I lys av denne nye informasjonen er saken henlagt. Martha Balustrade, du er fri til å gå. En ny rettssak vil begynne umiddelbart etter en psykiatrisk vurdering. Betjenter, vær så snill og før Balustrade ned til arresten i påvente av videre etterforskning."

Martha sto med tårene rennende nedover ansiktet: "Men jeg erkjenner meg skyldig. Jeg aksepterer dommen. Lås meg inn, vær så snill. La datteren min gå."

"For lite, for sent, kjære mamma."

Hammeren falt igjen, og dommeren sa: "Dette er en domstol, og vi dømmer mordere her, ikke dårlige mødre. Jeg kan holde deg for forakt for retten. Jeg kan gi deg en bot for å ha kastet bort rettens tid. For mened. For å skjule en morder. For å hindre rettferdighet. Skjønner du poenget? Jeg råder deg til å dra, og la retten gjøre det vi må. Dette rettsmøtet er nå hevet. Forlat rettssalen, byfogd." Dommer Delvecchio reiste seg. Alle de andre fulgte etter og så på henne da hun forsvant inn på sitt kammer.

Martha så på datteren mens betjentene satte håndjern på henne og førte henne bort. Angela kastet et blikk på Martha over skulderen og smilte. Det var nesten som om det blikket fikk Marthas hjerte til å stoppe, eller det var i hvert fall slik de fortalte historien etterpå. Martha falt i gulvet og døde før ambulansen rakk å komme frem.

KAPITTEL 71

MARTHA BALUSTRADE BLE BEGRAVET med datteren til stede. Ribby ble bevoktet av to betjenter og var kledd i sin grå fangedrakt med hender og føtter bundet. Vaktene la noen blomster i hendene hennes. Hun kastet dem på kisten mens hun tok et siste farvel.

Er ikke det limousinen til Anglophone?

Ja. Jeg lurer på hvorfor han ikke går ut.

Etter opptredenen hans i rettssalen, er det overraskende at han er her.

Han kjente knapt moren min.

Jeg aner fortsatt ikke hva han prøvde å gjøre.

Han var heldig at de ikke skjøt ham.

Anglophone var der, men valgte å bli i limousinen sin. Han vurderte å gå ut et par ganger for å vise sin respekt. Han vurderte også å tilstå alt. Men i stedet for å innse det, beordret han sjåføren til å kjøre ham hjem.

Han sov litt på veien, og da bilen kjørte opp foran huset, la han merke til en knalloransje konvolutt som stakk ut av postkassen. Etter å ha lest den, rev han den i filler.

Anglophone ringte tilbake til sjåføren. "Kjør meg til biblioteket."

Da Anglophone kom frem, hadde ilden brent ut av seg selv.

Anglophone så på de svidde ruinene. Alt som var igjen av Rosemary. Han innså at det var derfor Stephen ikke hadde fått lov til å treffe moren sin. Hvorfor han hadde blitt tvunget til å lage så mye bråk på sykehuset. Idiotene hadde latt henne rømme. Han fikk nesten dårlig samvittighet for å ha trukket ham i lønn. Nesten. Han måtte ringe sykehuset, få dem til å komme ut hit og samle sammen bitene hennes. De ville dekke over det, siden han var deres største donor. Holde det unna avisene. Ingen ville få vite noe. Rosemary var jo allerede død. Ved å begå selvmord hadde hun faktisk gjort det umulig for Stephen å få vite hvem faren hans var.

Anglophone var rystet da sjåføren kjørte ham hjem. Han forventet at Tibbles skulle være der, hilse på ham og trøste ham - men det var ingen tegn til hans betrodde tjener.

"Tibbles!" brølte han.

Stemmen hans ga ekko i hele huset, men han fikk ikke noe svar. Anglophone var for utslitt til å prøve å finne ham. Han gikk inn på rommet sitt, skrudde opp spilledåsen og sovnet en liten stund.

Da han våknet, kjente han en redsel gå gjennom sjelen, og han ropte etter Tibbles. Han trakk og dro i bjellen så mange ganger at den igjen falt ned fra taket. Likevel kom det ingen.

Han følte seg veldig alene, og det var han også.

Bortsett fra Tibbles, som lå død i sitt eget rom, og Abbey, som lå begravet under rosene.

KAPITTEL 72

ETTER EN OMFATTENDE PSYKIATRISK vurdering gikk rettssaken mot Ribby raskt. Hun ble dømt til 20 års fengsel. Ti år for hvert drap, minus avtjent straff. Tizzys død ble ansett som selvmord.

Ribby gråt uopphørlig i flere dager, som ble til uker. Hun klarte ikke å takle det fiendtlige miljøet. Hun overlevde på kanten.

"Hun snakker med seg selv igjen", sa Ribbys cellekamerat, Shona. Shona var dømt for drapene på ektemannen og de to barna sine.

Fengselsvakten kom for å vurdere situasjonen. Han så at Ribby lå og vugget på sengen sin. Han irettesatte Shona og ba henne slutte å skrike, ellers ville han sette henne på isolat.

"Å, kom igjen," sa Shona. "Jeg har ikke gjort noe."

"Ett ord til, og du havner på isolat", sa vakten.

Shona stakk tungen ut i trass da vakten snudde ryggen til og gikk sin vei. Hun ble stående og se på ham i noen sekunder før hun snudde seg mot Ribby. "Jeg holder øye med deg, din kjerring!"

Ribby vendte ansiktet hennes mot veggen.

"Ikke snu ryggen til meg, bitch!" sa Shona og ga henne en dytt.

Angela reiste seg og grep Shona om halsen. Hun dyttet henne mot den bortre veggen med en kraft som overrumplet cellekameraten. Shonas hode slo bakover. Det knakk da det traff de kalde mursteinene.

Med hendene rundt Shonas hals sa hun: "La meg gjøre et par ting klart. For det første: Du skal ikke snakke til meg. Nummer to: Du skal ikke røre meg. Og nummer tre: Hvis du gjør noen av de to tingene jeg nettopp nevnte, dreper jeg deg."

Shonas øyne svømte rundt i hulene. Hun forsøkte å svare, men hun klarte ikke annet enn å gispe etter luft. Kvinnen samtykket med et nikk.

Angela gikk tilbake til sengen sin, men før hun la seg ned på den tynne madrassen, tok hun litt vann og kastet det i ansiktet på Shona. Det fikk cellekameraten til å våkne opp av dvalen.

Shona spredte ryktet om Ribby. Hun var en tøffing som ikke var til å spøke med. Noen få andre prøvde, men Angela avviste dem med en gang. Hun hadde fått nok av Ribbys sutring og offerrolle for resten av livet.

Årene gikk. Cellekamerater kom og gikk.

Angela forble i full kontroll. Hun var både respektert og fryktet. Etter hvert eide hun stedet. Det var hennes fengsel nå, og hun hadde kontroll over det og over Ribby. Livet var levelig.

KAPITTEL 73

E TTER NOEN ÅR KOM engelskmannen på uventet besøk til fengselet. Han besøkte ikke Ribby. I stedet møtte han den nyutnevnte fengselsdirektøren, J. B. Bedford. Bedford var barnebarnet til en gammel bekjent som skyldte ham en tjeneste.

"Jeg vil gjerne finansiere et bibliotek her", sa Anglophone. Anglophone var hårløs nå. Kroppen hans ristet hele tiden, og han klarte ikke å stå lenge.

"Det er veldig sjenerøst av deg", svarte Bedford. "Men for å være ærlig kunne de innsatte trenge donasjoner av mange ting. Jeg mener, før bøker."

Anglophone lente seg tett inntil Bedford. "Lag en liste og send den til meg. Penger er ikke noe problem, men et bibliotek er et must, og det raskt. Jeg er en gammel mann."

"Klart det," sa Bedford. "Hvis du har penger, kan vi til og med oppkalle det etter deg."

"Nei," sa Anglophone. "Jeg vil ikke ha anerkjennelse. Men jeg vil gjerne at du involverer en av de innsatte. Hun kan hjelpe til med å opprette og vedlikeholde selve biblioteket. Hun heter Ribby Balustrade. Hun er utdannet bibliotekar. Jeg donerer selvfølgelig kasser fulle av bøker."

Bedford kjente til Ribby Balustrade. Hun var en ballbryter som i løpet av sitt opphold så langt hadde steget til topps som den nye dronningen i flokken av innsatte. Bedford lot ikke som om han var overrasket da han sa: "Hun virker ikke som bibliotekar-typen."

"Ribby Balustrade er faktisk bibliotekar-typen. Er vi enige?"

"Klart det," svarte Bedford.

"Og én ting til," sa Anglophone. "Hun må aldri få vite om min innblanding. Jeg mener, aldri."

"Forstått", sa Bedford.

D A ANGELA HØRTE NYHETEN om det nye biblioteket, var hun ikke begeistret. Biblioteker og bøker var teite. Hun hadde jobbet hardt for sitt rykte. Hun ville beholde sin status i fengselet. Hun måtte holde profilen sin oppe. For å opprettholde frykten. Uten frykt ville hun miste alt hun hadde jobbet så hardt for. Hun kunne ikke beskytte Ribby hvis hun alltid gikk rundt på biblioteket.

Lesing er kjedelig, og hvis jeg skal beskytte deg, må jeg ha ansvaret her.

Når fangene får et bibliotek, får de noe å gjøre. Det blir bedre.

Herregud, Ribby, kan du være så dum? Er det sant?

Før ideen om biblioteket hadde Ribbys personlighet gjerne trukket seg tilbake. Nå dukket den opp igjen. Ribby følte seg nesten lykkelig.

Jeg kan hjelpe andre. Introdusere dem for bøker. Og som en bonus kan jeg lese hva jeg vil.

All verdens tid til å kjede oss og til å sette et mål på ryggen.

Det kommer til å gå bra. Det vet jeg.

Vekk meg når det er over.

R IBBY STO I MIDTEN av det ubrukte rommet. Det skulle snart gjøres om til bibliotek. Det var romslig nok, men de nakne takbjelkene i taket var stygge. Det samme var de kalde murveggene og skifergulvet. Veggene kunne hun fikse ved å dekke dem med bokhyller og gulvene med tepper. Taket var imidlertid et helt annet problem.

Hver dag kom det kasser med gamle og nye bøker. Noen av kassene måtte åpnes med brekkjern. Inne i eskene var bøkene bundet inn i kategorier med tau. Ribby fylte hyllene og ordnet alt i rekkefølge.

Da det nye biblioteket var ferdig, sto Ribby ved siden av fengselsdirektør Bedford. De innsatte samlet seg for den storslåtte åpningen. Båndet ble klippet over.

De andre innsatte kom inn i små grupper. Ribby viste frem stedet. Hun var stolt av bordene og stolene, teppene. Og bøkene, så mange bøker! For ikke å snakke om skyvestigene som gjorde det lett å komme opp. En ting de ikke kunne forandre på, var trebjelkene i taket. De var fortsatt stygge, men belysningen bidro til å skjule det.

De fleste av de innsatte reagerte positivt på biblioteket. Bortsett fra Angela.

Ribby, de kvinnene er ekstremt farlige. Det er bare et tidsspørsmål før de kommer etter oss igjen.

Ikke vær latterlig. Dette biblioteket forandrer alt.

Ribbys besettelse av det nye biblioteket ga Angela all grunn til å holde seg unna mer og mer.

En ettermiddag snakket Ribby med direktøren om å starte en bokklubb. Han syntes det var en god idé, men siden de bare hadde ett eksemplar av hver bok, ville det være vanskelig å drive en tradisjonell bokklubb. Ribby spurte om hun kunne kontakte lokale bokhandlere og be om flere eksemplarer. Bedford kastet noen mynter til henne for å få tak i en telefonautomat. Det tok et par dager før hun fikk et ja, og så kom det en donasjon på tjuefem bøker. Den aller første fengselsbokklubb-boken skulle bli Fjodor Dostojevskijs Forbrytelse og straff.

Da de første tjuefem eksemplarene var gjort tilgjengelige, snakket de innsatte om boken. De ville også lese den. Konseptet med en månedlig bokklubb ble til en ukentlig bokklubb. De innsatte sto i kø for å bli med.

Når skal vi noen gang ha det gøy?

Dette er gøy, og vi gjør en forskjell. Se på de andre fangene. Vi gjør noe bra her.

Du er så snill.

Takk skal du ha.

Du setter "kjedelig" i ordet "kjedelig".

Så gå din vei, da. Jeg trenger deg ikke lenger.

Fengselsdirektøren merket en stor forskjell i de innsattes oppførsel. Han kalte Ribby inn på kontoret sitt. Han takket henne for forslagene. Som ny direktør var han opptatt av å markere seg, og Ribby hjalp ham med å skille seg ut.

Han spurte om hun hadde noen andre ideer til hvordan hun kunne forbedre forholdene for de innsatte. Ribby foreslo forfatteropplesninger. Fengselsdirektøren sa at han kjente noen som kjente en populær Maine-forfatter. Ribby sendte et brev via fengselsdirektørens venn, der hun nevnte at bokklubben snart skulle lese Stand By Me. Snart begynte forfattere fra hele verden å donere bøker og be om å få komme til fengselet for å diskutere bøkene sine.

Fengselsdirektøren kalte Ribby inn igjen og spurte om hun hadde noen andre ideer. Hun nevnte en familiedag der de innsatte kunne lese for barna sine. Hun hadde ofte sett familier sammen i møterommet, omgitt av fengselsvakter. Barna så for redde ut til å snakke. Dette var ineffektivt for hele familien. Hun foreslo å sperre av en del av biblioteket, der én familie om gangen kunne lese sammen. Fengselsdirektøren syntes det var en utmerket idé og tilbød seg å gjøre et forsøk. Jungeltelegrafen førte til flere donasjoner fra bokhandlerne. De la til en barneavdeling.

Ribbys neste forslag var å lære innsatte som ikke kunne lese, å gjøre det.

Deretter ba hun om donasjoner til å sette opp et jobbhjørne. Datamaskiner ble koblet til WI-FI, slik at de innsatte kunne jobbe med CV-ene sine før løslatelsen.

Ryktet spredte seg i hele fengselssystemet. Fengselsdirektør Bedford mottok hyllest og priser. Han unnlot aldri å nevne Ribbys bidrag.

EN ESKE MED BØKER måtte fortsatt pakkes ut. Ribby åpnet den. På baksiden var det en silhuett av en mann.

Anglophone.

Tror du han gjorde alt dette? Og hvorfor merket vi ikke at det var ham før?

Jeg er ikke sikker, det virker åpenbart nå. Men jeg lurer på hvorfor han gjorde det?

Skyldfølelse? Anger?

Kjærlighet?

Ribby var på toppen av stigen da Angela strammet tauet rundt trebjelken. Hun lagde en løkke og plasserte hodet sitt i den. Da hun var klar, begynte hun å messe:

Goody Two-shoes, Goody Two-shoes!

Ribby sto fast. Hun fjernet tauet rundt halsen.

Nei, nei, nei.

Angela anstrengte seg for å få kontroll, grep tak i tauet og plasserte igjen hodet i det. Mens hun dyttet seg ned fra stigen, klarte Ribby å holde tak i det øverste trinnet med den ene hånden. Med tauet fortsatt festet rundt halsen hang Ribby fast for harde livet.

Angela forsøkte å skyve seg ned igjen, mens hun fortsatt nynnet på melodien. Kraften fikk Ribbys hånd til å løsne.

Ribby og Angela hang et øyeblikk, og så så det ut til at de fløy mot lyset. Men tauet var ikke langt nok. De pendlet og kolliderte med stigen. Den ble slengt sidelengs og skjøvet bort til den bortre veggen, der den landet med et dunk.

Ambulansen kom for sent.

EPILOG

NOEN ÅR SENERE KOM det et brev fra Anglophones advokat adressert til Stephen.

I brevet ble sannheten avslørt: Stephen var Anglophones sønn og enearving.

"Er det noe interessant?" spurte kona Viveca.

"Ikke i det hele tatt", svarte Stephen mens han kastet brevet i peisen.

Det lykkelige paret satt sammen i sofaen mens datteren Rebecca leste i en bok.

SITAT

"Fru ordførerinne klaget over at potten var kald;

"Og alt det lange feleflet ditt," sa hun.

"Hva så, Goody Two-shoes, hva om det er?

"Hold deg, hvis du kan, din skravlebøtte," sa han."
CHARLES COTTON

Et ord fra forfatteren

Kjære lesere,

Takk for at dere har lest Ribbys hemmelighet. Jeg håper dere likte å lese den like mye som jeg likte å skrive den!

Ribbys Hemmelighet begynte først som en novelle i 2011. Historien endte med at Ribby spyttet i Marthas drink. Det tok ikke lang tid før Angela begynte å snakke til meg. Jeg ignorerte henne og sa at prosjektet var ferdig, men hun insisterte.

Så kom Theodore Anglophone. Åtte år senere er vi her.

Jeg vil gjerne takke korrekturleserne og betaleserne mine - det har vært mange opp gjennom årene. Sist, men ikke minst, takk til sluttredigererne LF & MC - dere to damer ROCK!

Takk også til mannen og sønnen min, for at dere alltid har vært der for meg.

Som alltid - god leselyst!

Cathy

Om forfatteren

Cathy McGough er en flerfoldig prisbelønt forfatter som bor og skriver i Ontario, Canada, sammen med sin mann, sønn, to katter og en hund.
Hvis du ønsker å sende en e-post til Cathy, kan du nå henne her:
cathy@cathymcgough.com
Cathy elsker å høre fra leserne sine.

Også av:

SKJØNNLITTERATUR
Alles barn
13 noveller (som inkluderer: Paraplyen og vinden;
Margarets åpenbaring
Løvetannvin (FINALIST I LESERNES
FAVORITTBOKPRIS))
Intervjuer med legendariske forfattere fra det
hinsidige (2. PLASS BESTE LITTERÆRE REFERANSE
2016 METAMORPH PUBLISHING)
Plus Size Gudinne
NON-FICTION
103 innsamlingsidéer for frivillige foreldre med
skoler og lag (3. PLASS BESTE REFERANSE 2016
METAMORPH PUBLISHING)
+ Barne- og ungdomsbøker

www.ingramcontent.com/pod-product-compliance
Lightning Source LLC
Chambersburg PA
CBHW022306310726
48973CB00001B/229